UN SEGRETO CUSTODITO

LE INDAGINI DELLA DETECTIVE KAY HUNTER

RACHEL AMPHLETT

Un segreto custodito © 2025 de Rachel Amphlett

Tutti i diritti sono riservati.

Nessuna parte di questo libro può essere riprodotta, memorizzata in un sistema di recupero o trasmessa con qualsiasi mezzo, elettronico, meccanico, fotocopia o altro, senza l'autorizzazione preventiva in forma scritta dell'autore.

Questa è un'opera di fantasia. I luoghi di questo libro mischiano reale e immaginario, mentre i personaggi sono totalmente fittizi. Qualsiasi somiglianza con persone reali, vive o morte, è da considerarsi puramente casuale.

CAPITOLO 1

Dieci anni fa
Est di Maidstone, Kent

Jamie Ingram attraversò a grandi passi il cortile buio della fattoria, si infilò il casco in testa e montò in sella alla moto.

Rimase seduto per un momento, il cuore gli batteva all'impazzata, la rabbia gli scorreva nelle vene.

Si accorse che stava digrignando i denti e si sforzò di rilassare la mascella. Si sporse in avanti, flesse le dita sul manubrio, poi avviò il motore e ingranò la marcia.

Pioveva ininterrottamente dalle quattro del pomeriggio, un acquazzone costante che aveva inzuppato il paesaggio e continuava nella notte. Una debole luna piena cercava di farsi strada tra le nuvole che si rincorrevano in cielo, per poi arrendersi alla successiva ondata di pioggia.

La campagna del Kent aveva un che di desolato, con i rami degli alberi che si protendevano verso il cielo nero come la pece, mentre la promessa di una brinata mattutina aleggiava nell'aria intorno a lui.

Un bagliore di luce apparve a una delle finestre superiori della fattoria, prima che emergesse la sagoma di un uomo.

Jamie rimase immobile, fissando attraverso la visiera, il respiro affannoso.

Da bambino, adorava svegliarsi al suono della pioggia che batteva sul tetto della casa. I raccolti dipendevano dal flusso e riflusso delle stagioni e, nonostante il rischio di inondazioni, trovava quel rumore rassicurante.

Quella notte, invece, sembrava acuire i suoi nervi già tesi.

Alla fine, la sagoma si ritirò e la tenda alla finestra ricadde al suo posto.

Jamie sbatté le palpebre per riadattare la vista al buio.

Girò le ruote della moto nel fango che ora gli ricopriva gli stivali e la puntò verso la griglia per il bestiame che separava la proprietà dal viottolo.

La fattoria non ospitava animali da quasi vent'anni, ma la griglia fungeva da misura di sicurezza improvvisata: il rumore delle ruote sulle sue barre d'acciaio poteva essere udito dall'interno della casa, dando agli occupanti tutto il tempo di vedere chi stava arrivando.

Controllò che non ci fossero veicoli in arrivo prima di immettersi sulla strada, più per abitudine che per necessità. Non si aspettava di vedere nessuno: era nel cuore della notte, dopotutto, e le uniche persone che usavano quella strada erano i residenti della fattoria e gli inquilini di un paio di cottage più avanti.

Gli alti argini e le siepi ai lati del viottolo lo

proteggevano dal peggiore dei venti che cercava di spingere la moto, ma servivano ben poco per contrastare il nuovo assalto di pioggia che ora sferzava i campi.

In qualsiasi altra notte, avrebbe resistito all'impulso di uscire in moto.

La telefonata aveva mandato tutto all'aria.

Brontolò sottovoce e si sporse per affrontare la prima curva.

Un brivido freddo gli percorse le spalle mentre la paura cominciava a sopraffare la rabbia.

Non doveva andare così.

Tutto era fuori controllo.

La conversazione telefonica era iniziata con delle accuse ed era peggiorata da lì.

Aveva camminato avanti e indietro mentre parlava, gesticolando con una mano mentre cercava di placare la persona all'altro capo della chiamata.

Era troppo pericoloso. Dovevano smettere.

Non poteva continuare, non più.

Chi chiamava insisteva; c'era troppo in gioco, troppe promesse fatte.

Rallentò la moto mentre si avvicinava a un incrocio a T, controllò gli specchietti e si prese un momento per scrollare le spalle e scrocchiare il collo.

La tensione gli serrava gli arti e per un attimo chiuse gli occhi. Un'ondata di nausea lo colse, contraendogli lo stomaco.

Sollevò la visiera, inghiottendo aria fresca, lottando contro le vertigini che gli offuscavano la vista.

La pioggia gli picchiettava il viso e assaporò l'acqua fredda che leniva le sue guance ardenti.

Aveva rimproverato chi chiamava per aver fatto quelle promesse all'inizio. Non era questo l'accordo.

Avevano sempre saputo di avere i giorni contati, e lui non era disposto a correre il rischio.

Non ora. Aveva già perso così tanto.

Fece un respiro profondo e cercò di riconcentrarsi, stringendo i pugni guantati per cercare di liberarsi dalla tensione. Allungò una mano e riabbassò la visiera; il plexiglas attenuò i sottili toni di terra umida e ozono, isolandolo dalla realtà.

C'era solo una persona con cui poteva parlare che avrebbe saputo cosa fare.

Avvolse di nuovo le dita intorno al manubrio.

Girò la testa per controllare se arrivassero veicoli e non si sorprese quando la strada rimase deserta.

Solo un pazzo sarebbe uscito in una notte come questa.

L'acqua sulla superficie brillava alla luce del faro, e lui approfittò del fatto di essere l'unico sulla strada per fare lo slalom tra le pozzanghere profonde, sfruttando tutta la larghezza della carreggiata per manovrare.

Il cuore gli batteva come se avesse corso, e si chiese se avesse fatto la scelta giusta. Non c'era più modo di tornare indietro ora: quando aveva preso la decisione, era stata una reazione automatica e istintiva. Era stato spinto troppo oltre, troppo in fretta.

Quello che all'inizio aveva visto come uno scherzo e poi come una sfida si era invece trasformato in qualcosa che non poteva controllare. C'erano troppe altre persone coinvolte ora.

La strada scendeva e si curvava mentre il terreno si livellava. Un cartello familiare brillò nel fascio di luce del faro alla sua sinistra, e lui cominciò a rallentare la moto usando le marce piuttosto che rischiare di frenare troppo bruscamente.

La strada principale era deserta, e mentre si avvicinava all'incrocio un lampo di movimento tra gli alberi lontano dalla sua posizione attirò la sua attenzione. Un attimo dopo, un treno Eurostar sfrecciò via, il suo pantografo inviava luminosi lampi di elettricità nell'aria mentre si dirigeva verso la costa e oltre, verso Parigi.

Un dolore sordo graffiò il petto di Jamie.

Avrebbe dato qualsiasi cosa per essere di nuovo fuori dal paese in quel momento.

Rassegnato, svoltò sulla A20 e diresse la moto verso Maidstone.

Mentre il pendio cominciava a salire, si allineò per affrontare la curva; era facile: percorreva quella strada da quando aveva lasciato la scuola e preso la patente. Il suo corpo e il veicolo si muovevano come una cosa sola, inclinandosi nella curva mentre accelerava per controllare la svolta.

Il suo cervello registrò la sagoma scura che incombeva davanti a lui una frazione di secondo troppo tardi.

Disperato, spinse il manubrio sinistro lontano da sé nel tentativo di sterzare, lo stomaco si contorse mentre si rendeva conto del suo errore.

Urlò, la sua voce soffocata all'interno del casco mentre la sagoma si scontrava con lui.

Il manubrio gli fu strappato dalle mani, e poi si ritrovò in aria, fluttuante come una bambola di pezza e incapace di comprendere cosa fosse andato storto.

Il cielo notturno vorticava sopra di lui e in lontananza

udì lo sgradevole stridio del metallo mentre la sua moto scivolava lungo la strada fino a fermarsi.

Urlò quando le sue ginocchia incontrarono per prime l'asfalto, lo schianto delle ossa inevitabile quando il suo corpo finì rovinosamente a terra.

Un attimo dopo, la parte posteriore del suo casco sbatté contro la superficie dura e implacabile, e l'oscurità lo avvolse.

CAPITOLO 2

Ora

L'ispettrice Kay Hunter si fece strada a gomitate attraverso la porta della sala operativa della stazione di polizia di Maidstone e represse un sospiro di sollievo quando l'agente Debbie West allungò le mani per prendere la pila di cartelle che aveva cercato di tenere in equilibrio sotto il braccio.

«Non dovresti portare queste, pesano un quintale» la rimproverò. «Si suppone che tu debba svolgere lavori leggeri per almeno altre otto settimane.»

«Grazie, Debs.» Seguì l'agente in uniforme mentre si destreggiava tra le scrivanie e si dirigeva verso l'ufficio nell'angolo della sala operativa. «Pensavo di farcela con quelle, a dire il vero. Ma, potresti metterle sulla mia solita scrivania?»

Debbie si voltò e sorrise mentre cambiava direzione. «Continui a non voler usare il tuo ufficio?»

Kay fece una smorfia. «Mi sembra irrispettoso, ad essere sincera. Continuo a pensare che Sharp possa entrare da un momento all'altro e buttarmi fuori.»

Debbie lasciò cadere le cartelle sulla scrivania e attese che Kay si sedesse. «Qualche novità?»

«No, ma sai bene come me che le indagini degli Standard Professionali sono sempre top secret. Immagino che non sapremo il risultato fino a quando non lo saprà lui.»

«Continuo a dire che è ingiusto.»

«Sì, anch'io, Debs.»

Kay attese che l'agente in uniforme tornasse alla sua scrivania, poi contemplò la pila di documenti sparsi davanti a sé e resistette all'impulso di gemere.

Le ferite inflittele da uno dei più diabolici trafficanti di esseri umani che il paese avesse mai visto avevano richiesto più tempo del previsto per guarire, nonostante ore di fisioterapia e riposo forzato.

Gli incubi tornavano regolarmente, ma lei e il suo compagno, Adam, avevano deciso di tenere per sé quella notizia. Era determinata a non permettere che Jozef Demiri governasse la sua vita dopo la sua morte, non dopo ciò che aveva fatto passare a lei e ad altre donne quando era vivo.

Era finalmente tornata al lavoro la settimana precedente, dopo aver convinto il terapeuta di medicina del lavoro che avrebbe probabilmente commesso un crimine grave se avesse dovuto passare un altro mese chiusa in casa.

Era stato raggiunto un compromesso, e ora era relegata a quello che la polizia chiamava "lavori leggeri", ma che in realtà significava essere confinata alla scrivania durante il futuro prossimo.

Inoltre, l'ispettore capo Angus Larch aveva dichiarato apertamente al suo ritorno al lavoro che si aspettava che seguisse gli ordini, e le aveva ricordato che la sua promozione a ispettrice era soggetta a periodo di prova.

Il suo ruolo fino ad ora si era ridotto a nient'altro che a un esercizio di smistamento di scartoffie, e stava diventando irrequieta, oltre ad avere il sospetto che le prossime settimane avrebbero messo alla prova oltre limite le sue capacità diplomatiche e la sua pazienza.

Come se non bastasse, aveva trascorso la maggior parte della mattinata in una sessione di formazione al quartier generale di Sutton Road, per poi essere trascinata in una riunione dirigenziale dopo pranzo, ed era sollevata di tornare alla sala operativa della stazione di polizia di Maidstone.

Alzò lo sguardo quando una grande tazza di tè e un consistente pezzo di torta alle carote le furono messi davanti, e sorrise.

«Grazie, Carys.»

«Come ti senti?»

«Bene. Vuoi radunare tutti per il briefing pomeridiano?»

«Certo.»

Kay bevve un sorso di tè e osservò la giovane detective attraversare la sala operativa, ridendo e scherzando con i colleghi mentre trasmetteva il messaggio.

Si muoveva con una grazia determinata che rifletteva la sua ambizione di farsi strada tra i ranghi, e mentre si spingeva una ciocca di capelli neri dietro l'orecchio, Kay si rilassò.

La fiducia della donna aveva subito un colpo nei mesi invernali dopo che un sergente detective di cui aveva grande considerazione era stato coinvolto in un piano di corruzione contro l'ispettore Devon Sharp e la sua squadra, e ora languiva in un carcere di minima sicurezza per il suo ruolo.

Sembrava che Carys stesse iniziando a mettersi alle spalle quell'esperienza.

Gli eventi dell'anno passato avevano esposto le attività nefande di un ufficiale superiore, l'ispettore capo Simon Harrison, le cui azioni avevano avuto un impatto diretto su Kay provocandone quasi la morte.

Il personale della stazione di polizia della contea avrebbe impiegato del tempo per riprendersi dal tradimento, ne era certa, ma il fatto che Carys sembrasse non pensarci troppo le dava forza.

Kay rabbrividì e si abbottonò la giacca, cercando di ignorare lo stridio di un trapano elettrico proveniente dal corridoio.

Il sistema di riscaldamento difettoso della stazione di polizia aveva finalmente ceduto tre giorni prima del suo ritorno al lavoro, e una sgangherata squadra di elettricisti stava ancora cercando di individuare la posizione del guasto nel condizionatore d'aria a ciclo inverso e di ripararlo prima che gli abitanti dell'edificio morissero congelati.

Con i suoi soliti modi bruschi, il detective Barnes aveva convinto la squadra a comprare una serie di stufe elettriche per proteggersi dal freddo, ma erano poco efficaci nel grande spazio della sala operativa.

Non osava pensare a quale sarebbe stata la bolletta dell'elettricità a fine mese.

Mentre Kay faceva segno alla squadra di raggiungerla nella parte anteriore della stanza per il briefing pomeridiano, Barnes trascinò la sua sedia dove lei si trovava e si sedette con un forte sospiro.

«Pensavamo che l'avrebbero sistemato a quest'ora» disse. «Quanto è passato? Cinque... no, sei giorni? Con questo ritmo, avremo bisogno di tappi per le orecchie, o rischieremo di rimanere sordi prima che riescano a ripararlo.»

«Non riesco a sentirli per via di un vecchio detective che si lamenta» disse Gavin Piper mentre si appollaiava sul bordo di una scrivania.

Kay rise mentre Barnes appallottolava un foglio di carta e lo lanciava verso la testa del giovane detective. «Va bene, basta così. Cominciamo, d'accordo?»

«Sergente... scusi, Ispettrice» disse Gavin.

Lei agitò la mano verso di lui. «Conosci le regole: qui è "Kay", a meno che non siamo fuori.»

Lui sorrise, e Kay notò che la sua abbronzatura estiva aveva finalmente avuto la decenza di sbiadirsi. «Non riesco ancora ad abituarmi.»

«Qual è il diminutivo di "Ispettore", comunque?» disse Barnes, grattandosi il mento. «"Isp"? "Spettore"?»

«Smettila» disse Kay, e gli agitò il dito contro. Ignorò il ghigno che cominciava a formarsi all'angolo della sua bocca e rivolse di nuovo l'attenzione a Gavin. «Bene, cosa sta succedendo con quell'effrazione ad Aylesford? È stata piuttosto brutta, vero?»

«Sì, una coppia di pensionati era sveglia fino a tardi a guardare la televisione quando il vetro della porta della cucina è stato rotto e un intruso è entrato. Ha minacciato di bruciare il loro cane sul fornello a gas se non avessero consegnato tutti i loro oggetti di valore. Sto attualmente aspettando i filmati delle telecamere installate alla fine del loro vialetto da una società di sicurezza vicino a Sevenoaks» disse il giovane detective, passandosi le dita tra i capelli biondi arruffati. «Il proprietario aveva fatto installare una specie di sistema di fascia alta tre mesi fa e lui stesso non ha accesso ai file. Il contatto che mi è stato dato avrebbe dovuto farmelo avere entro venerdì, ma, a quanto pare, era ammalato. Se non vedo nulla entro le cinque di oggi, li chiamerò di nuovo.»

«Fallo» disse Kay, «e se hai bisogno che intervenga io, basta chiedere.»

«Lo farò, grazie.»

«Il cane sta bene?» chiese Debbie.

«Sì, sta bene. Sembra che sia stato usato solo come minaccia, nient'altro.»

Kay sorrise. Era stata tentata di fare la stessa domanda ed era contenta di non essere l'unica a chiedersi della sorte del cane.

«Carys, quali sono le ultime novità sulla serie di irruzioni nella zona industriale di Parkwood?»

«Abbiamo un adolescente di nome Calvin Westford in custodia al piano di sotto. È alla sua prima infrazione ed è terrorizzato. Sembra che si sia unito agli altri per sfida e non si sia reso conto che i suoi amici facessero sul serio riguardo all'effrazione. Al momento è con l'agente Norris e sta fornendo una lista dei suoi complici.»

Un mormorio di congratulazioni riempì la stanza.

«Bel lavoro, complimenti.» Kay lanciò il cancellino della lavagna a Carys, che lo afferrò con facilità e si diresse verso la parte anteriore della stanza prima di cancellare il caso dalla lavagna.

Restituì il cancellino a Kay, con un sorriso sul volto. «Grazie, capo.»

Kay la osservò tornare alla sua sedia, con Gavin che dava il cinque alla collega mentre passava, e poi si voltò verso le cartelle che aveva portato davanti alla stanza.

«Okay, compiti per domani. Barnes, questo è per te. Sospetto attacco incendiario al piccolo take-away indiano sulla Tonbridge Road ieri notte. I vigili del fuoco ci hanno chiesto di fornire supporto; quindi, puoi seguire la cosa con loro domattina?»

«Certamente.»

Si alzò dal suo posto per prendere la cartella e iniziò a sfogliare le pagine.

Mezz'ora dopo, Kay aveva assegnato i compiti a ciascun membro della sua squadra e li aveva congedati per il pomeriggio.

Tornò alla sua scrivania e ignorò il dolore all'avambraccio, flettendo le dita per alleviare uno spasmo muscolare mentre muoveva il mouse per riattivare il computer.

Mentre la squadra iniziava a defluire fuori dalla stanza alla fine del turno pomeridiano, Kay si lasciò cadere sulla sedia con un sospiro e passò in rassegna i rapporti nel vassoio.

«Se essere un ispettore detective significa questo, posso farne a meno» mormorò. Alzò lo sguardo quando Gavin si avvicinò alla sua scrivania. «Tutto a posto?»

«Sì» disse lui, spostando il peso da un piede all'altro. Si guardò alle spalle. «Mi chiedevo solo se avessi parlato di recente con l'ispettore Sharp e se ci fossero novità.»

Lei scosse la testa. «Niente da riferire per ora.»

Non menzionò che non parlava con il loro ispettore da oltre sei settimane, e un'ondata di senso di colpa la travolse quando si rese conto di essere stata così occupata a concentrarsi sul superare le valutazioni mediche per tornare al lavoro che non aveva pensato alla situazione di Sharp.

Gavin si schiarì la gola. «Okay. Bene, ci vediamo domani, Kay.»

Lei forzò un sorriso. «D'accordo.»

Appoggiò il mento sulla mano mentre lo guardava farsi strada tra le scrivanie e uscire dalla porta della sala operativa, la sua voce che si sovrapponeva a quelle di Carys e Barnes mentre i tre si affrettavano lungo il corridoio verso l'uscita.

Gettò la cartella che aveva in mano nel vassoio, poi afferrò la sua borsa da sotto la scrivania e controllò l'orologio.

Forse era ora di mettersi in contatto con l'ispettore detective Devon Sharp, dopotutto.

CAPITOLO 3

«Una barba?»

«Non ti piace?»

«Beh, è... diversa.»

Kay riuscì a smettere di fissare e varcò la soglia della casa dell'ispettore detective Devon Sharp prima che lui chiudesse la porta e le facesse cenno di dirigersi verso la cucina.

Rebecca, la moglie di Sharp, lavorava in un asilo nido locale e, a giudicare dal suono di musica rock proveniente dal retro della casa, era ancora al lavoro. L'asilo funzionava in modo che il personale dirigente si alternasse tra il turno del primo mattino e quello del tardo pomeriggio per essere presente quando i bambini venivano portati o ritirati, nel caso i genitori volessero parlare con qualcuno.

Kay non sapeva nulla dei figli degli Sharp, a parte le fotografie che aveva visto in precedenza di una coppia di gemelli adolescenti dall'aspetto sano che occupavano un posto d'onore su una libreria nel soggiorno.

«Una tazza di tè?»

«Per favore.»

Si tolse il cappotto di lana e lo appoggiò sullo schienale di una delle eleganti sedie che circondavano un tavolo da pranzo abbinato su un lato dell'ampio spazio, e gettò la sua borsa sulla superficie prima di attraversare la stanza e appoggiarsi al lavello mentre Sharp abbassava il volume della musica che risuonava da un set di altoparlanti sul davanzale.

«Come te la stai cavando?»

«Uno schifo, ma tu lo sai bene.»

Lei annuì, ma non disse nulla.

«È la noia, Kay.»

Si passò una mano tra i capelli castani che ora mostravano le più lievi tracce d'argento ed erano cresciuti durante i mesi invernali, poi scosse la testa.

«Come sta Bec?»

«Stoica. Come sempre.»

Kay sorrise.

La moglie di Sharp era come il suo compagno, Adam. Affidabile, non si agitava facilmente, e completamente perplessa sul perché la sua metà si gettasse anima e corpo in una carriera che nel peggiore dei casi era ingrata e nel migliore era impegnativa.

«E tu? Contenta di essere tornata al lavoro?»

«Sono annoiata, Devon. Mi hanno messo a svolgere mansioni leggere.» Sollevò il braccio. «Ci sto mettendo più tempo a guarire di quanto pensassero, e apparentemente non posso rischiare di esagerare.»

«Scommetto che la stai prendendo bene.»

«Sta' zitto e dammi una tazza di tè.»

Entrambi risero.

Kay rimase in silenzio mentre lui si muoveva per la cucina, prese il latte dal frigorifero e tolse le bustine di tè dalle tazze una volta che le bevande si furono raffreddate.

Poteva anche ridere e scherzare con lei, ma Kay percepiva la frustrazione e la disperazione sotto la superficie delle sue emozioni attentamente controllate.

Nonostante i suoi tentativi di normalità, l'effetto degli ultimi tre mesi ribolliva sotto la superficie.

Sapeva per esperienza diretta come un'indagine degli Standard Professionali potesse minare la fiducia e la salute di un agente, specialmente se quell'agente era innocente rispetto a qualsiasi illecito.

«Non prendi lo zucchero, vero?»

Kay scosse la testa per schiarirsi le idee e cercò di riconcentrarsi. «No, corretto, grazie.»

«Vieni in veranda. Bec mi ha messo a dipingere i davanzali, così posso lavorare mentre chiacchieriamo e non mi metterò nei guai per aver trascurato i miei doveri.»

Le fece l'occhiolino, poi la guidò attraverso la stanza e attraverso un arco verso un ampio spazio chiuso che si affacciava su un giardino.

Kay strizzò gli occhi attraverso la finestra e osservò il patio e il prato avvolti nel crepuscolo.

La casa di Sharp si trovava in un quartiere residenziale dalla parte opposta di Maidstone rispetto alla sua, ma la strada principale che attraversava i cul-de-sac sparsi presto si trasformava in una strada di campagna mentre si snodava verso il villaggio di Otham, e sapeva che spesso lui vedeva delle volpi attraversare il suo giardino.

Il giardino era silenzioso per il momento, però, e lei si

voltò di nuovo verso la stanza e vide lui che la osservava cautamente sopra la sua tazza di tè, ignorando i pennelli.

Posò la sua bevanda sul tavolino accanto a una delle poltrone in vimini e abbandonò la finzione.

«Devon, ho bisogno di qualcosa in cui affondare i denti prima di impazzire. Tutta questa storia dell'essere un Ispettore Detective, dopo quello che ho potuto vedere accadere politicamente l'anno scorso, non ho mai voluto farne parte. Amo essere una detective. Tutto quello che ho fatto questa settimana è stato smistare scartoffie.»

Lui scrollò le spalle. «A volte, è tutto ciò che c'è da fare, assicurarsi che il personale sia distribuito uniformemente nell'area. È comunque importante.»

«Ma non è *fare*, no?»

«Quindi, Demiri non ti ha fatto passare la voglia di stare in prima linea?»

Lei scosse la testa. «Se non altro, mi ha reso più determinata a mettere in prigione persone come lui, prima che abbiano mai la possibilità di fare ciò che ha fatto lui.»

I suoi occhi si strinsero. «Cosa vuoi da me?»

Kay incrociò le braccia. «Voglio sapere perché c'è un'indagine degli Standard Professionali contro di te, e voglio sapere cosa posso fare per aiutarti.»

Lui ridacchiò e indicò le due poltrone. «È solo uno stratagemma per farmi tornare, così posso occuparmi delle scartoffie?»

Lei alzò la mano mentre si sedeva. «Va bene, potrei avere un secondo fine.»

Lui posò la sua tazza sul tavolino tra di loro, e poi si appoggiò allo schienale della sedia con un sospiro.

«Il problema è, Kay, che se cerchi di aiutarmi, potresti

danneggiare le tue stesse possibilità di avanzamento all'interno del corpo di polizia.»

«Ancora più di quanto ho fatto l'anno scorso?»

I suoi occhi si indurirono. «Non scherzare su questo, Kay. Hai lottato duramente per ripulire il tuo nome e ottenere giustizia l'anno scorso, e ti è quasi costato la vita. Non buttare via tutto questo.»

Lei bevve un sorso di tè per digerire le sue parole, e poi posò la sua tazza accanto alla sua. «Eppure, tu hai fatto lo stesso per me. Siamo una squadra, Devon. Lo siamo da molto tempo. Lascia che ti aiuti.»

«Devi promettere di essere cauta, Kay. Se hai intenzione di farlo, fallo seguendo le regole. Ricorda, è tutta una questione politica e questo significa che dovrai lavorare con Larch a un certo punto.»

Lei fece una smorfia, poi ammise che aveva ragione. «D'accordo.»

Lui annuì e riprese il suo tè. «Da dove vuoi cominciare?»

«Cosa è successo tra te e l'ispettore capo Simon Harrison?»

CAPITOLO 4

«Harrison era l'investigatore incaricato di un caso riguardante la morte di un giovane motociclista sulla A20 tra Leeds e Harrietsham, e aveva già la reputazione di tagliare sui tempi per gestire il suo carico di lavoro».

Kay si spostò in avanti sulla sedia e appoggiò i gomiti sulle ginocchia. «Quando è successo?»

«Dieci anni fa».

«Tu non eri nella polizia del Kent all'epoca».

«No, ero ancora nella polizia militare, e sai cosa pensano tutti di loro».

Lei accennò un sorriso. La polizia militare aveva il suo modo di gestire le indagini, e non era sempre ben rispettata dai suoi colleghi per questo. «Continua».

«Poiché l'incidente è avvenuto fuori dalla caserma, la polizia del Kent era presente. Io potevo essere solo un osservatore».

«Cosa è successo?»

«Un giovane recluta di nome Jamie Ingram è stato ucciso una notte di dicembre. Pioveva, le condizioni erano tutt'altro che ideali, ed era tardi. L'autista di un camion articolato si è imbattuto nella scena solo pochi istanti dopo l'accaduto, il motore della moto era ancora caldo».

Kay tirò fuori il telefono e selezionò l'app "maps". «In che punto di quel tratto di strada?»

«Appena prima della svolta per Broomfield».

Lei scorse con gli occhi la mappa davanti a sé e aggrottò le sopracciglia. «Strano posto per perdere il controllo, soprattutto considerando che le curve lì sono state raddrizzate più di trent'anni fa. C'era olio sulla superficie, o andava troppo veloce per le condizioni?»

Mise via il telefono, poi alzò lo sguardo su Sharp.

Lui la stava fissando.

«Che c'è?»

«Jamie Ingram era uno dei migliori motociclisti che abbia mai conosciuto. Sono andato a scuola con suo padre, che possiede ancora la fattoria dove Jamie è cresciuto. Quando aveva nove anni, Jamie aveva già una piccola moto e andava a sfrecciare in uno dei campi che suo padre aveva messo da parte appositamente per quello scopo. Due anni dopo ha vinto competizioni di motocross a livello nazionale».

«Quindi stai dicendo che sapeva gestire una moto in qualsiasi condizione?»

I lineamenti di Sharp si addolcirono. «Sì. È esattamente quello che sto dicendo». Si alzò dalla sedia e si mise le mani nelle tasche dei jeans mentre camminava avanti e indietro. «Scusa. È solo che all'epoca, e ancora adesso, voglio fare ciò che è giusto per Jamie e i suoi genitori».

«Stavamo parlando delle condizioni della strada quella notte».

«L'investigatore capo concluse che non c'era olio sulla strada, e non c'era traccia di altri detriti che avrebbero potuto far perdere il controllo a Jamie».

«Fauna selvatica?»

«I bordi della strada furono controllati, ma non trovarono conigli feriti, e un cervo avrebbe avuto un impatto enorme sulla moto. Non c'era nulla del genere».

«Qual è stata la conclusione dell'investigatore?»

«Il suo rapporto affermava che, per qualche motivo, Jamie aveva fatto una deviazione improvvisa dalla sua traiettoria nell'affrontare la curva e aveva perso il controllo».

Kay si appoggiò allo schienale della sedia e si massaggiò la base del capo prima di rimettere il telefono in borsa. «Mi sta venendo il torcicollo».

Sharp colse l'allusione e si sedette con un lungo sospiro.

«E tu cosa pensi che sia successo, Devon?»

«Ho parlato con il suo comandante il giorno dopo l'incidente. A quanto pare, Jamie aveva telefonato all'aiutante la mattina precedente, chiedendo un incontro urgente con il Tenente Colonnello Stephen Carterton. L'unico appuntamento disponibile era per il giovedì pomeriggio...»

«E Jamie è morto prima di poter parlare con lui».

«Sì».

«Hai idea di cosa volesse dirgli Jamie?»

«No, ma non è questo il punto. È molto insolito che un soldato semplice faccia una richiesta del genere. Qualcosa deve aver preoccupato Jamie per fissare quell'appuntamento, in primo luogo, per non parlare del fatto che ha telefonato mentre era fuori dalla caserma».

«Cosa ne pensa la famiglia?»

Sharp si grattò la barba. «All'epoca, suo padre espresse preoccupazioni sul fatto che Jamie fosse nervoso quando era tornato dall'Afghanistan».

«Disturbo post-traumatico da stress?»

«No, Jamie non era stato esposto a nulla che potesse averlo scatenato; si occupava di forniture e logistica e cose del genere. Non ne voleva parlare con i suoi genitori quando glielo chiedevano, ma dissero che, quando quella notte squillò il cellulare di Jamie, lui iniziò a tremare e rispose alla chiamata uscendo fuori. Non volle dire loro di cosa si trattasse. Quella fu la notte della sua morte».

«Non capisco. Perché ci sarebbe un'indagine degli Standard Professionali sulla tua condotta basata su questo?»

Sharp scrollò le spalle. «Un'accusa è stata mossa contro di me da un ufficiale superiore, Harrison. Sta cercando di insinuare che non gli ho riportato tutti i fatti dieci anni fa, quando invece l'ho fatto, e che in qualche modo potrei essere stato coinvolto in ciò che è successo a Jamie e aver cercato di insabbiare. Sono tutte stronzate, ovviamente. Suppongo che finché non avranno concluso le indagini sulle sue attività, non decideranno se sospendermi a tempo indeterminato o archiviare il caso degli Standard Professionali e lasciarmi tornare al lavoro». Indicò i pennelli abbandonati. «Nel frattempo, me ne sto seduto ad aspettare».

«D'accordo. Tu cosa pensi sia successo dieci anni fa?»

Sharp si girò sulla sedia al suono della porta d'ingresso che si apriva, poi si voltò di nuovo verso Kay e abbassò la voce. «Penso che Jamie abbia scoperto che stava succedendo qualcosa nel suo reggimento, e intendesse denunciarlo. Penso che sia stato ucciso prima che avesse la possibilità di farlo».

Kay sentì l'aria abbandonarle i polmoni quando Rebecca Sharp apparve sull'arco che conduceva alla veranda, e si sforzò di sorridere per nascondere lo shock provocato dalla dichiarazione del suo collega.

«Kay, che bello vederti».

Kay si alzò e accettò il rapido abbraccio dell'altra donna. «Come stai, Bec?»

«Oh, sai. Sto finendo i lavori da far fare a Devon. Prima torna al lavoro, meglio è». La sua fronte si corrugò. «È per questo che sei qui?»

Kay colse l'occhiata che Sharp le lanciò, e scosse la testa. «No, purtroppo non ho novità su questo. Sono tornata al lavoro solo la settimana scorsa, e ho passato gli ultimi sei giorni con la sensazione di pedalare all'indietro».

Bec ridacchiò. «Sì, è quello che fa la promozione».

«Forse è meglio che vi lasci soli», disse Kay, raccogliendo la sua borsa dal pavimento piastrellato. «È stato bello vederti, Bec».

«Anche per me, Kay».

Sharp la accompagnò alla porta d'ingresso, poi la sbloccò e si fece da parte prima di consegnare a Kay un pezzo di carta.

«Ecco. Questo è l'indirizzo della famiglia di Jamie Ingram. Parla con loro. Cerca di capire che tipo di persona fosse Jamie. Poi capirai».

«Quindi, lo facciamo davvero?»

«Te la senti?»

«Puoi scommetterci».

Lui sorrise. «A proposito, come sta Adam?»

Kay controllò l'orologio. «Oh, accidenti».

«Che c'è che non va?»

«Oggi è il suo compleanno, e in questo momento sono in ritardo per portarlo fuori a cena».

CAPITOLO 5

Kay spinse la porta d'ingresso di casa sua e si tolse il cappotto dalle spalle prima di appenderlo al piolo del corrimano.

«Scusa il ritardo!»

«Sono di sopra.»

Salì le scale due gradini alla volta e si diresse verso la camera da letto principale, gettando la borsa sul letto mentre il suo compagno, Adam Turner, emergeva dal bagno privato in una nuvola di vapore.

«A che ora è prenotato il tavolo?»

Lui sorrise. «*Era* prenotato per le sei e mezza, ma ho immaginato che saresti arrivata in ritardo, quindi ho chiesto di spostarlo alle sette e mezza.»

«Sei un tesoro.» Lo baciò, poi si sbottonò la camicetta e la gettò nel cesto della biancheria accanto alla porta.

Mentre scorreva i vestiti appesi nell'armadio cercando di decidere cosa indossare, il suo battito cardiaco iniziò a rallentare. Odiava che il suo lavoro a volte invadesse la sua vita privata, ma soprattutto quando era il compleanno di

Adam e avevano organizzato di concedersi una cena in un costoso ristorante che preferivano per le occasioni speciali.

«Vuoi che chiami un taxi?» disse Adam. Infilò un gemello nella manica della camicia e la abbottonò.

«Va bene così, stavo per offrirmi di guidare io. Domani ho un inizio anticipato, quindi posso bere solo un drink comunque.»

Lui allungò la mano e le diede una pacca sul sedere prima di schivare mentre lei si girava. Sorridendo, si spostò verso la porta.

«Prenditi il tuo tempo. Ti aspetto di sotto.»

Kay sorrise e tornò a concentrarsi sull'armadio prima di scegliere un abito nero con spalline sottili e uno scialle rosso per coprirsi le spalle.

La dimora storica che ospitava il ristorante era bellissima, ma poteva essere fredda nei mesi tardi dell'inverno.

La voce di Adam filtrava attraverso il pavimento dalla cucina, e si rese conto che aveva portato a casa un paziente. A giudicare dai suoni, qualunque cosa fosse era stata lasciata uscire in giardino prima che andassero a cena ed ora veniva sistemata per la notte.

Sorridendo, e con un po' di trepidazione su cosa avrebbe trovato in casa questa volta, finì di vestirsi e poi prese una piccola borsetta e le scarpe e scese le scale a piedi nudi.

Un grosso pastore tedesco si alzò lentamente dal suo letto sulle piastrelle quando entrò in cucina, i suoi occhi marroni tristi mentre le si avvicinava e le annusava la mano.

Adam era appoggiato al piano di lavoro della cucina,

con un bicchiere d'acqua in mano. «Ti presento Rufus. Era un cane di servizio della polizia del Kent, ma è stato dato in affido circa quattro anni fa. La sua famiglia affidataria è via al momento, quindi ho accettato di fare da babysitter.»

«Ciao, Rufus.»

Il cane sbuffò, poi tornò al vecchio piumone che Adam aveva piegato e messo in un angolo come letto improvvisato prima di accovacciarvisi con un gemito.

«Cosa ha che non va?»

Adam sospirò e posò il bicchiere. «Cancro terminale, purtroppo. Abbiamo provato di tutto negli ultimi sei mesi, ma non sta funzionando e non è giusto continuare a trattarlo con cose che non funzionano.»

Kay abbassò la voce, sentendo un nodo alla gola. «Dovrai sopprimerlo?»

«Non ancora. Al momento sta rispondendo bene agli antidolorifici, e sembra che riesca a muoversi da solo senza problemi, inoltre non ha perso l'appetito. Continuerò a monitorarlo, ovviamente, e parlerò con la famiglia affidataria quando torneranno dal Galles per discutere delle opzioni a loro disposizione.»

Kay prese le chiavi dell'auto mentre contemplava l'uomo di fronte a lei.

Uno dei veterinari più impegnati e rispettati della città, era anche una delle persone più compassionevoli che conoscesse. Rufus era in buone mani, questo era certo.

«Quando torna la sua famiglia affidataria?»

«Tra circa dieci giorni, credo. La suocera di Graham è morta ieri, e immagino che ci vorrà almeno quel tempo per sistemare tutte le pratiche e organizzare il funerale.»

Controllò l'orologio. «Sarà meglio che ci muoviamo se vogliamo fare in tempo per la prenotazione.»

Trenta minuti dopo, le gomme dell'auto scricchiolavano sulla ghiaia che si estendeva intorno alla dimora storica nel cuore della campagna del Kent, e poi Kay infilò il braccio in quello di Adam mentre camminavano verso i gradini di pietra che conducevano alla casa padronale del diciassettesimo secolo, ora adibita a hotel e ristorante.

Un membro del personale elegantemente vestito tenne aperta la porta per loro, e Kay lasciò rilassare le spalle mentre venivano accompagnati al loro tavolo.

L'ambiente lussuoso della sala da pranzo li avvolgeva, isolandoli dal mondo esterno. Tende dal pavimento al soffitto coprivano le finestre, e il tappeto spesso attutiva il rumore proveniente dagli altri tavoli mentre passavano.

Il tintinnio delle posate e le conversazioni sommesse le giungevano alle orecchie, e le venne l'acquolina in bocca al pensiero di assaporare il cibo.

Felice di scoprire che era stato loro assegnato un tavolo nell'angolo più lontano dagli altri commensali, sorrise mentre il cameriere le spostava la sedia e si affaccendava intorno a loro versando acqua e prendendo le ordinazioni.

Aspettò che fosse tornato con il vino e si fosse spostato verso un altro tavolo, prima di far tintinnare il suo bicchiere contro quello di Adam.

«Buon compleanno.»

«Grazie.»

Kay bevve un sorso di vino prima di posarlo sulla tovaglia di lino.

«Allora, dimmi di più su Rufus. Sembra amichevole.

Ho sempre pensato che bisognasse fare attenzione con gli ex cani di servizio.»

«Ormai è troppo vecchio, credo. Forse si rende conto che non gli resta molto, quindi sta cercando di godersi il tempo che gli rimane. La famiglia affidataria ha una figlia piccola, e Graham dice che non hanno mai avuto problemi. Rufus è molto protettivo nei suoi confronti.»

«Sarà bello averlo intorno. È un po' che non abbiamo nessuno dei tuoi ospiti.»

«E nessuno con onorificenze alte come quelle di Rufus: ai suoi tempi era un vero asso come cane poliziotto.»

Kay dovette posare il bicchiere di vino mentre Adam le raccontava alcune delle imprese del cane come agente in servizio presso la polizia del Kent, temendo di sputare il drink sul tavolo.

Quando furono servite le portate principali, le facevano male i fianchi. Alzò una mano.

«Ok, basta così. Mi fa male.»

Adam le fece l'occhiolino, poi si dedicò alla succosa bistecca che gli era stata servita.

Rimasero in silenzio per un po', gustando il cibo e il buon vino, finché Kay non posò le posate e si schiarì la gola.

«Voglio aiutare Sharp, Adam».

«Già annoiata?»

Lei alzò lo sguardo, ma lui aveva un ampio sorriso sul volto.

«È così evidente?»

«Stai scherzando? Ho capito nel momento in cui sei rientrata in quella sala operativa che avresti cercato un'occasione per rimetterti all'opera. Sono sorpreso che ci abbia messo così tanto».

«Quanto tempo avresti aspettato prima di menzionarlo?»

La sua bocca si incurvò. «Avrei resistito più a lungo di te».

Lei fece per dargli un colpetto giocoso sul braccio, ma lui si mosse troppo velocemente e rise.

«Cerca solo di non metterti nei guai questa volta, Hunter».

CAPITOLO 6

Kay attese la fine del briefing mattutino prima di tornare alla sua scrivania e accedere al database HOLMES.

Mentre aspettava che il computer recuperasse le informazioni sulla morte di Jamie Ingram, si mordicchiava l'unghia del pollice e cercava di elaborare una strategia per i giorni a venire.

Prima di tutto, doveva mettersi al passo con l'indagine originale gestita da Simon Harrison, all'epoca agente di polizia.

In secondo luogo, voleva recarsi sul luogo dell'incidente mortale di Jamie, andava bene leggere i rapporti e cose simili, ma sapeva che avrebbe compreso meglio le circostanze se l'avesse fatto di persona.

E doveva parlare con i genitori di Jamie.

Lo schermo davanti a lei lampeggiò, e poi apparve una serie di risultati di ricerca.

Kay esaminò le informazioni prima di cliccare sull'unico titolo che conteneva tutte le parole chiave che aveva inserito.

Si caricò una seconda schermata, e iniziò a scorrere le informazioni riassunte dell'indagine di Simon Harrison sull'incidente motociclistico.

Avendo lavorato con l'uomo in precedenza, era evidente che il suo atteggiamento spericolato nel risolvere i casi si era già formato quando era diventato detective.

Le sue annotazioni erano scarse, e sembrava che avesse l'opinione che Jamie fosse semplicemente un motociclista che, pur conoscendo i rischi, li correva comunque.

Il database delle indagini forniva una serie di link a tre infrazioni del traffico per eccesso di velocità, e Kay notò che al momento della sua morte, a Jamie restavano solo tre punti sulla patente.

Si appoggiò il mento sulla mano e sospirò mentre sfogliava le pagine e una fotocopia di una mappa stradale che mostrava il percorso A20 dalla fattoria degli Ingram a Broomfield nella cartella davanti a lei.

«Su cosa stai lavorando, capo?»

La voce di Gavin la strappò dalla sua riflessione, e lei spinse la mappa attraverso la scrivania lontano da lui.

«Solo alcune cose storiche.»

«Sei andata a trovare Sharp ieri sera?»

«Sì.»

«Come sta?»

«Ansioso. Annoiato.»

«C'è qualcosa che possiamo fare per aiutarlo?»

Carys si era avvicinata e ora era appollaiata sulla scrivania di Barnes di fronte a quella di Kay.

Kay sospirò. Aveva lavorato con la piccola squadra per oltre un anno ormai, e sembrava che la conoscessero meglio di quanto avesse realizzato. Fece un cenno con la mano verso la cartella degli archivi, e poi verso lo schermo del computer.

«Non ho tutti i dettagli, ma potete scommettere che è un ultimo tentativo di Harrison di screditarlo. L'indagine degli Standard Professionali è nata da un'accusa fatta da Harrison. Ha fatto affermazioni sulle azioni di Sharp riguardo un vecchio caso di dieci anni fa dopo che Sharp ha denunciato le attività di Harrison alla fine dello scorso anno come grave cattiva condotta.»

«Quando Harrison ti ha usata come esca per attirare Jozef Demiri, intendi?» disse Barnes. Appoggiò i gomiti sulla scrivania. «Continua.»

«Bene, quando gliel'ho chiesto, Sharp ha detto che, quando era ancora in servizio nella polizia militare, un giovane recluta dell'esercito è rimasto ucciso in un incidente in moto sulla A20 tra Leeds e Harrietsham. Poiché è successo fuori dalla caserma, la polizia del Kent è stata coinvolta. Harrison era di stanza a Maidstone all'epoca, ed era l'ufficiale investigativo. Harrison ora sostiene che Sharp abbia trattenuto prove per proteggere la reputazione dell'esercito, mentre Sharp riteneva che l'indagine originale non fosse stata condotta correttamente da Harrison, ed espresse le sue preoccupazioni all'epoca.»

«E tutti conosciamo la reputazione di Harrison per cui farebbe qualsiasi cosa per ottenere un risultato,» disse Gavin.

Kay notò come si passò una mano sul naso deformato. «Esattamente.»

«Quindi, Harrison ha tagliato gli angoli per ottenere un risultato rapido all'epoca, intendi?» disse Carys.

«Sì. L'opinione generale era che si trattasse di una morte accidentale causata da imprudenza, e ciò fu supportato dall'inchiesta del medico legale. Sharp sosteneva all'epoca, ancora oggi, che ci fosse di più.»

«Perché Sharp è stato sottoposto a un'indagine degli Standard Professionali per questo?» disse Gavin.

«Per via di quello che è successo l'anno scorso, immagino che le cariche alte debbano assicurarsi che l'antagonismo tra Sharp e Harrison non abbia influenzato l'esito di questo caso.»

«Beh, non c'è amore perso tra la Polizia Militare Reale e la polizia» disse Barnes, con la bocca che tremava. «Cosa c'entra tutto questo con te?»

Kay scrollò le spalle. «Conosco Sharp da molto tempo. Se pensa che ci sia di più nella morte di Jamie Ingram che un caso di morte accidentale, allora sono propensa a fidarmi del suo istinto.»

Barnes si alzò dalla sedia, si sporse e prese uno dei documenti dalla scrivania di Kay. Alzò un sopracciglio.

«Qui dice che Sharp è un amico della famiglia Ingram. Non pensi che ciò possa aver influenzato il suo pensiero?»

«Forse, ma non lo saprò finché non avrò dato un'occhiata più da vicino e parlato con loro.»

«C'è un motivo per cui te lo stai tenendo per te?» disse Carys. Incrociò le braccia.

Kay guardò da lei agli altri due detective in piedi intorno alla sua scrivania. «Beh, ho solo pensato che probabilmente sarebbe stato più sicuro lasciare voi fuori da tutto questo. Avete carriere promettenti davanti a voi, dopotutto.» La sua bocca si incurvò. «A parte Barnes, ovviamente.»

«Ehi.»

Attese che le risate si fossero placate, poi tornò seria. «Guardate, secondo Sharp, questo potrebbe far emergere alcune cose che potrebbero rendere le cose difficili qui dal punto di vista politico. Dopotutto, l'intera Divisione è sotto una nuvola grazie alle azioni di Harrison l'anno scorso, nonostante il risultato che abbiamo ottenuto. Non volevo trascinarvi tutti in questo con me. Non come l'ultima volta.»

Barnes sbuffò. «Non ci hai mai fatto fare nulla che non volessimo fare, Kay. Siamo sempre stati una squadra. Ciò significa che vegliamo anche su Sharp. Lui farebbe lo stesso per ciascuno di noi. Si è schierato per te.»

Kay guardò oltre la sua spalla e si assicurò che gli altri agenti che lavoravano all'estremità opposta della sala incidenti fossero fuori portata d'orecchio.

«Dobbiamo tenercelo per noi finché non riuscirò a convincere l'ispettore capo Larch che abbiamo buoni motivi per riaprire un caso archiviato e avremo raccolto prove sufficienti per dimostrare la teoria di Sharp, è chiaro?»

«Chiaro», disse Gavin. Si avvicinò, poi si chinò e prese la mappa stradale dalla scrivania di Kay prima di esaminare il luogo dell'incidente segnato. «Qualsiasi cosa per aiutare Sharp, giusto?»

«Siete assolutamente sicuri di volerlo fare?»

Gavin e Carys annuirono, i loro volti ansiosi.

«Tutti per uno», disse Barnes.

CAPITOLO 7

Kay aveva notato al suo ritorno al lavoro che l'ispettore capo che aveva conosciuto l'anno precedente era cambiato drasticamente durante la sua assenza.

Era scomparso l'ufficiale superiore schietto e odioso con cui si era scontrata più di una volta. Al suo posto c'era un uomo che, francamente, sembrava ridimensionato, e si chiedeva quale impatto avessero avuto su di lui gli ultimi tre mesi.

Nonostante le apparenze esteriori, doveva essere stato devastante per lui avere un detective in ospedale e un altro detective più anziano e rispettato sotto l'ombra di un'indagine interna, nonostante la chiusura di una delle più grandi organizzazioni di traffico di esseri umani nella storia del Kent.

Dove una volta si poteva contare su Angus Larch per crearle problemi, al suo posto c'era ora un uomo che sembrava reticente, persino intimidito.

Non aveva ancora capito le ragioni di questo

cambiamento. L'essere stata lontana dal trambusto della stazione di polizia della città di contea l'aveva protetta dalle ripercussioni politiche del caso precedente su cui lei e Sharp avevano lavorato, e sentiva di stare ancora trovando il suo posto nel nuovo ruolo, nonostante la sicurezza che si assicurava di mostrare.

Si agitò sulla sedia e pose la cartellina di manila sulle ginocchia mentre l'ispettore capo prendeva posto dietro la sua scrivania e intrecciava le dita delle mani davanti a sé.

«Di solito tu ed io facciamo di tutto per evitarci, Hunter, quindi cosa diavolo ti porta alla mia porta in una mattina umida e ventosa?»

«Penso di avere un modo per migliorare i nostri obiettivi, capo.»

«Va bene. Hai la mia attenzione.»

Kay aveva trascorso la notte precedente a casa a elaborare la sua strategia di approccio al suo ufficiale superiore. Sapeva di dover fare leva sul suo ego e su quello della Divisione; quindi, non era particolarmente preoccupata per l'incontro improvvisato. In effetti, non vedeva l'ora di affrontare la sfida.

«Signore, credo di avere prove sufficienti per suggerire di riaprire il caso sulla morte di Jamie Ingram.»

Osservò Larch stringere gli occhi.

«Incidente in moto, giusto? Circa dieci anni fa?»

«Proprio quello.»

Lui sciolse le dita delle mani e si appoggiò allo schienale della sedia. «Continua.»

«All'epoca, l'ufficiale investigativo trascurò di considerare l'esperienza della vittima come motociclista.

Inoltre, non tenne conto delle prove fornite dalla Polizia Militare Reale riguardo al fatto che la vittima aveva organizzato un incontro urgente con il suo comandante, un incontro a cui non partecipò mai, poiché la sua morte avvenne circa due giorni prima di quell'appuntamento.»

Quando Larch rimase in silenzio, lei continuò.

«Ingram aveva ricevuto una telefonata la notte della sua morte. All'epoca, i suoi genitori dichiararono che sembrava estremamente nervoso al ritorno dal suo ultimo incarico. Non voleva dire nulla quando veniva interrogato. Secondo i testimoni, è molto insolito che un soldato semplice richieda un incontro con il suo comandante. Qualcosa doveva preoccuparlo.»

Larch schioccò le dita e indicò la cartellina sulle ginocchia di Kay. «I tuoi appunti?»

«Capo.»

Gli passò la cartellina attraverso la scrivania e incrociò le gambe.

«Harrison era l'ufficiale investigativo, vero?»

«Sì, capo. All'epoca lavorava a Maidstone, prima di essere trasferito nella Polizia Metropolitana.»

«Qual è stata la conclusione della polizia militare sul caso?»

«La versione ufficiale era che non ci fossero prove sufficienti che suggerissero un omicidio.»

«E Sharp era il collegamento con l'esercito?»

«Sì.»

Sfogliò le pagine prima di alzare lo sguardo verso di lei. «Hai parlato con Sharp?»

«Sì, capo.»

«Come sta?»

«Frustrato, capo.»

«Hmm.»

Attese mentre lui leggeva il riassunto esecutivo di una pagina che aveva preparato e lasciato in cima ai documenti nella cartella, prima che iniziasse a scavare di nuovo nel contenuto della cartella. Dopo quello che sembrò un'eternità, non poté più sopportare il silenzio.

«Capo, ho pensato che, data la reputazione di Harrison per il lavoro investigativo scadente, evidenziata dalle sue azioni alla fine dell'anno scorso, e considerando che Sharp è attualmente sotto un'indagine degli Standard Professionali avviata da Harrison, dovremmo dare un'altra occhiata alla morte di Jamie Ingram. Forse Sharp aveva ragione all'epoca. Forse c'era più di quanto scoperto da Harrison.»

Larch lasciò cadere la cartella sulla scrivania tra loro e incrociò le braccia sul petto. «Qual è il tuo motivo, Hunter?»

«Motivo, capo?»

«Perché ti stai coinvolgendo?»

Kay abbassò lo sguardo, poi alzò di nuovo la testa e incontrò i suoi occhi. «Gli devo qualcosa, capo. Eravamo una buona squadra, e non è giusto quello che gli è successo. Solo perché Harrison è stato smascherato, non significa che sia giusto gettare fango su Sharp. È uno dei migliori che abbiamo.»

Si passò una mano sulla mascella, poi si sporse in avanti. «L'indagine degli Standard Professionali sulla condotta di Sharp è stata una mossa politica della Divisione Est. Una sorta di rappresaglia per la nostra esposizione di Harrison. Ci siamo scottati grazie al coinvolgimento del sergente detective O'Reilly con Harrison l'anno scorso, ma non tanto quanto loro. Al momento, ile cariche alte stanno esaminando come verrà ripartito il budget del prossimo anno in tutta la contea.»

«Quindi, sarebbe nel nostro interesse dimostrare che Sharp aveva ragione sulla morte di Ingram. Dopotutto, se ha ragione, e Harrison si è sbagliato, abbiamo un assassino che è stato a piede libero negli ultimi dieci anni, no? E, se risolviamo questo caso, aiuterebbe a mettere pressione sulla Divisione Est. Grande esposizione mediatica per la Divisione Ovest, giusto?»

«Sai, per qualcuno che afferma di non essere interessato alla politica del ruolo, Hunter, hai certamente uno spiccato intuito del gioco.»

Kay deglutì, senza parole. «Io... Io...»

Lui sorrise; qualcosa che non aveva mai visto fare all'ispettore capo Angus Larch in sua presenza.

Le ricordò uno squalo.

Puntò l'indice sulla cartella. «Quanto sei sicura di questo?»

Fece un respiro profondo e trascorse i successivi cinque minuti ripercorrendo i fatti noti dall'indagine originale e il suo piano d'azione previsto, poi si appoggiò allo schienale della sedia e attese.

Larch si dondolò avanti e indietro sulla sedia, fissando il soffitto mentre rifletteva sulle sue parole. Finalmente, abbassò lo sguardo verso di lei e si sporse in avanti.

«Va bene. Sono d'accordo che hai motivi sufficienti per riaprire il caso. Cosa farai per le risorse?»

«Ho parlato con i detective Barnes, Miles e Piper»,

disse Kay. «Sono tutti desiderosi di far parte dell'indagine e, dato il loro attuale carico di lavoro, credo che questo richiederebbe non più di una o due ore al giorno entro i parametri attuali.»

«Quindi, nessuna richiesta di budget aggiuntivo?»

«No, capo.»

Non menzionò che la squadra aveva già accettato di lavorare fuori orario se ciò avesse provato l'affermazione di Sharp che la morte di Jamie Ingram non era stata un incidente.

Avrebbero fatto tutto il necessario per far tornare Sharp al lavoro.

«Va bene.» Le spinse la cartella. «Considera la mia approvazione concessa.»

Kay si alzò dalla sedia e si mise la cartella sotto il braccio. «È fantastico, capo. Grazie.»

Lui annuì.

Si voltò per allontanarsi dalla sua scrivania, ma poi si fermò e guardò oltre la spalla. «Capo? So che non siamo sempre andati d'accordo, ma...»

Si interruppe, incerta su come continuare.

Larch inarcò un sopracciglio. «Sputa il rospo, Hunter.»

«Sembra stanco, capo. Va tutto bene?»

Lui sbuffò. «A parte il fatto di averti di nuovo qui a tormentarmi per farti togliere dalle mansioni leggere, intendi?»

Lei forzò un sorriso, ma non disse nulla.

Lui sospirò e la congedò con un gesto della mano. «Niente di cui tu debba preoccuparti al momento, Hunter. Ora, togliti dai piedi e non farti beccare a causare guai come fai di solito.»

Lei si mosse verso la porta e si voltò all'ultimo momento.

«Siamo tutti dalla stessa parte, capo. Non lo dimentichi.»

CAPITOLO 8

Quattro volti pieni di aspettative si voltarono verso di lei quando entrò nella sala operativa alle sei di quella sera.

«Debbie? Che ci fai ancora qui?»

«Avete bisogno di tutto l'aiuto possibile» disse l'agente di polizia in uniforme. «E io voglio aiutare.»

«Grazie.»

«Cosa ha detto Larch?» chiese Barnes, girandosi sulla sedia mentre Kay passava a grandi passi dirigendosi verso l'ufficio di Sharp.

«Siamo autorizzati.»

«*Sì.*» Gavin diede il cinque a Carys.

«Venite. Qui dentro.»

«Pensavo non volessi usare l'ufficio di Sharp» disse Carys.

Kay attese che tutti e quattro l'avessero raggiunta. «In questo modo, teniamo la nostra indagine separata dalla gestione quotidiana della sala operativa» disse. «Anche se Larch ha approvato l'indagine, penso che politicamente crei tensione se la Divisione Est lo scopre, sono ancora irritati per il fatto che abbiamo smascherato Harrison l'anno scorso.»

«Occhio per occhio» disse Barnes.

«È esattamente quello che ha detto lui. Non ci sono nemmeno straordinari disponibili, quindi se avete ripensamenti, ditemelo. Non è un problema, avete tutti una vita fuori dal lavoro e altre responsabilità.»

Fece cenno a Barnes di aiutarla, poi trascinò una lavagna di riserva dalla sala operativa nell'ufficio di Sharp e la appoggiò contro il muro, spingendo di lato la sua scrivania per fare spazio.

Gavin spostò una sedia logora per i visitatori vicino alla finestra mentre Carys e Debbie portarono dentro altre sedie di riserva, poi Kay aprì la sua cartella e appuntò una fotografia di Jamie Ingram sulla lavagna.

«Un rapido riepilogo di alcune informazioni che non avete ancora sentito» disse. «Jamie Ingram è morto in un incidente motociclistico dieci anni fa. È accaduto sulla A20 tra Leeds e Hollingbourne, vicino all'incrocio a T per Broomfield. Come ho detto, all'epoca, l'indagine della polizia del Kent era supervisionata da Simon Harrison.»

Un mormorio di disapprovazione si diffuse per la stanza, e vide il labbro superiore di Barnes incresparsi in un ghigno.

«Sì, so cosa pensate tutti di lui, ma lasciatemi continuare. Sharp era ancora nell'esercito all'epoca, nella Polizia Militare Reale. L'esercito non poteva rivendicare la giurisdizione sull'indagine perché era accaduto fuori dalla caserma, ma Sharp conosceva i genitori di Jamie, e intraprese una sua indagine in parallelo a quella della polizia del Kent. Credo che sia da qui che nasca l'antagonismo tra Sharp e Harrison. Harrison aveva già allora la reputazione di fare qualsiasi cosa per chiudere un caso, e Sharp aveva sollevato preoccupazioni sul fatto che ci potesse essere qualcosa di più nell'incidente di Jamie di quanto inizialmente stabilito.»

«Cosa è successo quando l'inchiesta del medico legale l'ha dichiarato un incidente?» chiese Carys. «Cosa ha detto l'esercito al riguardo?»

«L'esercito ha accettato il verdetto. Ho l'impressione, leggendo il fascicolo originale, che pensassero che l'insistenza di Sharp sul fatto che ci fosse un gioco sporco fosse un po' esagerata.»

«Cosa sappiamo di Jamie Ingram?» chiese Barnes.

«Un soldato modello, a quanto pare. Nessun precedente disciplinare, nessun problema quando era fuori dalla caserma. A parte un paio di multe per eccesso di velocità, non ha causato alcun problema per quanto ne so. Quindi, perché è stato ucciso?»

«Motivi per un movente» disse Gavin, contando sulle dita. «Vendetta, denaro, gelosia…»

«Va bene, signor ho-passato-l'esame-l'anno-scorso» disse Barnes. «Ora stringi e dicci perché.»

«Hai detto che Sharp ha menzionato che Jamie aveva fissato un appuntamento con il suo comandante prima di morire» disse Carys. «E se qualcuno avesse avuto qualcosa da nascondere, avesse scoperto che Jamie stava per spifferare tutto, e avesse deciso di ucciderlo?»

«D'accordo. Cosa?»

«Dev'essere stato qualcosa di grosso, per volerlo zittire per sempre» disse Barnes.

«Sharp ha detto che il padre di Jamie ha affermato che

suo figlio ha ricevuto una telefonata la notte della sua morte, e sembrava scosso» disse Kay. «Non poteva sentire cosa si dicessero, perché Jamie ha dato un'occhiata al numero ed è uscito per rispondere al telefono.» Scrisse qualcosa nel suo taccuino. «Chiederò ai genitori se il telefono cellulare di Jamie è stato restituito loro dopo l'inchiesta.»

«Pensi che l'abbiano conservato per tutto questo tempo?» chiese Gavin.

«Ti sorprenderebbe sapere cosa conservano le famiglie in lutto. Soprattutto i telefoni cellulari, spesso il messaggio della segreteria telefonica significa l'ultima volta che sentiranno la voce di quella persona.»

«Controllerò nel database per vedere se qualcosa è stato conservato al quartier generale» disse Debbie.

«Grazie, è un compito in meno sulla mia lista. Okay, compiti per domani allora. Carys, puoi rintracciare l'investigatore capo di allora della Stradale? Harrison non avrebbe avuto quel ruolo, ma avrebbe fatto da collegamento con quella persona. Per favore, fissa un appuntamento per me per incontrarlo o incontrarla sul luogo originale dell'incidente, perché vorrei vederlo di persona.»

«Lo farò.»

«Barnes, ho intenzione di visitare i genitori di Jamie Ingram domani. Vorrei che venissi con me, così ci presenteremo ufficialmente e faremo sapere loro che stiamo riaprendo l'indagine. Sarai il mio vice in questa, d'accordo?»

«Va bene.»

«Gavin, puoi esaminare le dichiarazioni originali con

Debbie e farmi sapere se abbiamo bisogno di tornare a chiarire qualcosa? Vorrei anche una lista di persone con cui dovremmo parlare di nuovo, specialmente i suoi colleghi nell'esercito. Scopri dove si trova il suo comandante oggi, voglio parlargli questa settimana, se possibile.»

«Capo.» Le rivolse un sorriso storto mentre lei apriva la bocca per correggerlo. «Sì, sì… lo so.»

Tutti risero.

Kay si strofinò l'occhio destro. «Va bene, per oggi basta così. Tutto questo deve essere fatto dopo i vostri soliti compiti quotidiani. Non possiamo trascurare i nostri impegni abituali, è chiaro?»

Un mormorio di assenso echeggiò dalle pareti dell'ufficio.

«Okay, ci vediamo domattina. Vediamo se Sharp è sulla pista giusta.»

CAPITOLO 9

«Presumo dal modo in cui sei entrata saltellando dalla porta d'ingresso che Larch ti abbia dato il via libera.»

Kay sorrise mentre posava la sua borsa sul piano di lavoro della cucina e arruffava il pelo tra le orecchie di Rufus.

«Hai indovinato.»

Adam le porse un bicchiere di vino mentre lei si accomodava su uno degli sgabelli del bancone e si toglieva le scarpe. Lui accennò al suo braccio.

«Pensi di riuscire a gestire quell'indagine, oltre a tutto il resto che devi fare? Dopotutto, hai appena finito la fisioterapia.»

«Ce la farò. Se mi baso sulla scorsa settimana, ho passato la maggior parte del tempo a delegare il lavoro a tutti gli altri mentre io dovevo stare seduta in riunioni al quartier generale.»

«Dovrai ancora partecipare a quelle?»

Lei arricciò il naso. «Probabilmente.»

«È un peccato che non puoi delegare anche quelle a qualcuno.»

Lei rivolse la sua attenzione al cane al suo fianco. «Com'è stato questo qui oggi?»

Adam scrollò le spalle. «Un po' lamentoso. Lo tengo d'occhio. Come le persone quando sono malate, ha i suoi giorni buoni e cattivi. Non preoccuparti, finora ha preso solo la dose bassa di antidolorifici, e l'ho aumentata un po'. Mangia ancora e adora uscire in giardino durante il giorno.»

Kay sorseggiò il suo vino e si massaggiò la nuca. Un soddisfacente *clic* le raggiunse le orecchie mentre un muscolo si allentava, e chiuse gli occhi.

«L'ho sentito» disse Adam. «Sei troppo tesa.»

Lei aprì gli occhi e sorrise. «Ero troppo tesa a stare seduta senza fare nulla. È molto meglio avere qualcosa su cui concentrarsi, e soprattutto gli altri sono tutti interessati ad aiutare.»

«qual è il piano?»

«Beh, Larch ha chiarito che devo gestire questo nel mio tempo libero. Gavin mi ha beccata mentre guardavo i vecchi fascicoli, e prima che me ne rendessi conto tutti volevano partecipare all'indagine. Stanno facendo molto del lavoro sul campo per me tra i loro altri impegni di lavoro, e possiamo fare un briefing ogni sera per tenere traccia dei progressi. Sharp manca a tutti, Adam. Lo vogliamo indietro.»

La risposta di Adam fu interrotta dal campanello.

«Vado io, sarà Deepak con il cibo.»

Kay aspettò mentre Adam si dirigeva verso la porta

d'ingresso e chiacchierava con l'anziano signore la cui famiglia gestiva la loro rosticceria indiana preferita.

L'uomo lasciava ai nipoti la gestione dell'attività, preferendo occuparsi delle consegne e fare due chiacchiere con i clienti abituali come Kay e Adam che si affidavano al servizio di asporto locale quando erano troppo occupati, o troppo stanchi, per cucinare.

Riuscì a sentire Adam scherzare con lui mentre gli consegnava i contanti per il pasto prima che la porta d'ingresso si chiudesse e il suono dei passi di Adam le raggiungesse le orecchie.

Alzò lo sguardo quando lui rientrò in cucina, e poi inarcò un sopracciglio. «Tre porzioni?»

Lui riuscì ad apparire un po' contrito. «Ho preso un biryani di pollo per Rufus.»

«È una buona idea?»

Gli occhi di Adam caddero sull'Alsaziano che aveva alzato la testa dal piumone nell'angolo. «Va bene, ho chiesto loro di evitare cipolle o qualsiasi cosa che i cani non dovrebbero mangiare e non è molto piccante. Ho pensato che se lo meritasse. Dopotutto, ha i giorni contati. Tanto vale che si goda la vita.»

Kay sorrise mentre Adam posava la busta del cibo sul piano di lavoro accanto a lei, prendeva i piatti dalla credenza sopra il microonde e poi serviva il loro cibo prima di prendere metà del contenuto dal terzo contenitore e versarlo nella ciotola di Rufus.

Arruffò le orecchie del cane mentre posava la ciotola accanto al piumone piegato, poi sorrise mentre Rufus affondava il muso nel riso.

«Credo che lo stia inalando» disse Kay, e riempì i loro bicchieri di vino.

«Te l'avevo detto che gli sarebbe piaciuto.»

Rimasero in silenzio per un po', ciascuno assaporando le spezie e i sapori dei loro piatti preferiti prima che Kay posasse la forchetta e bevesse un sorso di vino.

«Dio, è delizioso. Spero che non vendano mai l'attività.»

«Lo so.» Adam spinse via il suo piatto vuoto e si rilassò sullo sgabello, con un'espressione di contentezza sul viso. «Quali sono i prossimi passi della tua indagine?»

«Barnes e io andremo alla fattoria degli Ingram domani a mezzogiorno per parlare con i genitori di Jamie. Dobbiamo comunque informarli della riapertura del caso come cortesia, e inoltre voglio rivedere le loro dichiarazioni di dieci anni fa e vedere se riesco scoprire qualcosa che Harrison non ha considerato.»

«Larch è d'accordo che tu faccia questo?»

«Sì, in effetti sembrava abbastanza favorevole. Credo di averlo convinto che il rischio di riaprire un caso che era stato precedentemente chiuso da Harrison in fretta potrebbe tornargli utile se riusciamo a dimostrare la teoria di Sharp.»

«Intendi dire facendo fare bella figura a Larch?»

«Sì.»

Adam prese il suo bicchiere di vino e lo fece tintinnare contro il suo. Ammiccò. «Stai diventando una vera politica, Hunter.»

Kay sporse il mento e posò il bicchiere. «Non cominciare anche tu. È quello che ha detto lui.»

Adam rise. «Non prenderla nel modo sbagliato. È un

bene: significa che stai imparando a usare le loro ambizioni per soddisfare i tuoi bisogni. Riavrai Sharp se tutto va secondo i piani, giusto?»

Lei sorrise, e poi sospirò. «Sì, hai ragione. Mi manca averlo intorno.»

Lui divenne serio. «Davvero non ti piace la promozione, vero?»

«Se sarà come è stata nell'ultima settimana, no. Non voglio essere bloccata in un ufficio a mandare tutti gli altri a fare le cose interessanti. Sono abituata a rimboccarmi le maniche e a buttarmi nella mischia.»

«Come pensi che la prenderanno se rinunci al ruolo e torni a essere un sergente detective?»

Lei scrollò le spalle. «Dubito che me lo chiederanno di nuovo.»

«Ti dispiace?»

«Non lo so.»

«Beh» disse lui, raccogliendo i loro piatti e portandoli al lavello. «Magari porta a termine questo caso e vedi come ti senti. Non agire troppo frettolosamente, però, ok? Non vorrei che ti pentissi di qualcosa.»

CAPITOLO 10

Kay scorreva un'altra serie di email appena arrivate sul suo telefono mentre Barnes guidava l'auto di servizio lungo curve strette e tortuose verso la fattoria degli Ingram.

Sospirò prima di gettare il telefono nella borsa ai suoi piedi, poi rivolse la sua attenzione al paesaggio che scorreva mentre i tergicristalli battevano a un ritmo intermittente.

Alte siepi su entrambi i lati della strada nascondevano i campi alla vista ma, di tanto in tanto, l'auto passava davanti a un varco causato da un cancello, e un'occhiata di terra desolata sfrecciava via in un istante, con i resti scheletrici degli alberi che si stagliavano contro il cielo grigio.

«Almeno non piove forte», disse Barnes. «Non mi va di camminare in un maledetto cortile di una fattoria con questo tempo.»

Kay si voltò dalla finestra e guardò il suo piede sull'acceleratore.

«Accidenti, non mi sorprende, con quelle scarpe.»

La sua bocca si assottigliò. «Emma ha insistito perché le comprassi. Dice che sono più adatte a un detective rispetto al mio solito paio. È diventata piuttosto opinionista da quando ha iniziato l'università.»

«Davvero?»

«Me le ha regalate per il mio compleanno il mese scorso, quindi non potevo dire di no, vero?»

«E cosa ne pensi?»

«Mi stanno uccidendo i piedi.»

Kay rise, poi indicò un cartello stradale a cui si stavano avvicinando.

«È questo il posto. La fattoria dovrebbe essere a un chilometro o poco più da qui.»

«Ho letto la dichiarazione che Harrison ha raccolto dal padre di Jamie dieci anni fa», disse Barnes, azionando la freccia e frenando prima di girare a sinistra. «Non sapevo che Sharp avesse prestato servizio con lui nell'esercito.»

«Sì, apparentemente si sono arruolati nello stesso periodo. Michael Ingram è stato congedato dopo tre anni quando suo padre è morto improvvisamente, e ha preso in mano la gestione della fattoria di famiglia.»

Barnes rallentò mentre una struttura bassa di un fienile appariva in vista sopra una siepe. «Come vuoi procedere?»

«Ci ho pensato. Vorrei iniziare spiegando che l'indagine sulla morte di Jamie è stata riaperta, e poi lasciare che ci raccontino cosa è successo all'epoca, piuttosto che rivedere le vecchie dichiarazioni che hanno rilasciato.»

«Pensi che gli ultimi dieci anni possano aver fatto emergere qualche nuova informazione?»

«Forse. Sono sicura che abbiano ripensato più e più volte a quello che è successo.»

«Dalle loro dichiarazioni originali non ho avuto l'impressione che pensassero ci fosse stato un gioco sporco.»

«No, ma credo che Sharp e il padre di Jamie abbiano tenuto per sé quella teoria e ne abbiano discusso dopo il verdetto del medico legale, immagino non volessero turbare la madre di Jamie, soprattutto se i loro sospetti si fossero rivelati infondati.»

«Giusto.»

Il vento scompigliò i capelli di Kay mentre scendeva dal sedile del passeggero, e lei si mise una ciocca ribelle dietro l'orecchio prima di chiudere la portiera dell'auto.

Il dolciastro fetore di letame proveniva da un mucchio accatastato accanto al fienile, e Kay si ricordò delle lezioni di equitazione durante le vacanze da bambina. Un telone di plastica blu svolazzava nella brezza, esponendo la potente miscela di paglia e sterco.

Un capannone per i macchinari si estendeva lungo il lato destro dello spazio aperto, con le sue ampie porte doppie che esponevano un'apertura attraverso la quale poteva vedere un grande trattore verde e varie attrezzature. Il tetto sembrava essere stato recentemente riparato in alcuni punti, con la nuova lamiera ondulata che contrastava pallida con l'originale.

Da qualche parte in lontananza, poteva sentire un altro trattore nei frutteti; un promemoria che il lavoro in una fattoria era costante, indipendentemente dalla stagione.

Represse un sorriso mentre Barnes si faceva strada tra le pozzanghere allagate sulla superficie del cortile della fattoria, poi rivolse la sua attenzione alla casa colonica in stile georgiano dalla forma quadrata.

Immaginò che in primavera sarebbe stato un posto idilliaco, che esplodeva di vita mentre i lavoratori agricoli si sforzavano di sfruttare al meglio il clima più caldo.

Ora, però, la terra circostante era inospitale, con un freddo gelido che attanagliava la campagna.

Rabbrividì mentre Barnes la raggiungeva sul gradino della porta.

«Pronta?»

«Vai.»

Allungò la mano e premette il campanello incastonato sul lato destro del telaio, tendendo le orecchie per sentirne i toni melodiosi risuonare all'interno della casa.

Dopo quello che sembrò un'eternità, sentì dei passi avvicinarsi prima che la porta venisse aperta di scatto e un uomo si affacciasse.

Il suo viso si addolcì quando la vide, e le porse la mano.

«Lei deve essere l'ispettore Kay Hunter.»

Sorpresa, gli strinse la mano prima di rendersi conto che la sua mascella era caduta. «Sharp...?»

«Mi ha telefonato ieri sera», disse, e scrollò le spalle. «Probabilmente non è il protocollo, ma...»

«Vi conoscete da tanto tempo.»

«Esatto.»

Kay fece un cenno verso Barnes e lo presentò.

«Entrate, e per favore, chiamatemi Michael.» L'agricoltore si fece da parte per lasciarli passare. «Non preoccupatevi per le scarpe. Abbiamo due Springer

Spaniel; quindi, non avete nulla di cui preoccuparvi. Andiamo in cucina, Bridget ha messo su il bollitore.»

Kay lo seguì, con Barnes alle calcagna mentre Michael Ingram li conduceva lungo un corridoio lastricato.

Indossava un paio di jeans usurati con un maglione verde logorato, il cui collo esponeva un colletto di camicia stropicciato, e camminava con l'andatura di un uomo a cui non piaceva perdere tempo.

Affrettò il passo per stargli dietro.

Una donna si alzò da una sedia a un tavolo da pranzo in pino per sei persone mentre entravano in un'enorme cucina che occupava la lunghezza di due terzi della casa colonica.

«Questa è mia moglie, Bridget.»

«Grazie per averci ricevuto questa mattina», disse Kay, stringendo la mano alla donna.

«Non c'è di che», disse Bridget. «Prego, accomodatevi. Gradite un tè?»

«Volentieri», disse Barnes, posizionandosi più vicino alla grande stufa Aga che fiancheggiava i mobili della cucina.

I due cani alzarono la testa dai loro letti quando si sedette, ma persero rapidamente interesse una volta capito che non avrebbero ricevuto alcun biscottino.

Kay attese mentre i coniugi Ingram si affaccendavano a preparare le bevande e, una volta che tutti si furono accomodati attorno al tavolo, rivolse la sua attenzione alla coppia di fronte a lei.

«Non so quanto l'ispettore Sharp sia riuscito a dirvi, ma posso confermare che, sulla base di nuove informazioni e alla luce di altri fattori, mi è stato assegnato il compito di riaprire le indagini sulla morte di vostro figlio Jamie».

Bridget portò una mano tremante alla bocca.

Suo marito si sporse e intrecciò le dita con l'altra mano di lei prima di rivolgere la sua attenzione a Kay.

«Sharp ci ha detto che potevamo contare su di te».

«Potete». Deglutì mentre Michael stringeva la mano di sua moglie, e lottò per seppellire i propri ricordi che minacciavano di affiorare. Notò Barnes che la fissava, ma scosse la testa.

Non era il momento.

«D'accordo, allora, quali nuove informazioni avete ricevuto?»

CAPITOLO 11

«Non posso fornire dettagli specifici, perché riguarda un'indagine in corso interna su altre questioni. Quello che posso dirle è che la mia revisione degli eventi dell'epoca e questa attuale revisione del caso hanno il pieno sostegno del mio ispettore capo.»

«Quindi, c'è la possibilità che dopo tutto questo, lei potrebbe comunque non essere in grado di ribaltare il verdetto del medico legale?»

«Mi dispiace, sì. È corretto. Tuttavia, le prometto che lavorerò diligentemente con la mia squadra, rinterrogheremo tutti coloro che conoscevano Jamie all'epoca, e indagheremo su ogni aspetto.»

«Bene», disse Bridget. «Ricordo l'uomo della polizia con cui abbiamo parlato dieci anni fa. Sembrava aver già deciso che fosse stato un incidente, nonostante ciò che Michael gli aveva detto all'epoca.»

Sollevò la tazza di caffè alle labbra e valutò Kay da sopra il bordo.

Kay si rilassò, rendendosi conto che la madre di Jamie

l'aveva accettata. Si appoggiò allo schienale della sedia, cullando la propria tazza di tè in grembo. Dopo essersi assicurata che Barnes fosse pronto a prendere appunti, iniziò.

«Sarebbe di grande aiuto se potessi avere qualche informazione di base su di voi, ad esempio dove vi siete incontrati e come vi siete adattati dalla vita militare a quella in fattoria.»

Michael allungò la mano verso quella di sua moglie e sorrise. «Beh, probabilmente hai già notato l'accento di Bridget anche se vive qui da trentacinque anni. Avevo stanza in Germania quando l'ho incontrata. Era negli anni Ottanta. Avevo la base a Rheindahlen per sei mesi, e quando la mia unità è tornata in Inghilterra, Bridget è venuta con me. Ci siamo sposati un anno dopo.»

«I miei genitori erano mortificati», disse Bridget, riuscendo a fare una piccola risata. «Fortunatamente, abbiamo dimostrato che si sbagliavano, e prima di morire amavano passare le estati qui in fattoria con noi e i bambini.»

«So che lei ha ereditato la fattoria, Michael. Quanto tempo dopo il vostro ritorno dalla Germania è successo?»

«Circa nove mesi. Avevo ricevuto notizie da mia sorella che mio padre si era ammalato, e sapevamo in cuor nostro che non gli restava molto. Ho parlato con il mio ufficiale superiore, e abbiamo concordato che avrei rassegnato le dimissioni per assumere la gestione della fattoria. Mia sorella non era interessata all'attività, vive in Scozia e all'epoca aveva due bambini piccoli.» Scrollò le spalle. «Era naturale che fossi io a prendere in mano l'azienda di famiglia.»

«Quando è arrivato Jamie?»

«Vivevamo qui da circa un anno quando ho scoperto di essere incinta», disse Bridget. «Scoprire che aspettavo dei gemelli è stato un po' uno shock, il raccolto non era stato buono quell'anno, e i soldi erano pochi.»

Michael riprese il racconto. «Sono riuscito a prendere in prestito un po' di soldi dalla banca per superare quel periodo. Fortunatamente, sono stato in grado di rimborsare completamente quel prestito l'anno successivo, ma ripensandoci è stato un periodo piuttosto spaventoso per noi.»

«Immagino che deve essere stato un bel gioco di equilibrismo per voi, gestire una fattoria con due bambini piccoli che correvano in giro», disse Kay.

«Ma non ci pensi sul momento», disse Bridget. «Guardando indietro ora, sembra piuttosto idilliaco, ma hai ragione, era un lavoro maledettamente duro.»

Kay posò la tazza sul tavolo e prese il suo taccuino, sfogliando le pagine.

«Non ricordo che il fatto che Jamie e sua sorella fossero gemelli fosse stato riportato nelle dichiarazioni originali.»

«Questo dimostra quanto poco caso abbia fatto il detective che indagava», disse Bridget. «Glielo abbiamo detto, anche se Natalie ha i capelli leggermente più scuri di suo fratello, e ha una personalità piuttosto diversa.»

«Testarda», disse Michael. Aveva un sorriso ironico. «E riesce ancora a farmi fare quello che vuole.»

«Andavano d'accordo lei e Jamie?»

«Erano molto uniti. Quando Jamie si è appassionato alle moto, Natalie era spesso quella che costruiva salti improvvisati e lo aiutava a costruire ponti sui ruscelli qui intorno per mettere alla prova le sue abilità.»

«Avrò bisogno di parlare con Natalie, insieme agli amici di Jamie, ma potreste raccontarmi dei giorni precedenti alla sua morte?»

Michael sospirò e allontanò la sua tazza di caffè. «Suppongo che sia tutto col senno di poi, ma qualcosa sembrava turbarlo. Era tornato dall'Afghanistan un paio di settimane prima, e non lo abbiamo visto per alcuni giorni. Quando finalmente è venuto qui, sembrava distratto e incapace di trovare pace.»

«Abbiamo cercato di parlargli», disse Bridget, «ma non voleva dirci cosa stesse succedendo. All'inizio, pensavo che potesse essere imbarazzato per qualcosa che era accaduto, magari si era lasciato con una ragazza o qualcosa del genere. Mi sono preoccupata di più con il passare dei giorni, perché sembrava ritirarsi in sé stesso. Girovagava per la fattoria, rifiutandosi di aiutare Michael. Lo trovavo in piedi, davanti al lavandino della cucina, a fissare il vuoto attraverso la finestra. Gli chiedevo cosa avesse, ma non voleva dirmelo.»

Si interruppe e tirò su col naso.

«È mai stato trattato per disturbo post-traumatico da stress?»

«No, fortunatamente per noi, non è mai lavorato in pattuglia», disse Michael. «Il suo ruolo era nei rifornimenti e nella logistica, quindi era sempre alla base. Il suo compito era assicurarsi che i veicoli e le attrezzature fossero sempre disponibili e mantenuti in buone condizioni.»

«Ha parlato con sua sorella durante questo periodo?»

«Sì», disse Michael. «Natalie era qui tre giorni prima che Jamie morisse. Anche lei ha fatto del suo meglio per tirarlo fuori dal suo stato d'animo, ma sembrava solo peggiorare le cose. Hanno avuto una discussione nel tardo pomeriggio, non ho sentito di cosa si trattasse, ma conoscendo Natalie, probabilmente lo stava assillando.» Scrollò le spalle. «Non è la persona più paziente, e penso che forse potrebbe averlo rimproverato. Comunque, è finita con lei che è uscita sbattendo la porta, e Jamie non si è preoccupato di seguirla.»

«Litigavano spesso?»

«Bisticciavano, come fanno tutti i fratelli», disse Bridget. «Era più o meno quello che succedeva. Non sembrava una grande lite. Solo voci alte. So che Natalie era devastata quando Jamie è morto, dopotutto, le loro ultime parole erano state dette con rabbia.»

«Mi dispiace, so che questo è difficile per voi. Il giorno in cui Jamie è morto, è successo qualcosa di insolito?»

Michael sospirò. «Lo abbiamo detto al detective all'epoca. Jamie ha ricevuto una chiamata sul suo cellulare tardi quella notte mentre era ancora qui. Non ha voluto dire chi fosse dopo, e quando ha visto il numero sullo schermo è uscito per rispondere. Non ho idea di cosa sia stato detto, ma quando è rientrato sembrava che stesse fisicamente male. Il suo viso era pallido, e ho notato che le sue mani tremavano.»

Bridget si tamponò gli occhi con un fazzoletto. «Non ci ha più parlato per il resto della serata. È sparito in camera sua, e lo sentivo muoversi. Sono salita un'ora dopo, e quando ho bussato alla sua porta mi ha detto di andarmene». Tirò su col naso. «L'ultima volta che l'abbiamo visto, stavamo guardando la televisione, io stavo guardando la fine di un vecchio film in bianco e nero. Ha fatto capolino dalla porta del soggiorno e ha detto che sarebbe uscito per un po', e che non sapeva quando sarebbe tornato».

«La polizia è arrivata qui alle cinque del mattino. Avevamo appena bevuto una tazza di tè quando hanno bussato alla porta e abbiamo scoperto che Jamie era stato ucciso. Non aveva con sé nessun documento d'identità, e c'era stato un ritardo nel controllare i dettagli di registrazione della moto mentre lo avevano portato d'urgenza in ospedale. Quando sono riusciti a rintracciare i nostri nomi e indirizzo, era troppo tardi, era già deceduto a causa della gravità delle sue ferite».

Michael si allungò e prese un fazzoletto di carta da una scatola, soffiandosi il naso.

Kay diede loro un momento per ricomporsi, poi consultò i suoi appunti.

«Posso chiedere se, dopo l'inchiesta, vi è stato restituito il telefono cellulare di Jamie?»

«Sì», disse Bridget. «Ero riluttante a buttare via qualsiasi cosa sua, ma alla fine abbiamo deciso che dovevamo andare avanti, non sarebbe mai più tornato, vero?»

Il cuore di Kay sprofondò. «E il telefono?»

«L'abbiamo donato a una di quelle associazioni di beneficenza per il riciclaggio circa tre anni dopo la sua morte», disse Michael. «Credo che ci siamo resi conto che stavamo faticando a continuare le nostre vite senza di lui, quindi abbiamo trascorso un fine settimana insieme a sistemare la sua vecchia camera qui».

Bridget riuscì a fare un piccolo sorriso. «Ci ha avvicinati. Non augurerei a nessuno di passare quello che abbiamo passato noi, ma dovevamo lasciarlo andare».

Kay ricontrollò i suoi appunti e, soddisfatta di aver coperto tutto, alzò lo sguardo verso gli Ingram. «Michael, Bridget, grazie mille per aver dedicato il vostro tempo a parlare con noi oggi. Capisco che sia difficile parlare di Jamie dopo tutto questo tempo».

«Detective, per favore sia cauta quando parlerà con nostra figlia. Ha preso molto male la morte di Jamie», disse Michael.

«Erano molto uniti, vede», disse Bridget. «Natalie ha perso ogni contatto con i suoi amici. Si è chiusa in sé stessa per molto tempo dopo l'accaduto. Ha dovuto fare tre mesi di terapia per aiutarla con il suo dolore dopo l'incidente».

«Capisco. Lo terrò a mente». Kay spinse indietro la sedia e fece cenno a Barnes per avvisarlo che l'interrogatorio era finito.

Michael li accompagnò alla porta d'ingresso e si fermò sulla soglia per un momento prima di voltarsi verso Kay.

«Scopra chi ha ucciso mio figlio, detective. Qualcuno là fuori sa qualcosa, e il suo assassino è libero da dieci anni».

«Farò tutto il possibile, signor Ingram».

CAPITOLO 12

Barnes rallentò l'auto mentre entrava nel villaggio di Yalding, poi frenò mentre si avvicinavano a uno stretto ponte che attraversava il fiume Beult prima che si unisse al più grande fiume Medway.

Tamburellò con le dita sul volante mentre aspettava che il traffico proveniente dalla direzione opposta passasse, imprecando sottovoce quando un autobus passò troppo vicino per i suoi gusti.

«Almeno il fiume non è straripato quest'inverno», disse Kay. «Per un momento durante il Natale, ho pensato che tutto questo sarebbe finito di nuovo sott'acqua».

Quando l'ultimo veicolo passò accanto alla sua finestra, Barnes inserì la marcia e accelerò. «Non vengo qui da anni. Dove abita Natalie Ingram?»

«Il suo cognome da sposata è Stockton. Lei e suo marito hanno una casa in Vicarage Lane».

Scrutò oltre lui la grande chiesa del quindicesimo secolo che dominava il confine del villaggio, con la sua muratura in pietra calcarea e arenaria che contrastava con i cieli scuri sopra di essa.

«Qui, sulla destra».

Mentre procedevano lungo la strada, le case su entrambi i lati diventavano più grandi e più distanziate da quelle dei vicini.

«Devono cavarsela bene se possono permettersi di vivere in questa zona del villaggio», disse Barnes.

«Al momento della morte di Jamie, Natalie lavorava nella regolamentazione finanziaria della Città. Non sono sicura di cosa faccia ora, ma immagino che all'epoca guadagnasse parecchio».

Fece una pausa e indicò fuori dal finestrino. «È questa, sta arrivando sulla sinistra».

Due pilastri in mattoni sostenevano un cancello in ferro battuto nero, che era aperto e conduceva a un vialetto circolare in ghiaia. Al centro del cerchio c'era una fontana ornamentale e dell'erba delle Pampas. L'ostentazione dell'ambiente era mitigata da una selezione di giocattoli da esterno per bambini sparsi sull'area centrale ricoperta di erba.

Kay rivolse la sua attenzione alla casa, con frontoni che sporgevano sopra le finestre anteriori e un portico che si protendeva dalla porta d'ingresso, stimò che fosse stata costruita negli anni '30 e poi migliorata nel corso degli anni.

«Bel posto», disse Barnes.

La bocca di Kay si contrasse mentre lui spegneva il motore e apriva la portiera.

«Bel vialetto, anche. Questa volta non ti sporcherai le scarpe di fango».

Lui le mostrò il dito medio prima di sbattere la portiera, e lei rise.

Una donna dall'aspetto agitato si affacciò alla finestra sul lato destro del portico, e Kay sentì dei passi prima che Barnes avesse la possibilità di allungare la mano verso il campanello.

Quando la porta si aprì, la donna si fermò sulla soglia, con i capelli arrangiati in uno chignon disordinato che minacciava di sciogliersi.

Indossava una camicia di jeans blu su dei leggings neri, con calzini colorati ai piedi, e tese la mano prima che Kay riuscisse ad aprire bocca.

«Natalie Stockton. Mamma e papà mi hanno detto che sareste passati».

Kay riconobbe l'attesa nella voce della donna e presentò sé stessa e Barnes. «Possiamo entrare?»

«Certamente. Andiamo nello studio. È un po' in disordine, temo. Ho due commissioni enormi che sono entrambe in scadenza questa settimana».

Gli occhi di Kay vagarono sull'arredamento di buon gusto mentre seguiva Natalie nella stanza sul davanti della casa alla sua destra.

Entrarono in quello che Natalie aveva chiamato lo studio, essenzialmente un soggiorno che era stato riconvertito e adibito a uso diverso.

Le pareti erano state dipinte in una tonalità di bianco sporco, complimentate da opere d'arte e soprammobili che sospettava non provenissero dal grande magazzino locale. L'effetto avrebbe potuto essere pretenzioso, ma era salvato dai disegni dei bambini che erano stati incorniciati e appesi accanto alle opere professionali. Una scrivania su misura occupava la lunghezza di una parete, la sua superficie nascosta sotto ritagli di stoffa, blocchi da disegno e riviste di arredamento d'interni.

Natalie fece loro cenno di accomodarsi su un divano a due posti sotto la finestra. «Mettetevi comodi. Volete qualcosa da bere?»

«No, va bene così, grazie. E grazie per averci ricevuto senza appuntamento. Lo apprezziamo».

Natalie allungò la mano verso la sedia accanto alla scrivania e la fece girare finché non fu di fronte ai due detective. Si sedette con un sospiro e si spinse indietro una ciocca di capelli ribelli dalla fronte.

«Va bene, mi ci voleva una pausa dal computer e da tutto il resto. A volte mi accorgo che sono passate ore e sono rimasta curva sul mio lavoro. Poi mi chiedo perché ho mal di schiena». Sorrise. «Dopo aver avuto i bambini, mi sono annoiata, così ho avviato la mia attività di interior design. È come dicono sempre, sei stressata solo quando sei impegnata, non quando non c'è lavoro».

Barnes frugò nella tasca in cerca del suo taccuino e lo aprì. «Le dispiace se le chiedo che tipo di clienti ha?»

«Affatto. Si tratta principalmente di styling per case per riviste. A volte mi viene chiesto di curare case intere, proprietà in affitto per esempio, quando i proprietari vogliono assicurarsi di ottenere il miglior prezzo di vendita possibile rendendo le stanze perfette, con letti splendidamente fatti, bei materiali, arredamento impeccabile. Fondamentalmente, niente di simile a come appare questa casa quando ci sono i bambini».

«Immagino che abbia un carico enorme se gestisce un'attività da casa con due bambini piccoli».

«Oh Dio, sì. Per fortuna, ora vanno all'asilo tre giorni a settimana».

«Ho capito dalla dichiarazione originale che ha rilasciato che lavorava nella regolamentazione finanziaria nella Città. Le manca?»

«Assolutamente no». Scoppiò in una risata soffocata. «Troppo stressante e molto maschilista. Lasciare quel lavoro è stata la cosa migliore che abbia mai fatto. Non mantengo nemmeno i contatti con le persone con cui lavoravo. Sono molto più felice facendo qualcosa di creativo».

«Cosa fa suo marito?»

«Giles? Lavora ancora nella Città, è un economista presso una delle banche americane. Per fortuna, occupa una posizione abbastanza alta in quel ruolo da alcuni anni, quindi deve fare il pendolare solo durante la settimana. Questo significa che può trascorrere del tempo con i bambini nei fine settimana».

«Da quanto tempo siete sposati?»

Natalie sorrise. «Sei anni. Ci conosciamo da otto, ma credo che ci abbia messo un po' a trovare il coraggio di chiedermelo».

Kay si fece seria. «Come ho detto a sua madre e suo padre, mi dispiace disturbarla questa mattina, e che alcune delle nostre domande possano turbarla, ma siamo stati autorizzati a riesaminare l'incidente in moto di Jamie».

«Posso chiedere perché?»

«Non posso rivelare questioni operative, ma posso dire che questa indagine deriva da un processo di audit interno in corso».

«Va bene».

«Potremmo avere altre domande nei prossimi giorni man mano che apprendiamo di più su Jamie e sulle circostanze del suo incidente, ma per il momento potrebbe dirmi di cosa avete discusso l'ultima volta che lo ha visto?»

Le spalle di Natalie si abbassarono. «È stata una stupidaggine, davvero. Soprattutto dopo quello che è successo. Stavo cercando di organizzare una festa a sorpresa per l'anniversario di matrimonio dei nostri genitori, e tentavo di coordinarla in modo che Jamie potesse esserci. Era tornato solo per poche settimane, e sapevo che, se fosse tornato in Afghanistan, sarebbero potuti passare altri sei mesi prima di rivederlo. Volevo fare la festa prima che ripartisse». Emise un respiro tremante, trattenendo a stento le lacrime. «Stava facendo il difficile, ad essere onesti. Non aveva alcun interesse ad aiutarmi, e diceva che era meglio se me ne occupassi io. Si era offerto di dividere le spese, ovviamente, ma non era affatto socievole. Sembrava distratto, quasi come se avesse cose più importanti da fare».

«Perché ha sentito di non poterne parlare con i suoi genitori dopo la sua morte?»

«Mi sentivo in parte responsabile per il suo incidente, si era allontanato apposta per evitarmi dopo che avevamo litigato, e non volevo rovinare il suo tempo con i nostri genitori, quindi non sono più andata alla fattoria mentre era lì».

«Ha detto che in quel periodo non era una persona molto estroversa. Conosceva qualcuno dei suoi amici?»

«Quando crescevamo, sì. Dopo che si è arruolato nell'esercito, sembrava essersi allontanato. Le volte che veniva a trovarci, si incontrava con uno o due di loro per bere qualcosa, ma non sembrava avere più nulla in comune con loro. Credo che avesse un paio di amici nell'esercito, persone con cui lavorava, ma questo è tutto».

«È rimasta in contatto con qualcuno dei suoi amici dopo la sua morte?»

Natalie scosse la testa. «Mamma e papà probabilmente glielo hanno detto, ma ero in uno stato pietoso dopo la morte di Jamie. Ho dovuto cercare aiuto psicologico per un po' per affrontare il lutto. Dicono sempre che i gemelli sono più uniti dei normali fratelli, no? Forse è per questo che è stato così difficile».

«Capisco che questo sia difficile per lei, e mi scuso ancora di dover fare queste domande, ma riesce a pensare a qualcuno che avrebbe voluto far del male a Jamie?»

«Fargli del male? Cosa intende?»

«Per favore, risponda solo alla domanda».

«No, non riesco a immaginare nessuno che volesse fargli del male. È sempre stato papà quello convinto che ci fosse qualcun altro coinvolto nell'incidente di Jamie, ma Jamie non era il tipo di persona che si metteva nei guai. Anche a scuola, si teneva fuori dai problemi. Di solito ero io quella che prendeva le punizioni o i compiti extra».

Kay chiuse il suo taccuino e si alzò dal divano. «Penso che per ora possa bastare, ma ecco il mio biglietto da visita. La terrò informata su eventuali sviluppi, ma nel frattempo se ricorda qualcosa che pensa possa aiutarci, per favore mi chiami».

«Lo farò, grazie».

Li accompagnò all'ingresso e strinse loro la mano.

«Detective Hunter, mi rendo conto che ha un lavoro

difficile da fare dato il tempo trascorso dalla morte di Jamie, ma sappia che per me è importante scoprire la verità».

Kay guardò oltre la sua spalla verso Barnes che si stava dirigendo verso l'auto, poi si voltò di nuovo verso Natalie e le offrì un sorriso rassicurante.

«È importante anche per me».

CAPITOLO 13

Quando la squadra si riunì per il briefing del giorno, l'oscurità avvolgeva la città di contea da oltre due ore.

Kay represse uno sbadiglio mentre Gavin e Carys entravano nell'ufficio di Sharp, e decise di fare in modo che la riunione fosse breve.

Attese che Debbie avesse chiuso la porta prima di iniziare il resoconto dei due colloqui che lei e Barnes avevano condotto quel giorno.

«Dunque, sembra che la sua famiglia abbia notato che avesse qualcos'altro per la testa quando è tornato dall'Afghanistan, ma non ne ha parlato con nessuno. Michael e Bridget Ingram hanno confermato che la notte della sua morte Jamie ha ricevuto una telefonata, a cui ha risposto in privato. Non ha mai detto loro chi fosse o di cosa trattasse quella conversazione. Natalie Ingram conferma che dopo aver litigato con suo fratello tre giorni prima, non si sono più parlati.»

«Hanno per caso menzionato se sembrasse spaventato?» chiese Carys.

«Natalie no, ma i suoi genitori hanno certamente notato il cambiamento in Jamie dopo quella chiamata», disse Barnes. «Sembra che si sia rifiutato di dire loro di cosa si trattasse, e loro non hanno insistito.»

«Comunque», disse Kay. «Cosa siete riusciti a fare voi oggi? Qualche progresso?»

Gavin sollevò un foglio stampato. «Debbie e io abbiamo esaminato l'elenco degli amici e conoscenti di Jamie dall'indagine originale, e l'abbiamo aggiornato con numeri di telefono e nuovi indirizzi dove le persone si sono trasferite.»

«Ho lasciato un messaggio alla caserma dove Jamie era di stanza», disse Carys. «Ci è voluto un po' di lavoro, ma alla fine sono riuscita a scoprire dove lavora attualmente il suo comandante, e gli ho lasciato un messaggio dicendogli di chiamarmi con urgenza. Non appena lo farà, organizzerò un incontro per andare a parlargli.»

«Ottimo lavoro», disse Kay.

«Ho anche contattato l'ufficio del personale qui, e mi hanno fornito i dettagli di contatto del perito forense che ha esaminato la scena dell'incidente di Jamie. Ti ho inoltrato l'e-mail.»

«Fantastico, grazie. Ok, questi sono i nostri prossimi passi. Gavin e Carys, potete esaminare quell'elenco di amici e conoscenti di Jamie, annotare eventuali domande per iniziare e dividerle tra di noi in modo che possiamo iniziare a re-interrogarli il prima possibile? Lavoreremo in coppia per gli interrogatori, il che significa che dovremo condurle tra le altre cose che abbiamo sulle nostre scrivanie là fuori. Mettete in cima quelli che hanno già rilasciato dichiarazioni in precedenza, e tutti gli altri dopo.

Debbie, una volta fatto questo, puoi iniziare a fare telefonate per organizzare gli orari in cui incontrarci con queste persone?»

Si rivolse a Barnes, ma lui alzò la mano.

«Scusa, Kay, devo essere al tribunale dei magistrati domani, e forse anche il giorno dopo. È l'udienza per un caso che abbiamo chiuso a novembre.»

Lei inarcò un sopracciglio. «Sembra che l'arretrato non sia migliorato da quando sono stata qui l'ultima volta.»

«Hai proprio ragione.»

Kay represse un altro sbadiglio. «Va bene. Salteremo il briefing di domani, avete tutti molto da fare. Ci incontreremo di nuovo dopodomani e vedremo che progressi avremo fatto.»

«E tu, Kay?»

Lasciò cadere la penna sul ripiano metallico sotto la lavagna e si girò verso Barnes.

«Cercherò di organizzare un incontro con il perito forense originale della Stradale domani mattina per scoprire cosa pensava dell'incidente di Jamie.»

———

Il giorno successivo, Kay si trovava in una piazzola dissestata sul lato della A20, con l'ombrello che serviva ben poco a proteggerla dagli effetti di un acquazzone di fine inverno che le spingeva la pioggia orizzontalmente in faccia.

Tese la mano all'uomo che le corse incontro dopo aver parcheggiato la sua auto, il cappuccio della giacca che gli oscurava il viso finché non si avvicinò.

«Jeff Bishop», disse, prima di rimettere le mani nelle tasche della giacca.

«Grazie per avermi incontrata. Mi aspettavo quasi che cancellasse.»

Lui scrollò le spalle. «Ero abituato a stare fuori con ogni condizione metereologica. Ad essere sincero, preferisco essere qui, mia moglie mi sta facendo rifare le piastrelle del bagno in questo momento.»

Kay sorrise. «Lo apprezzo.»

«Nessun problema. Da dove vuole iniziare?»

«Ho letto il suo rapporto originale diverse volte, ma sarebbe utile se potesse guidarmi attraverso la scena dell'incidente quando è intervenuto per la prima volta. Come le ho detto al telefono ieri sera, mi è stato assegnato il compito di rivedere il caso alla luce di nuove informazioni, ed è molto più facile per me farlo se posso visualizzare come appariva tutto quella notte piuttosto che cercare di capirlo da un rapporto.»

«Ha parlato con Sharp?»

Kay fece un passo indietro sorpresa, e lui alzò gli occhi al cielo.

«L'ha fatto, vero? Sa che ha portato avanti la teoria del gioco sporco fin da quell'incidente? Arrivò al punto che cercavo di evitarlo alle feste di Natale.»

Lei aprì la bocca per protestare, e poi notò l'angolo dei suoi occhi incresparsi divertito.

«Va bene», disse, e indicò con il pollice oltre la sua spalla. «Andiamo. Dobbiamo iniziare laggiù, vicino all'incrocio per Ulcombe.»

Kay chiuse a chiave la sua auto e si trascinò dietro di lui. Fece una smorfia quando un furgone blu scuro sfrecciò accanto a loro, riversando il contenuto di una grande pozzanghera sulle sue scarpe e sull'orlo dei pantaloni.

Bishop procedeva a passo spedito, ritirandosi sul bordo erboso ogni volta che si avvicinava un veicolo, e poi ripartendo una volta che era sicuro farlo.

La deviazione per Ulcombe era a meno di quattrocento metri, e si fermarono al cartello stradale accanto all'incrocio a T.

«È qui che avrebbe iniziato il suo avvicinamento alla curva», disse Bishop. «Come può vedere, la strada principale inizia a salire da qui, quindi avrebbe iniziato ad accelerare. Il tempo quella notte era simile a questo, quindi la visibilità sarebbe stata ridotta. È mai stata su una moto?»

«No.»

«D'accordo, posso dirle che, quando piove a dirotto come oggi, non è per niente divertente. Hanno apportato miglioramenti alle visiere dei caschi, ma non è solo l'acqua piovana che si abbatte contro di esse, deve immaginare anche il rumore di un forte acquazzone sulla testa. Non m'importa cosa dicano gli altri, non importa quanto tu sia bravo come motociclista: condizioni come queste ostacolano la tua capacità di reagire, perché i tuoi sensi vengono martellati.»

«C'era qualche indicazione che stesse andando veloce?»

«È probabile, dato il numero di infrazioni registrate sulla sua patente. Come saprai dal fascicolo, non c'erano testimoni, quindi questa è una mia congettura.»

«Quindi, si è allineato per affrontare la curva. Cosa succede dopo?»

Bishop guardò a destra e poi a sinistra, prima di fare cenno a Kay di attraversare la strada. «Vieni, percorriamo il tragitto.»

Kay fu grata che fosse stato costruito un vero e proprio sentiero sul lato opposto della strada, rendendo più facile tenere il passo di Bishop. Si fermò per grattare via il fango peggiore dai suoi stivali, e poi raggiunse Bishop che si era fermato in cima alla collina.

«È qui che tutto è andato storto. Hai mai sentito parlare del punto di non ritorno per quanto riguarda gli aerei?»

«No, non ne ho mai sentito parlare.»

«È quando un aereo sta decollando. Il pilota ha una frazione di secondo prima che le ruote anteriori lascino il suolo per interrompere il decollo. Una volta che il muso dell'aereo si solleva in aria, non si può più tornare indietro. È lo stesso quando si guida una moto in curva. Dopo che ti sei impegnato nella manovra, non puoi semplicemente sterzare dall'altra parte se qualcosa va storto. Qualsiasi deviazione dalla tua traiettoria di guida, e la moto ti sfuggirà da sotto. Guarda qualche gara di moto in televisione qualche volta: capirai cosa intendo.»

Indicò la superficie stradale.

«E, prima che tu lo chieda, abbiamo valutato le condizioni della strada quella notte. Non c'era olio sull'asfalto nel punto in cui ha perso il controllo, e non c'erano buche che avrebbero potuto farlo deviare. Le uniche tracce d'olio erano quelle lasciate dalla sua moto quando ha colpito il terreno e è scivolato sull'altro lato.»

«Quindi, dato che Jamie aveva la reputazione di essere un così bravo motociclista, anche se gli piaceva correre, cosa pensi sia andato storto?»

Lui alzò le spalle. «È come ho detto nel mio rapporto. Conosceva questa strada molto bene, forse troppo bene. Stava accelerando, il tempo era atroce, e ha semplicemente valutato male la curva.»

«E se avesse dovuto sterzare all'ultimo minuto per evitare di colpire qualcosa?»

«No. È come ho dichiarato nel mio rapporto. Se un coniglio gli fosse corso davanti, avremmo trovato il corpo. Se avesse colpito un cervo, ci sarebbero stati danni significativi alla moto, oltre a quelli causati dall'impatto con la strada. E di nuovo, se fosse successo, è probabile che avremmo trovato il corpo del cervo nelle vicinanze. Non abbiamo trovato nulla.»

Kay scosse la testa. «Non è questo che intendevo. E se un'auto fosse apparsa davanti e lui avesse cercato di sterzare per evitarla?»

Bishop si grattò il mento e puntò lo sguardo lungo il tratto di strada. «Non c'erano segni di frenata o detriti di altri veicoli nei dintorni. Abbiamo controllato.»

«E se il conducente non avesse avuto intenzione di frenare?»

La sua testa scattò verso di lei, i suoi occhi incontrarono i suoi. «Intendi un pirata della strada?»

«Forse, o magari è stato preso di mira deliberatamente.»

Bishop alzò gli occhi al cielo grigio, poi indicò le loro auto più avanti sulla strada.

«C'è un buon pub sulla strada per Ulcombe. Andiamo lì e usciamo da questo tempo. Mi puoi offrire una birra e spiegarti meglio.»

CAPITOLO 14

Bishop bevve un sorso dalla sua pinta, poi posò il bicchiere sul tavolo tra loro, facendo schioccare le labbra.

Quando Kay aveva seguito la sua auto nel parcheggio fuori, aveva scrutato attraverso il parabrezza la vista che si estendeva su un campo fradicio, cercando di immaginare come sarebbe apparso il posto in estate.

Mentre la pioggia si intensificava, si arrese, uscì di scatto dalla macchina e si affrettò dietro Bishop.

All'interno, il pub offriva un riparo dal tempo, e avevano programmato la loro visita alla perfezione, il locale aveva aperto solo mezz'ora prima, pronto ad accogliere chiunque fosse abbastanza coraggioso da avventurarsi fuori per pranzo.

Decorazioni in ottone adornavano il camino ad angolo, mentre le pareti del pub ospitavano fotografie incorniciate della zona locale in tutte le epoche. Luppolo essiccato abbracciava le travi portanti, e il debole suono di una stazione radio filtrava dalla cucina.

Bishop le aveva fatto cenno di avvicinarsi ai due divani

accanto al camino, e aveva ordinato le loro bevande prima di sprofondare sul divano di fronte a lei. Si passò una mano tra i capelli grigi, che erano bagnati nonostante l'impermeabile che indossava.

Kay sorseggiò la sua limonata e fece girare lo sguardo intorno al pub mentre assaporava il calore del fuoco aperto. Si rese conto che probabilmente sembrava un topo bagnato anche lei, e fece scivolare i piedi sul tappeto cercando di asciugare gli stivali.

Si voltò al suono di un breve, secco abbaiare, poi si sporse e tese la mano a un Jack Russell terrier che si avvicinò di corsa da dietro il bancone. Gli arruffò le orecchie prima di rivolgere nuovamente l'attenzione a Bishop.

«Mi ero dimenticata di questo posto, credo di non esserci stata per anni».

«Fanno un ottimo pranzo della domenica. È ancora di proprietà della stessa famiglia che ha acquistato il locale negli anni '50, tra l'altro. Perfetto in una giornata come questa».

Sistemò il suo impermeabile sul bracciolo del divano e poi, una volta soddisfatto che non sarebbe scivolato sul pavimento, prese il suo bicchiere.

«Va bene. Spiegami da dove diavolo ti è venuta l'idea che Jamie sia stato vittima di un pirata della strada».

Lei sospirò, poi si sporse in avanti e appoggiò i gomiti sulle ginocchia. Diede un'occhiata verso il bancone, ma non c'era nessuno a portata d'orecchio.

«Mi frulla in testa da circa un giorno, da quando ho parlato con i suoi genitori e sua sorella e ho letto il fascicolo originale. Voglio dire, sia i suoi genitori che

Sharp mi hanno detto che motociclista eccezionale fosse e quanto conoscesse bene le strade qui intorno. Quindi, com'è possibile che sia rimasto ucciso?»

«Sfortuna».

«Oh, andiamo! Non mi dirai che ci credi davvero?»

Mise il bicchiere sul tavolo, mezzo pieno. «In realtà sì. Puoi essere il miglior guidatore, o motociclista, del mondo, e comunque finire nei guai. Credimi, ho visto così tanti casi in cui i veicoli sono finiti in posizioni impossibili, e ti ritrovi lì, a fissarli, cercando di capire come diavolo sia potuto succedere. Ho gestito indagini in cui i guidatori hanno perso il controllo e sono finiti capovolti sugli alberi al lato della strada, per l'amor del cielo. La fortuna gioca un ruolo enorme nelle nostre vite ogni giorno».

Kay si morse il labbro. «C'era qualche indizio che la moto di Jamie fosse stata manomessa?»

«Assolutamente nessuno. Abbiamo smontato quella cosa pezzo per pezzo nell'officina. Dovevamo farlo, avevamo la polizia militare di Sharp che ci pressava, oltre alla squadra di Harrison. Alla fine, però, è stato un errore del pilota».

Lei ruotò il bicchiere nella condensa che aveva creato sulla superficie del tavolo, prima di alzare lo sguardo mentre Bishop fece scivolare un sottobicchiere di cartone con il logo di un birrificio impresso sopra.

«Lavoravo dietro un bancone all'università. Non immagini che fastidio sia pulire il casino che la gente fa».

Le fece l'occhiolino, e lei ricambiò con un sorriso.

«Come sei diventato un perito forense?»

«Ci sono finito per caso, in realtà. Ho studiato ingegneria all'università, è in quel periodo che lavoravo nei bar per guadagnare qualche soldo extra, e mi piaceva anche la parte di fisica del corso di ingegneria. Non mi piace il freddo, quindi quando mi sono laureato non mi andava di fare quello che facevano la maggior parte dei miei compagni di corso, ovvero andare ad Aberdeen per lavorare ad alcuni dei grandi progetti del gas; e ho visto un annuncio per un investigatore junior presso una società di consulenza privata nell'Hertfordshire. Mi è sempre piaciuto armeggiare con le mie auto, e mio padre era un meccanico, quindi è stato un passo logico, suppongo. E tu? Perché ti sei unita alla polizia?»

Lei scrollò le spalle. «Mi piace risolvere problemi, e mi piacciono le sfide che il ruolo comporta».

«Ho visto l'articolo sul giornale su di te prima di Natale», disse lui. «Hai rischiato di morire».

Lei rabbrividì. «Quasi. Di certo un'esperienza che non vorrei rivivere a breve, te lo assicuro».

«Beh, devo ammettere che se fosse stato chiunque altro a chiedermi di fare questo nel mio tempo libero, la risposta sarebbe stata no». Gesticolò verso di lei con il bicchiere. «Tu, invece, hai la reputazione di essere tenace, e quella è una qualità difficile da mantenere al giorno d'oggi».

Lo guardò mentre beveva un sorso. «Grazie».

Lui represse un rutto e posò il bicchiere vuoto all'estremità del tavolo. «Prego».

«Tornando a Jamie. Sei convinto che un altro veicolo non l'abbia colpito, ma se qualcuno l'avesse fatto sbandare intenzionalmente?»

«Come?»

«Se qualcuno stesse arrivando dalla direzione opposta,

dalla rotonda di Leeds, e avesse sbandato sulla traiettoria della moto di Jamie, lui non avrebbe avuto via di scampo».

«Come potevano sapere che era lui? Era buio, ricorda».

«E se lo stessero aspettando?»

«Anche se fosse, avrebbe visto l'auto avvicinarsi, i fari si sarebbero riflessi sugli alberi man mano che si avvicinava».

«E se non avessero acceso i fari?»

Bishop emise un basso fischio tra i denti. «Hai una mente davvero contorta, Hunter».

Kay finì la sua limonata prima di posare il bicchiere sul tavolo. «È possibile che sia andata così?»

«Forse. Sì, è possibile».

«Quindi, ora abbiamo uno scenario in cui Jamie Ingram potrebbe essere stato ucciso intenzionalmente, basandoci sul fatto che stai dicendo che è possibile che abbia sbandato per evitare un veicolo in arrivo. Il cui conducente non si è fermato al momento, né si è fatto avanti durante l'indagine».

«Ehi, ho solo detto forse».

«Lo so». Si girò oltre la spalla e rivolse l'attenzione alla strada oltre la porta d'ingresso del pub al suono di un motore mentre una moto sfrecciava, poi si voltò di nuovo verso Bishop.

«Fa riflettere però, non credi?»

CAPITOLO 15

Il lunedì seguente, Kay si alzò con cautela dal sedile del passeggero dell'auto e iniziò a farsi strada tra gli altri veicoli parcheggiati di fronte all'edificio amministrativo della caserma di Worthy Down, con Carys alle calcagna.

Ruotò il collo, sciogliendo i nodi che si erano formati durante il viaggio mattutino dal Kent alle profondità dell'Hampshire.

Carys aveva scelto di guidare, passando a prendere Kay da casa sua quando era ancora buio.

«Guiderai tu al ritorno», aveva detto. «Io posso impiegare quel tempo per trascrivere i miei appunti sul portatile».

Aveva telefonato a Kay la sera prima, avendo rintracciato il vecchio comandante di Jamie Ingram durante il fine settimana.

Dopo una promozione e altri due dispiegamenti, l'uomo aveva accettato una posizione di insegnamento presso il Defence College of Logistics, Policing and

Administration, e Carys aveva organizzato un interrogatorio tra una lezione e l'altra.

Kay spinse la porta a vetri dell'edificio, tenendola aperta per Carys prima di dirigersi verso la reception.

Un giovane in uniforme da combattimento terminò una telefonata mentre si avvicinavano.

«Posso aiutarvi?»

«Ispettore Hunter e detective Miles. Siamo qui per vedere il Colonnello Stephen Carterton. Ci sta aspettando».

«Accomodatevi là. Lo informerò che siete arrivate».

Mentre Carys frugava nella sua borsa e metteva il cellulare in modalità silenziosa prima di estrarre il suo taccuino e una penna, Kay si guardava intorno.

Un dipinto originale di una scena desertica era appeso alla parete dietro la reception, raffigurante un carro armato in colori desertici che sfrecciava su una duna a tutta velocità, con l'artista che aveva catturato perfettamente la polvere e il calore. Alla sua destra, una grande cornice di legno conteneva una targa di ottone che elencava tutti i comandanti dei vari reggimenti ora di stanza nella caserma.

L'arredamento sembrava essere stato lucidato fino allo sfinimento, e Kay pensò che il soldato dietro la scrivania avrebbe avuto un mancamento se avesse visto lo stato della sala operativa a Maidstone.

Se avesse lavorato qui, avrebbe avuto paura di toccare qualsiasi cosa per timore di macchiarla o romperla.

Cinque minuti dopo, e precisamente all'ora stabilita per il loro incontro, un uomo alto in uniforme da combattimento identica a quella del soldato alla reception apparve alla fine del corridoio accanto all'area di ricevimento.

I suoi capelli chiari erano tagliati in uno stile simile al solito taglio di Sharp, e la sua pelle mostrava le tracce di un lungo periodo trascorso sotto la luce intensa del sole in luoghi lontani. Attraversò il pavimento piastrellato con un'aria di efficienza, un uomo a suo agio con il grado che ora ricopriva.

«Siete della polizia del Kent?»

Kay tese la mano. «Ispettore Hunter. Lei ha parlato ieri con la mia collega, detective Miles».

Stephen Carterton strinse la mano a entrambe e fece loro cenno di seguirlo.

«Siete fortunate. Questa settimana è la calma prima della tempesta».

Gli occhi di Kay si strinsero mentre lui apriva la porta alla loro sinistra e le fece accomodare su due sedie di fronte a una scrivania.

«Che intende dire?»

Sorrise. «Il periodo degli esami inizia la prossima settimana. Abbastanza stressante per gli studenti, ancora più stressante per noi tutor». Spinse da parte una pila di scartoffie e una tastiera del computer e poi appoggiò le braccia sulla scrivania. «Ora, come posso aiutarvi?»

«Come le ha detto il detective Miles, ho riaperto un'indagine sulla morte di Jamie Ingram. Sono emerse nuove prove e stiamo riesaminando le dichiarazioni dei testimoni di quel periodo».

Carterton si passò una mano sulla mascella. «È stata una brutta faccenda. Incidente in moto, vero?»

«Esatto. Stiamo cercando di saperne di più su Jamie e

il suo ruolo nel Reale Corpo logistico, oltre a parlare con la famiglia e gli amici. Posso chiederle qual era il suo ruolo all'epoca? So che ha fornito una dichiarazione in qualità di testimone, ma è utile rivedere le informazioni».

«Certamente. All'epoca ero tenente colonnello e comandante del reggimento, eravamo responsabili della gestione dei ricambi critici per la brigata e le forze dispiegate in tutto il mondo. Come può immaginare, quando siamo di stanza in luoghi come l'Afghanistan, l'usura di attrezzature e veicoli può essere catastrofica».

«Quando ha incontrato Jamie per la prima volta?»

«È venuto direttamente da noi dopo l'addestramento di base. Penso che il suo retroterra, intendo la fattoria, gli avesse conferito una naturale propensione per la pianificazione e il lavoro logistico. Gli veniva quasi naturale».

«Qual era il suo ruolo?»

«Era uno dei tanti che gestivano la restituzione di componenti danneggiate, cercavano ricambi e svolgevano tutte le responsabilità amministrative associate a ciò. Usiamo sistemi simili alle aziende logistiche di tutto il mondo, è tutto computerizzato e forniamo un servizio completo».

«Quindi, ci sarebbe una traccia cartacea per ogni dispositivo?»

«Esatto, sì».

«Sono state scoperte anomalie nel sistema durante il periodo di Jamie?»

Carterton si appoggiò allo schienale della sedia e la valutò. «Ora, cosa le fa dire questo?»

Il cuore di Kay saltò un battito, prima che forzasse un

sorriso. «Credo di essere io quella che fa le domande oggi. Ci sono state anomalie?»

«Nulla che potessimo verificare. Era anche insolito per lui. Quando si è unito a noi, era estremamente diligente nel suo lavoro e rispettato da coloro che lavoravano con lui».

«Cosa è cambiato?»

«Non ne sono sicuro. Sembrava coincidere con il suo terzo o quarto dispiegamento in Afghanistan. Ovviamente, è una situazione stressante per qualsiasi soldato, ma Jamie non è mai stato esposto a combattimenti. Il suo ruolo era alla base, aiutando a garantire che quelli in prima linea fossero adeguatamente attrezzati, e se qualcosa si rompeva, veniva sostituito o riparato il prima possibile. Quando è tornato da quel dispiegamento, sembrava diverso».

«In che modo?»

«Arrogante, piuttosto che sicuro di sé. Come se sapesse qualcosa che nessun altro sapeva. Il suo atteggiamento mutato lo ha alienato da molti dei suoi pari. È peggiorato col tempo».

«Quante volte è stato dispiegato prima di morire?»

«Circa quattro o cinque in totale».

Kay sfogliò i suoi appunti. «Parleremo con i suoi amici e colleghi nei prossimi giorni. Aveva amici stretti all'interno del Corpo?»

«Beh, nonostante avesse irritato qualcuno con il suo atteggiamento, è rimasto vicino a due uomini con cui ha prestato servizio. Carl Ashton e Glenn Boyd».

«Lei dice che sembrava arrogante. Ha notato qualcos'altro?»

«A pensarci bene, sì. Nelle settimane prima della sua

morte, il suo lavoro aveva iniziato a essere trascurato, il che era insolito per uno come lui. Era quasi come se avesse sempre qualcosa per la testa. Sembrava che facesse fatica a concentrarsi. Come ho detto, non era così quando si è unito a noi all'inizio».

Kay chiuse il suo taccuino. «Sembra strano che nel giro di un anno circa, Jamie Ingram sia passato dall'essere il soldato perfetto a uno a cui non poteva interessare meno del suo lavoro.»

Carterton fece una risata priva di allegria. «Non era un soldato perfetto, detective. Sharp non le ha detto che Jamie Ingram era sotto inchiesta per spaccio di droghe pesanti?»

CAPITOLO 16

Kay era in piedi sulla soglia di casa di Sharp, furibonda.

Lei e Carys erano tornate a Maidstone due ore prima e, dopo aver restituito le chiavi dell'auto di servizio al sergente Hughes all'ingresso, aveva mandato Carys a casa e si era diretta alla sala operativa.

Aveva camminato avanti e indietro davanti alla lavagna nell'ufficio di Sharp, con i pugni stretti mentre elaborava la rivelazione fornita dall'ex comandante di Jamie.

Alla fine, aveva afferrato la sua borsa dalla scrivania ed era uscita come una furia dall'edificio, telefonando a Adam per avvisarlo che sarebbe tornata a casa tardi.

Un'ombra apparve dietro il vetro smerigliato della porta d'ingresso un attimo prima che una luce si accendesse sopra la sua testa, e la porta si aprì.

La mascella di Sharp si contrasse quando la vide. «Hunter. Non mi aspettavo di vederti stasera.»

Lei lo fulminò con lo sguardo. «Hai delle spiegazioni da darmi.»

Vide le sue spalle alzarsi mentre faceva un respiro profondo.

«Rebecca è fuori a cena con dei colleghi. Vieni dentro.»

Lei varcò la soglia pestando i piedi, poi attese che lui chiudesse la porta d'ingresso e lo seguì in cucina.

«Vuoi un bicchiere di vino?»

«No, non voglio un maledetto bicchiere di vino.»

Lui si girò e incrociò le braccia sul petto. «D'accordo. Che succede?»

«Ho passato il pomeriggio a parlare con l'ex comandante di Jamie, Stephen Carterton. Perché non mi hai detto che stavi investigando su Jamie per spaccio di droghe pesanti?»

«Perché volevo che conducessi la tua indagine. Per vedere se saresti arrivata a un'altra ragione per la sua morte.»

Lei fece un respiro profondo. «Dimmi tutto quello che sai su Jamie Ingram. Tutto, questa volta.»

Lui le fece cenno di avvicinarsi a un tavolo rotondo che occupava un angolo della cucina e attese che si sedesse prima di tirare fuori una sedia di fronte alla sua e sprofondarvici.

«Non volevo crederci all'epoca», disse, fissando il pavimento piastrellato. «Lo conoscevo da quando era un bambino. L'ho visto crescere e diventare un giovane uomo. Era intelligente, lavoratore e gentile. Non si vedono queste qualità in molte persone di questi tempi. Non te l'ho mai detto, ma Rebecca e io non abbiamo mai potuto avere figli; quindi, Jamie e Natalie sono diventati i nostri preferiti.»

Kay emise un gemito. «Quindi, quando l'anno scorso

stavo passando tutto questo, deve averti toccato un nervo scoperto. Perché non me l'hai detto, Devon?»

«L'hai detto tu stessa. Avevi già abbastanza preoccupazioni. Ma sicuramente ti sarai fatta qualche domanda.»

«Ho sempre pensato che le foto sullo scaffale in soggiorno fossero dei vostri figli.»

«Michael e Bridget ci hanno chiesto di essere i padrini di Jamie e Natalie quando sono nati. Non potevamo dire di no.»

Kay si spostò in avanti sulla sedia. «Va bene. Torniamo a Jamie e alla droga. Quando hai sospettato qualcosa per la prima volta?»

«Circa una settimana dopo il suo ritorno dall'Afghanistan, era il suo quarto turno lì, si è presentato alla nostra porta con una nuova moto. Gli ho chiesto del finanziamento e lui ha riso dicendo che l'aveva pagata in contanti. Mi ha preoccupato per giorni, sapevo che non avrebbe mai potuto permetterselo con uno stipendio da militare. Ho fatto alcune discrete indagini quando sono tornato in caserma il giorno dopo, ed è venuto fuori che la moto non era l'unica cosa che Jamie aveva acquistato quella settimana; una delle ragazze che lavorava al pub vicino agli alloggi dei militari sposati stava mostrando un paio di orecchini di diamanti dall'aspetto costoso. A quanto pare, glieli aveva comprati Jamie. Non sapevo nemmeno che stessero insieme.»

«Quindi stava ostentando i suoi soldi per fare colpo su tutti, intendi?»

«Esattamente.»

«Carterton ci ha detto che anche l'atteggiamento di

Jamie è cambiato, stava iniziando a diventare quasi arrogante.»

«È vero. E di nuovo, lontano dal suo carattere. Era quasi come se pensasse che l'esercito non fosse più abbastanza buono per lui.»

«Cosa hai fatto?»

«Ho iniziato a osservarlo più attentamente. All'epoca, il Reale Corpo logistico era di stanza a Deepcut nel Surrey. Jamie di solito viaggiava da lì alla fattoria dei suoi genitori nel Kent quando era autorizzato, credo gli piacesse la familiarità del posto tra un'assegnazione e l'altra, e so che Michael era sempre grato per l'aiuto extra. Questa volta, Jamie non è andato alla fattoria. È rimasto in giro per la caserma, come se stesse aspettando qualcosa.»

«O qualcuno.»

«Sì. Comunque, circa tre giorni prima che dovesse tornare in Afghanistan, ha ricevuto una telefonata da sua sorella. Era il compleanno di Bridget, e Natalie aveva organizzato una festa a sorpresa per lei. Anche Rebecca e io eravamo invitati, quindi ho potuto tenere d'occhio Jamie senza che sospettasse di me.» Sospirò e si raddrizzò. «Comunque, non è successo niente allora. Tutto è esploso quando è tornato sei mesi dopo.»

«Cosa è successo?»

«Un container carico di pezzi di ricambio era stato restituito dal fronte per essere ricondizionato. Ero nel mio ufficio in caserma quella mattina, e improvvisamente è scoppiato l'inferno, c'erano cani che abbaiavano, persone che urlavano. Sono corso fuori per vedere cosa stesse succedendo, per scoprire che il container era stato aperto nell'area logistica, e due dei cani antidroga stavano impazzendo. Jamie era lì, insieme a un altro soldato semplice, e i loro volti erano assolutamente pallidi.»

«Droga?»

«Nascosta nel serbatoio vuoto di un Jackal, un veicolo a quattro ruote motrici che il Reale Corpo logistico usa in Afghanistan.»

«Quanto?»

«Abbastanza.»

Le labbra di Kay si assottigliarono. «Segreto di Stato?»

«No. Necessità di sapere.»

«Stai scherzando, vero? Devon, sto cercando di aiutarti. Quanto?»

«Poco meno di mezzo chilo di cocaina.»

Kay sentì la mascella cadere. «Gesù. Cosa è successo dopo?»

«Abbiamo chiuso il posto, condotto una perquisizione di tutti i dormitori, li abbiamo rivoltati come un calzino, in effetti. E gli alloggi degli sposati, compreso il mio. Jamie e l'altro soldato semplice, un tizio di nome Carl Ashton, sono stati interrogati, in modo approfondito, aggiungerei, ma non avevamo niente su di loro. Non abbiamo trovato soldi, nessuna prova di chi potesse essere coinvolto, niente. Jamie ha negato tutto, e ovviamente poiché era responsabile solo dell'apertura del container inizialmente sotto osservazione, non potevamo formulare accuse senza prove.»

Incrociò le mani sul tavolo. «Jamie morì due settimane dopo».

«Chi altro sospettavate all'epoca?»

«Il soldato semplice che stava aprendo il container con Jamie: Carl. Deve aver avuto qualche aiuto dai piani alti per far passare tutto attraverso i controlli la prima volta. Non ho mai sospettato di Carterton, ma avevo i miei dubbi sul suo aiutante, Glenn Boyd».

«Perché non hai approfondito la questione dopo la morte di Jamie?»

«Non abbiamo mai scoperto come lo facessero. Non potevamo provare nulla. Dopo quell'incidente, non furono mai più scoperte droghe. Jamie doveva essere stato la mente dell'operazione».

«Ma allora Harrison ha ragione: avete effettivamente insabbiato le informazioni sulla vostra indagine quando Jamie è morto?»

«Sbagliato, Hunter. Non ho insabbiato nulla. A rischio di perdere un amico di lunga data come Michael, ho riferito a Harrison i nostri sospetti, ma non era interessato perché non avevamo prove e non si è preso la briga di indagare personalmente. Ecco perché la morte di Jamie è stata archiviata come accidentale: nessuno ha mai approfondito il fatto che la sua morte potesse essere stata causata da qualcun altro».

«Non hai sollevato la questione quando sei entrato nella polizia del Kent».

Sbatté il palmo sul piano di lavoro, con gli occhi fiammeggianti.

«Perché Harrison era ancora un ufficiale superiore e mi avrebbe messo i bastoni tra le ruote. L'unico motivo per cui ti ho parlato di tutto questo casino, in primo luogo, è perché volevi sapere perché Harrison vuole vendetta contro di me. Se intende trascinare il mio nome nel fango per vendicarsi del fatto che è stato indagato per la sua condotta nel caso di Jozef Demiri, allora voglio assicurarmi che la sua gestione abominevole della morte di Jamie venga chiarita una volta per tutte. Voglio riavere il mio lavoro».

Kay si appoggiò allo schienale della sedia, sbalordita.

«Maledizione, Devon».

CAPITOLO 17

Kay camminava avanti e indietro per la stanza, incapace di stare ferma alla sua scrivania.

Controllò l'orologio. Barnes e Gavin erano stati convocati per una dimostrazione di sicurezza e non sarebbero tornati prima della successiva mezz'ora.

La loro frustrazione era palpabile.

Era arrivata in commissariato presto quella mattina, volendo parlare in privato con la piccola squadra sulla direzione che aveva preso l'indagine, ma finora altri impegni di lavoro avevano impedito a tutti loro di avere il tempo.

Sospirò e si diresse verso l'ufficio di Sharp. In piedi davanti alla lavagna, scrisse i nomi che Stephen Carterton le aveva dato il giorno prima sul lato destro della lavagna e iniziò a elaborare una strategia su come procedere.

Si voltò al suono di voci mentre Barnes spingeva la porta e la teneva aperta per Carys e Gavin.

«Una gran perdita di tempo», disse. «Che senso ha una dimostrazione di sicurezza dei nuovi giubbotti antiproiettile quando dobbiamo ancora usare quelli vecchi per altri sei mesi?»

«Sono contenta di essermi persa l'invito», disse Kay. «Sedetevi. Ci sono stati degli sviluppi interessanti.»

Attese che si sistemassero prima di fare un respiro profondo.

«È emerso che Jamie Ingram era sotto indagine per spaccio di droga.»

Barnes e Gavin imprecarono sottovoce.

«Come l'hai saputo?» disse Gavin.

«Ce l'ha detto il vecchio comandante di Jamie, e Sharp l'ha confermato. A quanto pare, non avevano prove sufficienti per incriminare Jamie all'epoca, e poi è stato ucciso. Sharp dice di averlo menzionato a Harrison prima dell'inchiesta del medico legale perché riteneva che avesse un'influenza sulla morte di Jamie. Harrison ha scelto di ignorare l'informazione, e quindi non è mai stata indagata a fondo.» Picchiettò la lavagna con la punta della penna. «Queste due persone sono ora al centro della nostra indagine. Tutti e tre gli uomini hanno prestato servizio nel Reale Corpo logistico. Carl Ashton era presente con Jamie quando fu aperto un container di pezzi di ricambio dall'Afghanistan. Mezzo chilo di cocaina fu scoperto nel serbatoio vuoto di uno dei veicoli fuoristrada che l'esercito usa in Afghanistan.»

«Gesù», disse Gavin. «Qual era il valore di quella roba sul mercato nero dieci anni fa?»

«Tanto», disse Barnes, e fece cenno a Kay di continuare.

«Sharp ha confermato che il ritrovamento è avvenuto dopo il quinto tour di Jamie in Afghanistan. La volta precedente, si era comprato la moto, un modello di alta gamma che non avrebbe dovuto permettersi con lo stipendio di un soldato. Inoltre, la barista del pub locale sfoggiava un nuovo paio di orecchini di diamanti.»

«Quindi stai dicendo che Jamie contrabbandava cocaina nel paese nascondendola nei pezzi di ricambio?» disse Gavin.

«Esattamente, ma deve averlo aiutato qualcuno. Sarebbe stato troppo rischioso piazzare la droga alla base in Afghanistan, e poi assicurarsi che il container passasse la dogana senza intoppi prima di essere aperto nella caserma in Inghilterra. Carterton ha fornito un altro nome, Glenn Boyd. Dobbiamo interrogarli entrambi ora come priorità.»

«Saremo in grado di farlo, dato che sono dell'esercito?» disse Carys.

«Entrambi sono stati congedati dopo sei mesi dalla morte di Jamie, ed entrambi vivono nella zona. Ciò significa che abbiamo giurisdizione.»

«Quali erano i loro ruoli all'epoca?» disse Barnes.

«Ashton era un soldato semplice. Boyd era l'aiutante di Stephen Carterton all'epoca. Jamie avrebbe avuto bisogno di qualcuno più in alto per proteggere l'operazione, e Sharp sospetta che ci fosse qualcosa tra lui e l'aiutante prima che la droga fosse scoperta.»

«Basato su quali prove?»

«A quanto pare, sei mesi prima che la droga fosse scoperta, Jamie era tornato alla caserma nel Surrey e Sharp trovò Boyd che lo stava picchiando a sangue una notte dietro il deposito. Lui e la Polizia Militare Reale dovettero separarli. Furono fortunati, a quanto pare, non furono presentate accuse.»

«Mi chiedo cosa sia successo lì, allora?» disse Barnes.

«All'epoca fu attribuito a divergenze personali», disse Kay. «Sharp ha detto che pensavano che Jamie fosse diventato arrogante nel corso di quell'anno, quindi forse Boyd sentiva che aveva bisogno di essere rimesso in riga. Fu solo dopo che Sharp si chiese se ci fosse dell'altro.»

«Abbiamo gli indirizzi loro?»

«Sì. Quando il personale lascia l'esercito, è ancora considerato riservista per vent'anni; quindi, l'esercito ha dettagli aggiornati su di loro in ogni momento. Ho parlato con Carterton questa mattina, e mi ha procurato i registri.» Posò la penna sulla scrivania, poi si appoggiò ad essa. «Che disponibilità potete darmi per andare a interrogare questi due?»

«Io sono libero ora che il processo è finito», disse Barnes. «Ho alcune cosette da sistemare, ma niente di urgente.»

«Io non posso», disse Carys. Indicò con il pollice oltre la sua spalla. «Sono tornata ieri a una montagna di email, e uno dei miei casi di furto con scasso viene rivisto dalla Procura della Corona questo pomeriggio.»

Gavin alzò la mano. «Conta su di me. Posso aiutarti con uno di loro.»

«Ok, ottimo. Organizzerò i due colloqui e vi farò avere i dettagli più tardi oggi. Carys, se hai bisogno che riveda qualcosa del tuo caso, è meglio che me lo faccia avere entro un'ora, perché potrei non essere disponibile domani.»

«Grazie, lo farò.»

«Bene, allora faremo un ulteriore briefing domani sera.

Questo dovrà bastare per oggi, ho una riunione. Barnes, Gavin, chiederò a Debbie di organizzare i colloqui e di confermarli a tempo debito. Tenete d'occhio le vostre email e i messaggi di testo.»

Li guardò uscire dalla stanza, e poi raddrizzò le spalle.

La prossima riunione avrebbe richiesto tutta la sua astuzia, e sperava di essere preparata.

CAPITOLO 18

«Kay, che piacere vederti. Accomodati.»

Kay chiuse la porta e valutò la donna in piedi dietro una scrivania, che le porgeva una mano tesa.

L'ambulatorio era gestito dalla casa della Dottoressa Zoe Strathmore, accessibile attraverso un ingresso separato dalla porta principale dell'abitazione, garantendo così la privacy dei suoi pazienti. Lo studio di consulenza manteneva comunque un'atmosfera accogliente e, mentre Kay prendeva posto di fronte alla scrivania su una poltrona elegante e comoda, la Strathmore si avvicinò a una macchina del caffè dall'aspetto costoso e inarcò un sopracciglio.

«Posso tentarti? Il caffè tostato alla francese è particolarmente buono, anche se potrei essere di parte.»

Kay sorrise. «In tal caso, sì, mi lascio tentare.»

«Ottimo. Di solito non bevo caffè nel pomeriggio, quindi posso usarti come scusa.»

La Strathmore rise, un suono gradevole che riempì il

piccolo spazio, e Kay sentì le sue spalle rilassarsi mentre si guardava intorno.

Non era mai stata da uno psichiatra prima, nemmeno durante il tumulto emotivo degli ultimi due anni. Non ne aveva mai capito veramente il senso. Se qualcosa la preoccupava, ne parlava semplicemente con Adam, e viceversa.

Se doveva essere onesta con sé stessa, la prospettiva dell'incontro l'aveva resa nervosa, ma il comportamento amichevole della Strathmore e l'arredamento non clinico dell'ambiente iniziarono a calmare i suoi nervi.

La Strathmore tornò alla scrivania, posò due tazze di caffè fumante e spinse la zuccheriera verso Kay.

«Serviti pure se ne hai bisogno.»

«Grazie.»

«Bene, che ne dici se iniziamo con me che ti spiego questo processo, poi facciamo due chiacchiere, e se alla fine hai domande, sentiti libera di farle. Come ti sembra?»

Kay strinse le spalle, poi prese un sorso di caffè mentre raccoglieva i suoi pensieri. «Va bene, suppongo.»

La Strathmore intrecciò le mani sulla scrivania. «Posso immaginare che, come molti dei tuoi colleghi che ho incontrato prima, una parte di te pensi che sia una perdita di tempo, e l'altra parte sia incuriosita. Nel tuo caso, ti è stata assegnata solo questa sessione, il che significa che la tua squadra dirigenziale è fiduciosa che tu stia avendo una piena guarigione e che sei più che capace di svolgere i tuoi compiti. Il mio ruolo è assicurarmi che non abbiano frainteso alcun segnale che tu possa aver dato loro inconsciamente, e che tu senta di essere pronta a tornare in prima linea.»

«Lo sono.»

«Bene», disse la Strathmore. Indicò il fascicolo chiuso al suo gomito. «Ho letto cosa ti è successo prima di Natale. Ti dispiace raccontarmelo con parole tue?»

Kay sospirò. Posò la tazza di caffè mezza vuota sulla scrivania. «Suppongo che se non lo faccio, finirà nel mio fascicolo, giusto?»

«Assolutamente no. Il tuo appuntamento, e tutto ciò di cui discutiamo qui oggi, è confidenziale. Il mio rapporto ai tuoi superiori confermerà solo la tua presenza e se penso che tu sia in grado di svolgere i tuoi compiti. È solo un processo. Quindi, vuoi raccontarmi gli eventi degli ultimi giorni del caso Demiri?»

Un brivido percorse le spalle di Kay, e lei lottò contro l'impulso di tremare.

Non aveva mai discusso gli eventi di quella notte con nessuno, tranne i due ufficiali superiori incaricati di interrogarla mentre si stava riprendendo in ospedale. Nemmeno Adam aveva sentito la storia completa, non voleva turbarlo, nel caso avesse cercato di persuaderla a lasciare la polizia.

Ora, una perfetta sconosciuta le chiedeva di scavare nei suoi ricordi più oscuri.

«Kay?»

Lei sbatté le palpebre. «Non c'è molto da dire. Sono stata incastrata. Un ufficiale superiore si è rivelato più determinato di me ad arrestare Demiri, e io sono rimasta coinvolta nel fuoco incrociato.»

La Strathmore inclinò la testa. «Quindi, sei stata tradita da uno dei tuoi?»

«Sì. E, prima che tu me lo chieda, ero maledettamente arrabbiata quando l'ho scoperto.»

«Sei ancora arrabbiata?»

«Sì, lo sono. Sono passati mesi da quando è successo, e lo stanno ancora indagando. Voglio dire, c'erano abbastanza di noi presenti al momento, che hanno visto cosa è successo, e come ci ha fregato tutti. Non capisco come mai ci stiano mettendo così tanto.»

«Cosa è successo quando tu e Demiri eravate soli sulla spiaggia?»

«Ha cercato di uccidermi. Sono stata stupida, sono caduta dritta nella trappola. Ho creduto alle informazioni che mi erano state date da qualcuno che si è rivelato lavorare per lui. Ho mandato il mio collega indietro per i rinforzi, e invece di aspettare sono andata avanti senza di lui. Demiri mi stava aspettando e mi ha attaccato. Mi ha rotto un braccio, due costole, e poi ha cercato di farmi annegare.»

«Eppure, hai fatto domanda per tornare al lavoro un intero mese prima del previsto.»

«Dovevo farlo. Stavo impazzendo a casa. Avevo bisogno di uscire e tornare al lavoro.»

«Tuo marito, Adam. Gli è dispiaciuto che tu tornassi al lavoro in anticipo?»

Kay scosse la testa. «No, sa come sono fatta. Abbiamo deciso entrambi che era meglio se accorciavo il mio periodo di riposo.»

«Avevi incubi?»

«No.»

«Va bene dirmelo se li avevi, o se li hai ancora.»

«No, nessun incubo.»

«Come ti sei trovata al ritorno al lavoro?»

«I primi giorni sono stati terribili, mi annoiavo così tanto.» Kay lasciò sfuggire una risata soffocata. «Sono riuscita a trovare un caso irrisolto su cui mettere le mani. Questo mi sta aiutando. Sperando che, se ottengo un risultato con questo, mi rimettano in servizio completo.»

Allungò la mano e prese il suo caffè prima di aggrottare le sopracciglia, sorpresa che si fosse raffreddato. Controllò l'orologio e vide che era passata un'intera mezz'ora.

La Strathmore sorrise. «Passa molto più velocemente di quanto pensi.»

«È vero. Cosa succede ora?»

«Beh, completerò il mio rapporto e lo invierò via email alla tua squadra del personale entro la fine della settimana. Nel frattempo», disse, facendo scivolare un biglietto da visita sulla scrivania verso Kay, «prendi questo con te, e se mai senti il bisogno di parlare con qualcuno in confidenza di ciò che ti è successo in modo più dettagliato di quanto abbiamo fatto oggi, o se inizi ad avere incubi, chiamami. Sei un'agente di polizia estremamente coraggiosa, Kay, ma tutti abbiamo i nostri punti deboli.»

Kay mise il biglietto in tasca e si alzò dal suo posto. «Me ne ricorderò, grazie.»

La Strathmore girò intorno alla scrivania e aprì la porta. Tese nuovamente la mano mentre Kay passava.

«Abbi cura di te, Kay».

«Grazie».

Kay si sistemò la borsa sulla spalla, poi si fece strada fuori dalla porta laterale della casa e si affrettò verso la sua auto.

Rimase seduta dietro il volante per un momento, con le mani tremanti mentre inspirava una grande boccata d'aria. Il sudore le pizzicava alla base del cranio, e affondò le unghie nella pelle morbida dei palmi.

Colse un movimento con la coda dell'occhio e notò che le tende della finestra dell'ufficio di Strathmore tornavano al loro posto.

«Merda».

Sbatté le palpebre per schiarire le lacrime che minacciavano di scendere, girò la chiave nel quadro e guidò l'auto fuori dal breve vialetto sulla strada principale.

In quel momento, tutto ciò che voleva era essere a casa.

CAPITOLO 19

Kay inserì la chiave nella serratura e spinse la porta, sentendosi cogliere dalla stanchezza nel momento in cui la richiuse alle sue spalle.

Appese il cappotto al corrimano, lasciò cadere la borsa sul primo gradino e si tolse le scarpe prima di avviarsi verso la cucina.

«Com'è andata?»

Adam era ai fornelli, con due pentole che bollivano sul piano cottura, mandando in estasi le papille gustative di Kay.

Lei si avvicinò e lo abbracciò, gli diede un bacio e poi si abbandonò al suo abbraccio.

«Così buono, eh?»

«Non so se sono più sopraffatta dal ritorno al lavoro, da questa indagine su un caso archiviato, o dal dover continuamente ripetere alle persone che sto bene e che sono in grado di svolgere il mio lavoro.»

«Cosa ha detto la psichiatra?»

Kay, suo malgrado, sorrise e alzò gli occhi verso di lui.

«Non molto. L'idea è che sia io a parlare durante quelle sedute. Lei si limita ad ascoltare.»

Lui rise. «In tal caso, mi sorprende che non fossi a casa un'ora fa. Di cosa diavolo hai parlato?»

«Mi ha fatto raccontare quello che è successo l'anno scorso. Sulla spiaggia.»

I suoi occhi si oscurarono mentre si allontanava da lei. «Stai bene?»

«Credo di sì. Sto cercando di lasciarmi tutto alle spalle, ma ogni volta che sento di andare avanti, qualcun altro tira fuori l'argomento e devo ricominciare a pensarci.» Scrollò le spalle. «Immagino ci vorrà del tempo.»

«Le hai parlato degli incubi?»

Kay si morse il labbro.

«Non l'hai fatto. È stata una scelta saggia?»

Kay allungò la mano verso di lui, avvolgendo le dita intorno al suo braccio. «Voglio che sia come prima, Adam. Ce la farò, te lo prometto. Ma non con uno psichiatra. Ce la caviamo bene insieme, io e te. Lasciamo le cose così, va bene?»

Lui le premette le labbra sulle sue, poi le strinse la mano. «Se cambi idea, se senti di essere in difficoltà, dillo. Me lo prometti?»

«Te lo prometto.»

«Bene. Ora, vai a metterti un paio di jeans. Servo in tavola tra venti minuti.»

Lei sorrise, girò sui tacchi e si affrettò a salire le scale per cambiarsi.

Mentre si toglieva i vestiti da lavoro e indossava i jeans e una maglietta a maniche lunghe, il suo sguardo cadde sulle pillole per dormire sul comodino.

Si era rifiutata di prendere qualsiasi farmaco su prescrizione, ma aveva accettato di provare un rimedio naturale con Adam per vedere se avrebbe potuto aiutare a tenere lontani gli incubi che l'avevano tormentata negli ultimi tre mesi. Non poteva permettersi che i suoi colleghi pensassero che non fosse in grado di fare il suo lavoro, per come stavano le cose, gli incubi erano sporadici, e quindi non voleva che ci fosse traccia di essi nella sua cartella clinica.

Una volta rimosso il gesso dal braccio e ricevuto il via libera dal fisioterapista, era tornata alla sua routine sempre di fretta. Solo sei settimane dopo, poteva già percepire che l'esercizio stava aiutando a ridurre gli incubi in ogni caso.

Di certo non avrebbe raccontato allo psichiatra di questi.

Scese di nuovo al piano di sotto e, vedendo Adam occupato ai fornelli, si avvicinò a Rufus, si accovacciò e gli grattò dietro le orecchie.

«E come sta questo qui oggi?»

Adam guardò oltre la spalla. «In effetti, si è un po' ripreso. Ho cucinato delle verdure extra per lui stasera, e potrà avere un po' di questo agnello arrosto.»

Gli occhi marroni del cane si spalancarono e Kay rise.

«Ha sentito.»

«Sì, il suo affidatario, Graham, ha detto che non ha problemi a capire le parole che riguardano il cibo. Sto scoprendo che ha un vocabolario piuttosto buono.»

Kay si raddrizzò e si diresse al lavandino per lavarsi le mani. «Deduco, quindi, che la sua continua educazione abbia incluso molto cibo gratuito questa settimana?»

Adam scrollò le spalle, prima di abbassare la voce.

«Non so quanto gli rimanga, Kay. Non mi dispiace viziarlo.»

Lei si avvicinò e gli diede una pacca sul braccio. «Lo so. Non c'è niente di male in questo.»

Si voltò e aprì un cassetto, selezionando le posate e un coltello da carne per Adam, prima di metterli sul piano di lavoro. Poi, lasciò vagare lo sguardo sulla selezione nella cantinetta, scelse un Shiraz e versò due generose porzioni.

«Tempismo perfetto», disse Adam, e iniziò a servire il cibo.

Una volta seduti, mangiarono in silenzio per un po', finché Adam non spinse indietro il piatto e ruttò.

«Che fascino.»

Un momento dopo, un rumore simile eruppe dall'angolo della stanza dove si trovava Rufus, e scoppiarono a ridere.

«Questo è il mio ragazzo», disse Adam. Si diede una pacca sulla pancia. «Era buono, anche se lo dico io. Come procede quel caso archiviato?»

«Continuiamo con gli interrogatori domani. Abbiamo parlato con la famiglia, e anche con il vecchio comandante della vittima nell'esercito. Penso che Sharp abbia ragione, credo ci sia di più in questa storia di un semplice incidente in moto.»

«Quindi Harrison ha davvero insabbiato qualcosa?»

«Assolutamente.»

«Quando potrai portarlo a Larch? Non vorrà sapere il prima possibile se Harrison era responsabile?»

Kay scosse la testa. «Non è così semplice. Non ha senso portarlo a Larch adesso, solo per scoprire poi dalla nostra indagine che si è trattato davvero di un incidente.

Devo esaminare di nuovo ogni aspetto, e poi dovremo raccogliere prove sufficienti per dimostrare che Jamie è stato assassinato prima che la Procura della Corona lo prenda in considerazione. Voglio dare a Larch quante più munizioni possibili contro Harrison.»

«Dev'essere difficile per la famiglia, vedere che tutto viene rimesso in discussione dopo dieci anni.»

«Lo so. Ecco perché voglio assicurarmi di fare le cose per bene, per non deluderli.»

CAPITOLO 20

La mattina seguente, Kay fissava fuori dal finestrino del passeggero, persa nei suoi pensieri mentre teneva il braccio in grembo.

«Ti fa ancora male?»

«Hmm?»

Si voltò verso Barnes, che le lanciò un'occhiata prima di tornare a guardare la strada.

«Il braccio, ti fa male? Lo tieni così da quando siamo partiti da Maidstone.»

«A volte mi dà fastidio, più che dolore. Credo di trovare comoda questa posizione. Mi ci sono abituata in tre mesi.»

Lui sorrise. «Sono contento che ti sia ripresa, Hunter. Non è stato lo stesso senza te intorno.»

«Grazie, Ian.»

«Sì. Ho dovuto farmi il tè da solo, comprarmi le penne...»

Lei rise e gli diede una pacca sul braccio. «Scemo.»

«Di cosa trattava l'incontro di ieri, se posso chiedere? Sembravi preoccupata quando sei arrivata stamattina.»

Lei scrollò le spalle. Sapeva che Barnes non avrebbe spettegolato.

«La valutazione della medicina del lavoro alla fine di febbraio ha raccomandato che parlassi con uno psichiatra al mio ritorno al lavoro.»

«Stai bene? Non hai incubi o cose del genere?»

«Era più una precauzione che altro. Probabilmente più a loro beneficio che mio. Jozef Demiri è morto. Non può più farmi del male e, ad essere onesta, Ian, stavo impazzendo per la noia a casa.»

«Non ci credo.»

«Smettila», disse, sorridendo. Indicò fuori dal parabrezza. «Forse è meglio prendere questa uscita. Ho sentito al notiziario stamattina che ci sono ritardi alla prossima a causa di lavori stradali.»

«D'accordo.»

Kay si chinò e frugò nella sua borsa in cerca degli appunti mentre Barnes guidava l'auto fuori dall'autostrada, dirigendosi verso il centro di Faversham.

«Sembra un po' ironico che siamo nel territorio della Divisione Est, considerando il coinvolgimento di Harrison l'anno scorso. Territorio nemico.»

«Non preoccuparti. Larch ci ha dato il via libera. Date le circostanze, una volta che ha fatto il nome del commissario capo durante la conversazione, non potevano davvero dire di no. Li terremo informati se emergerà qualcosa da questa visita, non preoccuparti.»

Venti minuti dopo, Barnes inserì il freno a mano e scese dall'auto.

Quando Kay tornò dal parchimetro, lui stava tamburellando con le dita sul tetto del veicolo.

«Come vuoi procedere?»

Kay gli consegnò il biglietto e si sistemò la borsa sulla spalla. «Con cautela perché, se era coinvolto nel contrabbando di droga nel paese con Jamie, non voglio che un avvocato penalista lo faccia uscire perché non abbiamo fatto bene il nostro lavoro. Per ora, è un testimone, nulla di più.»

«Intendi vedere cosa dice e poi decidere se portarlo in centrale per un interrogatorio formale?»

«Esattamente.»

Barnes annuì, poi chiuse l'auto a chiave e guidò il cammino attraverso la strada e lungo un sentiero che separava il giardino di un pub da un'altra proprietà.

Emersero in una strada pedonale, la disposizione medievale del borgo mercantile era ancora evidente dalla superficie irregolare dei vicoli.

«Poliziotto buono, poliziotto cattivo?»

Kay sorrise e tese il pugno prima di far spuntare due dita.

La mano di Barnes rimase chiusa. «Tu sei il poliziotto buono, allora. Andiamo, il bar che possiede è giù per questa strada.»

Entrarono in un vicolo stretto che terminava in un vicolo cieco, con un'agenzia di viaggi e una ricevitoria da un lato, e l'enoteca dall'altro.

Un'insegna pendeva sopra la porta nello stile di un vecchio pub inglese, ma l'esterno denotava un locale moderno che sembrava fare ottimi affari nonostante l'ora mattutina.

Barnes spinse la porta, tenendola aperta per Kay.

Mentre i suoi occhi si abituavano alla scarsa illuminazione, notò una donna in piedi dietro il bancone in fondo e iniziò a farsi strada tra i tavoli.

Oltre ad essere un'enoteca, sembrava che il locale di Carl Ashton offrisse anche caffè e altre bevande calde, poiché la maggior parte dei tavoli era occupata da quelli che sembravano essere turisti piuttosto che gente del posto.

Kay notò che le poche persone locali presenti a quest'ora preferivano sedersi al bancone, lontano dagli estranei.

Si avvicinò alla fine di una serie di sei pompe per la birra e, dopo aver mostrato il suo distintivo, chiese di vedere Ashton.

«È di sopra nell'ufficio», disse la donna. Diede un'occhiata alla folla, come per assicurarsi che tutto fosse sotto controllo, e poi si voltò di nuovo verso Kay. «Vado a chiamarlo per voi. Aspettate.»

Barnes si appoggiò a un distributore automatico di sigarette e tirò fuori il suo taccuino dalla giacca. Pochi istanti dopo, fece un cenno col mento oltre la spalla di Kay.

Ashton era alto quanto Barnes, ma con le spalle più larghe e una pancia prominente senza dubbio dovuta anche alla sua attuale occupazione. I suoi capelli castano chiaro stavano iniziando a diradarsi, e lei notò che le sue unghie erano rosicchiate fino all'osso.

I suoi occhi si spostarono tra lei a Barnes, poi tese la mano.

«Detective? Come posso aiutarvi?»

«C'è un posto dove possiamo parlare in privato?» disse Kay, ignorando la mano tesa.

Lui lanciò un'occhiata alla donna dietro il bancone, poi fece loro cenno di seguirlo. «Possiamo usare l'ufficio. È angusto, ma dovrà bastare. Non possiamo usare la cucina, ho un tecnico del gas che sta riparando una delle friggitrici.»

Li guidò attraverso una porta sul retro del bar, poi girò a sinistra e salì una stretta scala.

All'ultimo gradino, svoltò a destra e aprì una porta. «Prego, entrate.»

Kay annuì in segno di ringraziamento mentre passava, poi indietreggiò entrando nella stanza.

Ashton non scherzava, l'ufficio conteneva una scrivania, una sedia tarmata e poco altro.

«Aspettate. Ho un paio di sedie da campeggio su cui potete sedervi.»

Lei attese mentre lui apriva una sedia che era stata riposta dietro la porta, e poi si sedette mentre lui faceva lo stesso per Barnes.

Fatto ciò, chiuse le finestre aperte sullo schermo del computer, poi si voltò verso di lei e Barnes, e sorrise. «Dunque, di cosa volevate parlarmi? Non ricordo di aver chiamato la polizia, sono passati mesi dall'ultimo furto con scasso.»

Kay mostrò il suo distintivo e attese che Barnes facesse lo stesso prima di presentarsi formalmente.

«Signor Ashton, siamo qui per parlare con lei di Jamie Ingram». Recitò l'avvertimento formale prima di continuare, notando che la postura dell'uomo si irrigidiva. «La mia squadra e io abbiamo riaperto le indagini sulla morte di Jamie, e ho capito che all'epoca lei prestava servizio con lui nel Reale Corpo logistico».

Ashton si passò una mano sulla bocca e poi appoggiò il gomito sulla scrivania. «È corretto. Accidenti, sembra una vita fa».

Kay lasciò vagare lo sguardo per la piccola stanza e sulle fotografie appese al muro che ritraevano Ashton con varie celebrità minori della zona. «Ha un bel posto, qui. Come ha fatto a permettersi di aprirlo con uno stipendio da militare?»

«Ho ricevuto un'eredità qualche mese prima di essere congedato. È stata molto utile, glielo assicuro. Ha ragione, non sarei stato in grado di avviare l'attività con quello che guadagnavo nell'esercito».

«Dev'essere un lavoro duro, gestire un posto come questo. Le piace?»

Lo osservò mentre gonfiava il petto e si sedeva più dritto.

«Beh, non è facile, questo lavoro, sa. Sono tante ore, e devo costantemente assicurarmi che il mio personale mantenga gli alti standard su cui insisto. Abbiamo una buona clientela abituale, però, e da quando ho preso l'iniziativa di offrire un servizio di bistrot-caffetteria nei giorni feriali, sto vedendo buoni risultati». Si toccò il lato del naso. «È la mia esperienza, vede. Ho visto molti concorrenti andare e venire nel corso degli anni, ma non possono eguagliare le mie capacità imprenditoriali».

«Qual era il suo ruolo nel Corpo?»

«Ero un soldato semplice. Come Jamie. Ci siamo arruolati a una settimana di distanza l'uno dall'altro, ma poi ci siamo ritrovati ad essere assegnati insieme a Deepcut.

Quando abbiamo scoperto che eravamo entrambi del Kent, siamo diventati amici».

«Socializzava molto con lui al di fuori dell'esercito?»

Ashton sorrise. «Sì. Ci divertivamo un sacco fuori dalla caserma. I suoi genitori possiedono una fattoria di frutta fuori Maidstone: prugne, mele e roba del genere. Jamie era appassionato di moto come me, quindi passavamo il tempo a sfrecciare lungo i sentieri intorno alla proprietà in estate».

«Quindi conosceva bene la sua famiglia?»

«In un certo senso, credo. Sua sorella era una bella ragazza, lo ricordo. Sua madre era tedesca, vero?»

«Corretto». Kay si prese un momento per scorrere i suoi appunti, anche se li conosceva a memoria. Spesso, gli interrogatori ai testimoni avevano a che fare con il ritmo, e non sarebbe stato opportuno affrettare le sue domande. «È stato assegnato anche in Afghanistan con Jamie?»

«Sì. Ogni singola volta. Eravamo nella stessa unità, capisce?»

«In cosa consisteva il suo ruolo?»

Si appoggiò allo schienale. «Beh, quando eravamo in Afghanistan eravamo responsabili di assicurarci che l'attrezzatura fosse adatta allo scopo. Se qualcosa si rompeva, o coinvolgevamo il Corpo Reale degli Ingegneri Elettromeccanici se si trattava di un problema meccanico, o organizzavamo la spedizione di pezzi di ricambio. Imballavamo tutto ciò che non potevamo riparare lì e organizzavamo il rinvio nel Regno Unito».

Kay rimase in silenzio.

«È così che Jamie è riuscito a contrabbandare la cocaina nel paese?» disse Barnes.

«Cosa?» Il gomito di Ashton scivolò dalla scrivania, facendogli perdere l'equilibrio. Si riprese e fulminò Barnes con lo sguardo, il viso pallido.

«Ci parli del mezzo chilo di cocaina che è stato scoperto in un serbatoio vuoto di un Jackal», disse Kay. «Come ci è arrivato?»

«Non ne ho idea».

«Dev'essere stato sollevato quando Jamie è morto e l'indagine è stata archiviata», disse Barnes. «Piuttosto conveniente per lei, non è vero?»

Ashton si alzò dalla sedia, le ruote la fecero sbattere contro il muro dietro di lui. «Ora, aspettate un attimo. Non potete entrare qui e iniziare ad accusarmi di aver ucciso Jamie!»

«Non credo che il mio collega abbia affermato questo», disse Kay, mantenendo la voce calma. «Quindi, si sieda».

Ashton la fulminò con lo sguardo, ma lei sostenne il suo sguardo finché non si risedette sulla sedia, con le mani tremanti. «Sa cosa? Invece di venire qui, parlare di contrabbando di droga e suggerire che ho assassinato il mio migliore amico, perché non parlate con Glenn Boyd?»

«L'aiutante?»

Sogghignò. «Sì, lui. Jamie aveva una relazione con sua moglie, dopotutto. Direi che è un motivo abbastanza buono per volerlo togliere di mezzo, non crede?»

Kay si alzò dalla sedia. «Grazie, signor Ashton. Penso che per ora possa bastare. La contatteremo».

Attese finché lei e Barnes non furono fuori, e poi si voltò verso di lui mentre la porta del bar si chiudeva alle loro spalle.

«Cosa ne pensi?»

«O sta mentendo spudoratamente, o sta gestendo un'attività losca. In ogni caso, penso che il prossimo colloquio con lui coinvolgerà un avvocato».

Kay strinse le labbra. «Esattamente quello che pensavo».

CAPITOLO 21

Tornata nella sala operativa, Kay spinse da parte la tastiera del computer, poi fissò Barnes.

«Come è possibile che non sapevamo che Jamie Ingram aveva una relazione con la moglie dell'aiutante?»

Lui si fermò mentre le passava davanti, poi riordinò un fascio di carte prima di lasciarle cadere sulla sua sedia e allungarsi oltre lo schienale per prendere una tazza di tè.

«Perché nessuno ha fornito questa preziosa informazione la prima volta, o l'hanno fatto e Harrison ha scelto di ignorarla». Bevve un sorso, poi fece una smorfia. «Debbie? Il tè è freddo».

«È quello che succede quando lo ignori per mezz'ora dopo che te l'ho messo sotto il naso».

«C'è la possibilità di averne un...»

«Fattelo da solo. Devo trascrivere la deposizione di Carl Ashton, e la tua scrittura è atroce. Dovresti prendere qualche lezione di dattilografia, sai. Mi risparmierebbe un sacco di mal di testa».

«Sono troppo vecchio per imparare cose nuove, Debs».

«Dinosauro».

Kay ignorò lo scambio di battute tra i suoi colleghi e invece rivolse la sua attenzione al database HOLMES.

«L'aiutante è stato interrogato all'epoca?» chiese Barnes.

«Sì, in quanto era la persona attraverso cui Jamie doveva passare per richiedere un incontro con il suo comandante».

«E suppongo che fosse solo un'ipotesi di Sharp che l'aiutante avesse qualcosa a che fare con [1] la fornitura di droga, perché serviva qualcuno ai piani alti per firmare i documenti quando i container tornavano nel Regno Unito?»

«Esatto. Poiché era così debole come ipotesi, il superiore di Sharp nella Polizia Militare Reale non lo menzionò alla Polizia del Kent all'epoca, quindi Glenn Boyd non fu formalmente interrogato su questo. Lo avvicinarono solo per verificare gli spostamenti di Jamie nei giorni precedenti la sua morte. Ammettiamolo, la Polizia del Kent non aveva motivo di sospettare un crimine all'epoca perché Harrison aveva soppresso le informazioni che Sharp gli aveva dato».

«Jamie Ingram era un tipo un po' misterioso, vero?» disse Gavin avvicinandosi dalla sua scrivania e porgendo a Kay un singolo foglio di carta. «Questi sono i dettagli della signora Boyd che Debbie ha scovato. Sembra che lei e Glenn siano ancora sposati, quindi non so se la sua relazione con Jamie sia mai stata menzionata».

«Grazie, Gavin. Puoi unirti a me per interrogarla domani?»

«Certo, c'è un numero fisso della proprietà, quindi la chiamerò adesso».

«Vai cauto quando lo fai. Non ha senso tirare fuori il discorso della relazione davanti a suo marito».

«Capito. Come descriveresti Ashton quando hai parlato con lui?»

«Un fanfarone».

«Kay sta usando un eufemismo», disse Barnes. «Quello che intende è che potrebbe parlare fino a far addormentare un asino».

Kay sorrise. «Sì, si atteggiava certamente a uomo di mondo, questo è sicuro». Si fermò e si girò sulla sedia. «Debbie? Quando avrai tempo domani, potresti dare un'occhiata più attenta alla storia del bar di Ashton? Proprio da quando l'ha acquistato per la prima volta».

«Lo farò».

«Inoltre, eventuali violazioni nell'autorizzazione, coinvolgimenti della polizia, cose del genere. Ha menzionato un'effrazione qualche mese fa, quindi probabilmente c'è qualcosa nel sistema a riguardo».

«Pensi ancora che abbia usato la droga per pagare l'attività?» disse Barnes.

«Sì, lo penso. E voglio sapere se ha continuato a spacciare. Insomma, hai visto le statistiche nei notiziari: i pub erano in difficoltà già prima della recessione, e la situazione non è migliorata molto da allora».

«E la sua accusa riguardo Jamie e la moglie dell'aiutante? Pensi che ci sia un fondo di verità, o ce lo sta dicendo per mandarci in un vicolo cieco?»

«Sono sicura che lo stia usando come diversivo, sì».

Si girò verso Gavin. «Puoi farmi un favore? Puoi

indagare sul retroterra di Glenn e Penny Boyd e controllare se ci sono reati nel database relativi a uno di loro?»

«Lo farò. Potrei non averlo pronto prima che parliamo con loro, però». Indicò con il pollice alle sue spalle. «Mi è appena arrivato sulla scrivania un caso di furto d'auto, ma farò del mio meglio».

«Ottimo, grazie».

Barnes si staccò dal muro e incrociò le braccia. «Va bene. E adesso?»

Kay allungò le mani sopra la testa con un gemito, poi fece scrocchiare il collo.

«Pub. Il primo giro lo offro io».

CAPITOLO 22

La mattina seguente, Kay sedeva sul sedile del passeggero dell'auto di servizio più vecchia che avevano trovato nel parcheggio, soffiandosi sulle dita.

Il vapore si alzava da due tazze di caffè in polistirolo poste nei portabicchieri tra i sedili, e Gavin si sporgeva sul volante per pulire la condensa formatasi sul parabrezza.

«Ricordami ancora perché abbiamo scelto l'auto senza riscaldamento? Questo rottame è un cumulo di ruggine: il cambio sta cadendo a pezzi e sono sicura che il freno a mano cederà da un momento all'altro».

«Sì, ma almeno non sembra un'auto della polizia. Sarà molto più facile passare inosservati».

Lei sollevò il mento quando una porta si aprì in una casa più avanti nella strada, e un uomo si affrettò lungo il vialetto del giardino e attraverso un cancello, prima di sbloccare un'utilitaria blu.

«Eccolo che va».

Distolsero l'attenzione dall'auto mentre passava

accanto al loro veicolo, fingendo di litigare nel caso il conducente avesse dato loro un'occhiata, per poi abbandonare la finzione non appena fu fuori vista.

Kay si girò sul sedile e guardò attraverso il lunotto posteriore mentre l'auto metteva la freccia a destra e si univa al flusso del traffico sulla strada principale in direzione del centro di Maidstone.

«Dove hai detto che lavora?»

«In uno studio legale. Ha studiato giurisprudenza mentre era nell'esercito e ha intrapreso una carriera in uno degli studi locali dopo il congedo».

Controllò l'orologio. «Ok, abbiamo mezz'ora prima che lei vada al lavoro».

Scesero dal veicolo e si incamminarono lungo lo stretto marciapiede verso la casa. La porta si aprì nel momento in cui i loro piedi cominciarono a scricchiolare sulla ghiaia del vialetto che vi conduceva.

Una donna li scrutò, con preoccupazione negli occhi.

«Signora Penny Boyd? Sono l'ispettore Kay Hunter. Ha parlato con il mio collega qui presente, il detective Gavin Piper, ieri. Vorremmo parlare con lei di Jamie Ingram».

Penny fece loro cenno. «Sbrigatevi. Prima che i vicini vi vedano».

Kay si pulì i piedi sullo zerbino e varcò la soglia entrando in un corridoio. Si spostò di lato per fare spazio a Gavin e attese che la donna sbattesse la porta.

Si voltò verso Kay e Gavin, le sopracciglia scure in netto contrasto con il caschetto biondo platino, e giocherellò con una sottile catenina d'argento al collo. Indossava un tailleur ed era chiaramente agitata.

«Devo andare al lavoro. Non ho davvero tempo per questo».

«Possiamo sederci da qualche parte?»

Le dita della donna si allontanarono dalla collana e indicò con mano tremante oltre la spalla di Kay. «Il soggiorno è di là».

«Grazie».

Kay attese che Penny facesse strada, poi la seguì in una stanza luminosa che si affacciava sulla strada.

Delle tende velate oscuravano la vista dei vicini sulla stanza, e un divano era stato posizionato sotto il davanzale, di fronte a un grande televisore sulla parete opposta. Due poltrone erano contro la parete in fondo, e fu verso queste che Penny fece un cenno.

«Accomodatevi».

Gavin estrasse il suo taccuino dalla tasca della giacca mentre Penny si sedeva sul divano e incrociava le gambe sotto di sé.

«Quando avete telefonato, pensavo fosse per l'effrazione avvenuta più avanti nella strada la settimana scorsa».

«Di cosa si tratta?»

Penny fece un gesto di dismissione con la mano. «Oh, ragazzini, immagino. L'auto di uno dei nostri vicini, hanno rotto il finestrino e rubato un tablet dal sedile». Alzò gli occhi al cielo. «Come se voi non avvertiste abbastanza la gente su queste cose».

Kay le rivolse un piccolo sorriso. «No, vorremmo parlare con lei di Jamie».

«Non pensavo a lui da anni».

«Quanto bene lo conosceva?»

Gli occhi di Penny si strinsero. «Beh, se siete qui per Jamie, potete averlo saputo solo da una persona. Carl Ashton, giusto?»

«Temo di non poter rivelare le mie fonti, signora Boyd».

La donna sbuffò. «Certo che no. Anche se sta cercando di rovinare il mio matrimonio».

«Come si sono conosciuti lei e Jamie?»

«A una festa, la prima volta che tornarono tutti dall'Afghanistan. Dio, non posso descrivervi il sollievo. Non mi mancano affatto quei giorni. Sei mesi di noia mescolati a una dose malsana di terrore ogni volta che partivano. Lo odiavo».

«Cosa è successo?»

«Avevo bevuto troppo, detective. Non è così che succedono queste cose di solito?»

«Non saprei. È stata l'unica volta?»

Penny abbassò lo sguardo sul suo grembo e si mise a togliere un pelucco immaginario dai pantaloni. «No».

«Mi dica».

«Ci vedevamo abbastanza spesso. Quando non era fuori dal paese, intendo». Penny allungò la mano e prese due fazzoletti di carta dalla scatola sul tavolino, prima di tamponarsi gli occhi. «Mi sono incolpata per la sua morte, sa. Non l'ho ucciso io, ovviamente, ma è come se l'avessi fatto, dopo tutto quello che è successo».

Kay colse lo sguardo interrogativo di Gavin nella sua direzione, poi riportò l'attenzione su Penny.

«Mi scusi, signora Boyd. Mi sono persa. Può spiegare quella affermazione?»

La donna strinse i fazzoletti bagnati nel palmo, il viso stravolto.

«La polizia non me l'ha mai chiesto, vede. Né la vostra, né la nostra, intendo, l'esercito. Ho cercato di convincermi che non fosse colpa mia».

Poi ansimò, un respiro profondo e soffocato le fece sollevare le spalle. «Scusatemi».

Gavin stava per alzarsi dalla sedia quando Penny si lanciò dal divano e si precipitò fuori dalla stanza, ma Kay scosse la testa.

«Va bene. Diamole un momento».

Il suono di conati raggiunse le orecchie di Kay, e il viso di Gavin mostrò comprensione.

Poco dopo, Penny tornò, con un bicchiere d'acqua in mano e le guance arrossate.

«Mi dispiace tanto».

Si diresse nuovamente verso il divano, prese un sorso d'acqua e posò il bicchiere accanto alla scatola dei fazzoletti.

«Signora Boyd? Cosa è successo?» disse Kay.

La donna fece un respiro profondo e tremante.

«È colpa mia se è morto quella notte», disse. «Avevamo litigato, vede. L'ho chiamato mentre era alla fattoria. Era sera, credo che lui e i suoi genitori avessero già finito di cenare, e mi ha detto di aspettare mentre usciva di casa per parlare con me».

«Per cosa avete litigato?»

La mascella di Penny si irrigidì. «Volevo troncare. La nostra relazione. Stava diventando troppo intensa. Io…» Si fermò per soffiarsi il naso. «Guardi, per me era solo un po' di divertimento, tutto qui. Jamie era attraente, era disponibile. Non so. Era eccitante».

Un accenno di petulanza colorò le ultime parole, e Kay sentì che stava perdendo simpatia per la donna.

«Perché è colpa sua se Jamie è morto?»

«Vede, Jamie era così arrabbiato con me. Non voleva interrompere la nostra relazione. Ecco perché ha lasciato la fattoria così tardi quella notte. Stava venendo a trovarmi. Voleva supplicarmi di cambiare idea».

«Signora Boyd, ha qualche prova a sostegno di questa affermazione?»

«No, ovviamente no. Ma era ossessionato da me. È il tipo di cosa che avrebbe fatto in quelle circostanze».

Kay espirò e si prese un momento per raccogliere i pensieri prima di continuare. «Cosa fa suo marito nello studio legale?»

«Ora è socio. La sua squadra gestisce il dipartimento delle richieste di risarcimento per incidenti, molti dei loro clienti sono compagnie assicurative per veicoli».

Kay incrociò lo sguardo di Gavin.

«Grazie per il suo tempo, signora Boyd. La contatteremo se avremo bisogno di discutere ulteriormente».

Penny si alzò dal divano e li accompagnò alla porta d'ingresso. Si fermò con la mano sulla maniglia.

«Detective? Non lo dirà a mio marito, vero?»

«Solo se il corso delle nostre indagini sulla morte di Jamie lo renderà inevitabile», disse Kay.

«Non ho avuto altre relazioni dopo Jamie», disse Penny, con tono disperato. «Non so. Ho sentito che la sua morte era una punizione di Dio per aver tradito mio marito».

Kay resistette all'impulso di sospirare.

«La contatteremo se avremo altre domande, signora Boyd».

CAPITOLO 23

«Che ne pensi?»

Kay lesse gli appunti di Gavin mentre lui guidava per riportarli verso Maidstone.

«Non credo che sia la nostra sospettata», disse lui.

«No, neanch'io. Colpevole di tradire suo marito, ma nient'altro. Mi chiedo perché pensi che l'incidente di Jamie sia colpa sua.»

«Beh, come ha detto lei, se lui era disperato di vederla per farle riconsiderare l'idea di interrompere la loro relazione, forse non si stava concentrando abbastanza sulle condizioni della strada quella notte.»

«Forse.»

«Incidenti di veicoli a motore, però? Non ti sembra troppa coincidenza che suo marito lavori in quell'area del diritto?» Gavin inserì l'auto nel traffico e alzò la mano in segno di ringraziamento quando un altro conducente frenò per lasciarlo passare.

«Come mai questo non è stato rilevato dal sistema?» disse Kay.

«La sua biografia sul sito dello studio è solo generale e non menziona nulla sui veicoli a motore.»

«D'accordo, vediamo cosa ha da dire il signor Boyd.»

«E il fatto che sua moglie avesse una relazione?»

«Sono un detective, non una rovina matrimoni», disse Kay. «Non serve a nulla tirare fuori questa cosa.»

Tirò fuori il telefono dalla borsa e compose il numero dello studio legale per cui Glenn Boyd lavorava ora. Dopo cinque minuti di trattative con la receptionist, fissò un appuntamento per incontrarlo più tardi quella mattina.

«Bene, tanto vale andare a mangiare qualcosa mentre aspettiamo. Se torniamo in centrale, potremmo non riuscire più a scappare.»

Gavin manovrò l'auto nella corsia giusta sulla tangenziale per portarli in centro città.

Kay non ci avrebbe scommesso, ma lui trovò un parcheggio a pochi metri dal loro bar preferito e si voltò verso di lei con un sorriso raggiante.

«Puoi toglierti quell'aria compiaciuta dalla faccia, Piper. Paghi tu la colazione.»

Un'ora dopo, arrivarono alla porta d'ingresso dello studio legale con dieci minuti di anticipo.

Come molti degli studi professionali in città, lo studio era ospitato in una fila di edifici del diciassettesimo secolo che erano stati uniti internamente, fornendo ampio spazio per i soci, gli associati e il personale amministrativo necessari per gestire l'attività in modo efficiente.

La ristrutturazione era stata eseguita anche con gusto.

Kay ammirò le travi a vista, i cui colori scuri spiccavano in contrasto con le pareti dai colori chiari. Le piaceva il modo in cui i muri interni non erano stati raddrizzati dai costruttori. Invece, la loro superficie irregolare fungeva da elemento decorativo nell'area della reception.

La receptionist fece loro cenno di accomodarsi su due poltrone, afferrando un telefono dalla base e portandoselo all'orecchio mentre si mettevano comodi.

Non dovettero aspettare a lungo.

La voce di un uomo giunse alle orecchie di Kay dalla direzione di un arco che era stato lasciato in situ dietro la reception durante le ristrutturazioni originali, prima che lui entrasse nel suo campo visivo, infilando un telefono cellulare nella tasca della camicia mentre incrociava il suo sguardo.

Allungò la mano mentre si avvicinava.

«Detective Hunter? Sono Glenn Boyd.»

«Grazie per averci ricevuto questa mattina. Questo è il mio collega, il detective Gavin Piper.»

«C'è una sala riunioni libera che possiamo usare per la prossima ora. Volete seguirmi?»

Si voltò senza aspettare una risposta e chiamò da sopra la spalla mentre li guidava attraverso l'arco.

«Helen? Puoi inoltrare le mie chiamate a Stephanie?»

Kay non sentì la risposta della receptionist, ma seguì Boyd lungo il corridoio per un breve tratto, prima che lui girasse a sinistra e tenesse aperta una porta per lei e Gavin.

«Ecco qui. Purtroppo, non sono ancora abbastanza in alto nella gerarchia dello studio da meritare un ufficio tutto mio.»

«Andrà bene così», disse Kay.

«Al telefono ha accennato che si trattava di Jamie Ingram?»

«Sì. Ci è stato chiesto di riaprire l'indagine sulla sua morte di dieci anni fa, poiché abbiamo ricevuto nuove informazioni.»

Boyd aggrottò la fronte mentre si sedeva su una sedia di fronte a loro. «Immagino che non possa dirmi di che informazioni si tratta?»

Kay sorrise. «Mi dispiace, no.»

Lui scrollò le spalle. «Va bene. Cosa ha bisogno di sapere?»

«Vorrei sapere dove si trovava la notte in cui Jamie Ingram è morto.»

I suoi occhi si spostarono da lei a Gavin e di nuovo indietro. «Cosa? Sono forse un sospettato? L'incidente in moto di Jamie era solo questo, un incidente, no?»

«Risponda alla domanda, per favore.»

«Ero in ufficio alla caserma. Tutto il personale doveva rientrare entro la mezzanotte del giorno successivo, e non immagina quanta burocrazia ci fosse per prepararli al nuovo dispiegamento. Ero molto indaffarato, era l'una di notte quando ho finito e sono tornato ai miei alloggi.»

«Ha un alibi per quell'ora?»

«Non ne ho bisogno. Gli uffici della caserma avevano un sistema di sicurezza che registrava gli orari. Potete controllare i registri e vedere da voi.»

«Dev'essere stato sollevato quando l'incidente è stato archiviato come accidentale.»

«Non l'ho ucciso io, detective.»

«Aveva certamente un movente. È stato sorpreso a litigare con lui dietro la caserma sei mesi prima della sua morte. Di cosa si trattava?»

Boyd sbuffò e scosse la testa. Una tristezza gli riempì

gli occhi, e raggiunse la tasca dei pantaloni per tirare fuori un fazzoletto prima di soffiarsi il naso.

«Detective, mi ha appena chiesto se avevo un alibi per la notte in cui Jamie è morto. Ce l'ho, ma per favore, sia cauta con questa informazione.»

Allungò la mano verso una penna e un blocchetto omaggio che erano stati messi accanto ai bicchieri d'acqua al centro del tavolo, e procedette a scrivere un nome e un numero di telefono. Lo consegnò a Kay.

«Non so se questo numero funzionerà ancora. Dopotutto, sono passati dieci anni.»

Kay si morse il labbro mentre leggeva il testo, poi alzò lo sguardo per incontrare il suo.

«Vede», disse lui, «mia moglie non era l'unica ad avere una relazione. Sono sicuro che scoprirete della sua storia con Jamie Ingram nel corso delle vostre indagini. La vita nell'esercito è dura. Ti ritrovi ad allontanarti da coloro che ami di più.»

«Eppure, siete ancora insieme.»

«Lei non ha mai scoperto la mia relazione. Pensa che io non sapessi di lei e Jamie. La amo. L'amerò sempre.»

Kay sospirò e passò il foglietto a Gavin, che lo infilò nel suo taccuino. Si voltò di nuovo verso Boyd.

«Mi parli della droga. Come entrava nel paese?»

«Devon Sharp o Stephen Carterton le hanno parlato del serbatoio vuoto?»

«Non sono autorizzato a rivelare chi ce l'ha detto.»

«Beh, non era certo un segreto una volta trovato mezzo chilo di cocaina. Non abbiamo mai scoperto come ci fossero riusciti. Peccato. Poi Jamie è morto e l'indagine si è arenata.»

«Jamie sembrava spaventato nei giorni precedenti alla sua morte?»

Boyd fissò il vuoto per un momento, poi sbatté le palpebre. «Non spaventato, no. Distratto, sì. Come se avesse qualcosa per la testa. All'epoca, pensavo potesse essere legato alla droga che era stata trovata, ma ora non ne sono sicuro.»

«Sicuramente per le merci importate era necessario che qualcuno più in alto firmasse i documenti? Jamie deve aver avuto aiuto dall'alto per riuscire a contrabbandare quella quantità.»

Boyd scosse la testa. «Non io, e non credo che l'avrebbe fatto neanche Carterton, non dopo aver messo sottosopra il posto quando è stata trovata quella droga. C'era in gioco la sua reputazione, per non parlare dei procedimenti penali che avrebbero minacciato il reggimento. Non si sarebbe mai arrischiato.»

«E allora chi?»

Si allentò la cravatta prima di appoggiare i gomiti sul tavolo. «C'era un capitano che lavorava nell'ufficio della caserma, approvvigionamenti e cose del genere. Avevo i miei dubbi su di lui, a dire il vero, ma ormai è troppo tardi.»

«Perché?»

«È morto due anni fa dopo un ictus grave, detective.»

Kay strinse le labbra e represse la sua frustrazione. «E l'acquirente? Ha qualche idea su chi Jamie potesse aver pianificato di vendere la droga?»

«Mi dispiace, no.»

CAPITOLO 24

Kay tamburellò con la penna sulla scrivania, chiedendosi quale direzione d'indagine potesse seguire successivamente, prima di gettarla su una pila di cartelle e dirigersi a grandi passi nell'ufficio di Sharp.

Carys si unì a lei mentre camminava avanti e indietro davanti alla lavagna.

«Di solito ti lamenti con Sharp perché consuma il tappeto.»

«Sto iniziando a capire perché lo fa.»

«Un penny per i tuoi pensieri?»

«Non sono sicura che valgano tanto al momento.»

«Mettimi alla prova.» Carys si lasciò sprofondare su una delle sedie per i visitatori accanto alla scrivania di Sharp e poi alzò lo sguardo quando Gavin, Debbie e Barnes si unirono a loro. «Ottimo tempismo.»

«Ho quei documenti e tutto ciò che hai richiesto sull'enoteca di Carl Ashton», disse Debbie, consegnando una cartella a Kay. «E ho fatto copie per tutti gli altri.»

«Grazie, ottimo lavoro.»

Barnes imprecò sottovoce mentre si appoggiava al davanzale e sfogliava le pagine. «Questa attività sarebbe dovuta fallire due anni fa.»

«O abbiamo ragione noi, e sta usando contanti per sostenere l'attività, oppure ha un commercialista molto abile», disse Kay mentre scorreva con lo sguardo i ritagli di giornale che descrivevano ristrutturazioni stravaganti e donazioni di beneficenza.

«Quando è stato aperto il bar?» chiese Barnes.

«Nove anni fa», disse Debbie. «Ha registrato l'attività come società per azioni due anni fa. Ovviamente avremo bisogno di un mandato per i suoi registri contabili.»

«Quindi potremmo star vedendo solo un'indicazione di una frazione del denaro che è passato attraverso quel bar?»

«Esattamente.»

«Mi chiedo cosa l'abbia spinto a registrare l'attività», disse Gavin.

Kay sfogliò rapidamente le pagine alla fine del rapporto, poi lo gettò sulla scrivania di Sharp. «Si sta proteggendo. Se l'attività va in liquidazione, può andarsene e nessuno può farci niente.»

«Il che fa pensare che la sua "eredità" stia iniziando a esaurirsi», disse Barnes.

«Esatto. Come è andata con i controlli dei precedenti su Glenn e Penny Boyd, Gavin?» chiese Kay.

«Non c'è nulla di preoccupante», disse lui. «Penso che siano entrambi fuori dai giochi per quanto riguarda la droga.»

«Pensi che lui sapesse che sua moglie ha continuato la

sua relazione con Jamie dopo averlo picchiato quella volta?» disse Carys.

«No, non credo», disse Kay. «Comunque, è difficile provare simpatia per uno dei due, sono pessimi allo stesso modo in questo senso.»

«Quindi, tornando a quello che stavamo dicendo. Cosa pensi stesse succedendo?»

«Okay, ecco cosa sappiamo finora. Jamie e, possibilmente, Ashton stavano contrabbandando cocaina nel paese, utilizzando l'attrezzatura restituita dall'Afghanistan per nasconderla. Glenn Boyd ha detto che l'ufficiale superiore responsabile della firma di quell'attrezzatura per la dogana è morto d'infarto due anni fa, quindi non possiamo interrogarlo. Non c'erano prove sufficienti all'epoca per incriminare Jamie, ma un'indagine della Polizia Militare Reale era in corso quando è morto.»

«Pensi che qualcuno l'abbia ucciso per farlo tacere, allora?»

«Non ne sono sicura. Voglio dire, perché uccidere qualcuno che era la tua unica fonte di approvvigionamento?»

«Rivalità? Forse qualcun altro aveva un interesse particolare nel contrabbandare la droga nel paese?» disse Barnes.

Kay scarabocchiò il suggerimento sulla lavagna. «Vale la pena considerarlo. Dopotutto, mezzo chilo di cocaina non è economico. Sono sicura che una volta che la voce si è sparsa, alcune persone si sarebbero chieste come fosse riuscito a contrabbandarlo.»

«Pensi che l'avesse già fatto prima?» disse Gavin.

«Se l'ha fatto, come ha fatto a farla franca?»

«Fortuna, forse.» Gavin alzò le spalle. «A volte, è tutto ciò che serve. Stephen Carterton ha detto se controllavano ogni container che tornava indietro, o se ne sceglievano uno o due a caso?»

«Non l'ha detto», disse Kay. «Carys, puoi chiarire questo con lui?»

«Lo farò. Pensi che stessero risparmiando sulle loro responsabilità doganali?»

«Scommetto che non l'hanno fatto una volta trovato mezzo chilo quella volta», disse Barnes. «Non c'è da meravigliarsi che Sharp abbia detto che hanno messo sottosopra la caserma cercando di scoprire chi l'avesse contrabbandato.»

«Inoltre, da tutto ciò che abbiamo esaminato, non sappiamo ancora a chi lo stesse fornendo. Voglio dire, mezzo chilo di cocaina è una quantità enorme da rischiare di portare dentro, per non parlare del cercare di distribuirlo. E, da quello che stiamo sentendo, non era l'unica volta. Quindi, chi diavolo lo stava comprando?»

«Dobbiamo anche considerare la possibilità che un cliente insoddisfatto sia responsabile della sua morte», disse Barnes.

«Vero.» Kay aggiunse il suo suggerimento alla lavagna, poi rimise il cappuccio sulla penna e si voltò verso la squadra. «Bene, questo ci dà sicuramente del lavoro da fare.»

Barnes si allontanò dal davanzale. «Cosa vuoi fare dopo?»

«Arrestare Carl Ashton e portarlo qui per interrogarlo

in relazione al contrabbando di droga. Puoi organizzarlo, Carys?»

«Lo farò.»

«Bene. Faremo l'interrogatorio domattina per prima cosa.»

«Porterò io il caffè», disse Barnes.

CAPITOLO 25

La mattina seguente, Kay aprì la porta della sala interrogatori numero due e si fece da parte per far entrare Carl Ashton e il suo avvocato.

Mentre prendevano posto, Barnes controllò l'apparecchiatura di registrazione e comunicò ad Ashton l'avvertimento formale prima di sedersi e fare un cenno a Kay.

Lei aprì la cartella davanti a sé.

«Per essere chiari, signor Ashton, e per proseguire da quanto il mio collega ha informato lei e il suo avvocato, questo è un interrogatorio formale per porle domande in relazione al presunto riciclaggio di denaro, al contrabbando di droga nel Regno Unito e al suo coinvolgimento nella morte di Jamie Ingram».

Ashton deglutì e impallidì un po'.

Quando non rispose, Kay continuò.

«Da quanto tempo gestisce il bar?»

«Circa nove anni. Da quando ho lasciato l'esercito».

«Cosa l'ha spinta a diventare un gestore di locali?»

Lui sogghignò. «Mi piace la birra».

Kay lo squadrò con sguardo severo. «Non cominciamo col piede sbagliato, signor Ashton. Non cerchi di fare il furbo con me. Come ha finanziato l'acquisto dell'enoteca?»

Lui si agitò sulla sedia e abbassò lo sguardo. «Era in vendita a poco prezzo. Il precedente proprietario aveva fatto un pasticcio e stava cercando di liberarsene il prima possibile».

«Tutto molto interessante, ma risponda alla domanda. Come ha potuto permettersi di acquistarla?»

«Gliel'ho già detto. Ho ricevuto un'eredità qualche mese prima di lasciare l'esercito».

Kay sfogliò i suoi appunti. «Chi è il suo commercialista?»

«Ora ne ho uno diverso. Il mio vecchio commercialista è andato in pensione. Perché?»

«Ci sono numerosi articoli di giornale disponibili online che dimostrano come lei abbia speso molti soldi per l'attività nel corso degli anni. Per esempio, ha intrapreso una massiccia ristrutturazione prima di aprire il bar, e poi un anno dopo ha vinto un premio locale per il business grazie al numero di dipendenti che è riuscito ad assumere con successo. Inoltre, tre anni fa ha effettuato un'operazione di rebranding, che immagino non sia stata economica, per lanciare il bar che ha aperto all'interno dell'edificio. Da chi ha ricevuto l'eredità?»

«Non ricordo. Potrebbe essere stata una prozia, dalla parte di mio padre. Non la conoscevo molto bene». Strinse nelle spalle. «È passato molto tempo».

«Eppure, le ha lasciato abbastanza soldi nel suo testamento da poter acquistare un'attività in difficoltà e spendere fondi significativi per risollevarne le sorti e mantenerla a galla».

«È stato inaspettato, è vero. Quanto al successo dell'enoteca, beh, è semplicemente frutto del mio duro lavoro».

«Avremo bisogno dei dettagli degli avvocati di sua prozia».

«Non ricordo il loro nome».

«Dove hanno sede?»

«Non me lo ricordo. Senta, ho solo due dipendenti che lavorano al bar oggi. È venerdì. È il nostro giorno di maggior affluenza. Non credo di avere tempo per stare qui a parlare con lei».

«Non m'importa cosa pensa, signor Ashton. Al momento, le cose non sembrano mettersi troppo bene per lei». Kay indicò i documenti davanti a sé. «Non può dirci da chi ha ereditato i soldi, dopo aver affermato che è stato quello a finanziare l'apertura della sua enoteca. I pochi successi riportati nelle notizie locali non spiegano come stia riuscendo a mantenere a galla la sua attività, considerando quanti dei suoi concorrenti nella zona stiano lottando o abbiano chiuso nel corso degli anni. Questo mi suggerisce che lei ha un problema di flusso di cassa. Il tipo di problema di flusso di cassa che significa che non può dimostrare come la sua attività riesca a rimanere a galla da sola. Ora, sono propensa a credere che parte di ciò sia dovuto a quello che lei sta intascando dagli incassi del distributore automatico di sigarette, e scommetto che metà del suo personale non è registrato e probabilmente viene pagato in contanti sotto il salario minimo. Ma il resto?»

Si fermò e poi si voltò verso Barnes, che scosse la testa

e lasciò che un'espressione di incredulità gli offuscasse il viso.

Ashton sbatté la mano sul tavolo, il labbro superiore arricciato in un lamento. «Non potete fare nulla su come scelgo di gestire la mia attività».

«In realtà, posso». Kay si sporse in avanti e lo fissò. «E passeremo tutta questa documentazione all'Agenzia delle Entrate. Sono sicura che saranno felici di sentirmi».

«Stronza».

Kay lo lasciò infuriare, e poi cambiò tattica. «Passiamo al mezzo chilo di cocaina che è stato trovato nel serbatoio vuoto dello Jackal dieci anni fa. Come faceva Jamie a introdurla nel paese ogni volta? Lei e lui usavate lo stesso metodo?»

Ashton sogghignò.

«Sì. Alla terza volta, l'avevamo perfezionato a regola d'arte».

Kay inarcò un sopracciglio mentre lui arrossiva e si rendeva conto del suo errore.

«Bene, bene. Te l'avevo detto, Barnes. Il signor Ashton non può fare a meno di vantarsi dei suoi successi. Sapevo che un giorno si sarebbe tradito da solo».

L'avvocato di Ashton balbettò e si alzò dalla sedia. «Ispettore, devo insistere...»

Ashton gli mise una mano sul braccio e scosse la testa, con un'espressione rassegnata. Attese che l'avvocato si fosse riseduto, poi rivolse di nuovo l'attenzione a Kay.

«Ero disperato, va bene? Avevo debiti con le carte di credito fino al collo, e mia moglie aveva divorziato da me. Eravamo stati insieme solo un paio d'anni, ma avevamo una figlia, e la mia ex voleva gli alimenti da me. Non sapevo cos'altro fare».

«Come contrabbandavate la droga?»

«Non dovevo saperlo. Jamie organizzava tutto».

«A chi la vendevate?»

Scosse la testa. «Non lo so. Jamie non voleva dirmelo».

«Perché no?»

«Diceva che meno persone sapevano degli accordi, meglio era».

«Quindi, non si fidava di lei?»

«Non ho detto questo».

«Beh, mi sembra già che lei abbia l'abitudine di diffondere voci per proteggere la sua posizione. Come quando ci ha parlato della relazione di Penny Boyd con Jamie. Ha ucciso Jamie perché non voleva dirle chi era il fornitore?»

Con gli occhi spalancati, girò la testa da Kay a Barnes, e poi di nuovo indietro. «Gliel'ho già detto, non ho avuto nulla a che fare con la sua morte. È stato un incidente, no?»

«Quando è stata l'ultima volta che ha parlato con Jamie?»

«Circa una settimana prima che morisse. Credo.»

«Dov'era la notte della sua morte?»

«Ero già tornato in caserma. Potete controllare i registri, no?»

«Quanta altra cocaina hai introdotto nel paese dopo la morte di Jamie?»

«Non l'ho fatto. Ve l'ho detto. Era Jamie quello che organizzava tutto.»

«Ci spieghi come.»

Ashton alzò la mano per impedire al suo avvocato di interrompere di nuovo, poi si asciugò gli occhi.

«Al diavolo. Tanto sono finito, no? Tanto vale che sentano tutto.» Tirò su col naso, poi si raddrizzò sulla sedia mentre il suo sguardo incrociava quello di Kay.

«Quando eravamo in Afghanistan, un'unità americana aveva il compito di sorvegliare i depositi di droga che venivano trovati durante le retate in tutta la provincia, e si decise che il posto più sicuro per tenere tutto quello che trovavano era in uno dei nostri magazzini, perché erano a prova di esplosione. Misero delle guardie alla porta, ovviamente, ma Jamie ed io le conoscevamo di vista e non era troppo difficile distrarle. Il magazzino era piuttosto grande, ed era lì che tenevamo tutti i pezzi di ricambio, oltre a imballare tutto ciò che doveva tornare nel Regno Unito. Quando inizialmente stoccarono la droga lì, una delle guardie ci accompagnava mentre svolgevamo le nostre mansioni, ma col tempo divennero negligenti. Si fidavano di noi, capisce?»

«Continui.»

«La prima volta, credo che Jamie l'abbia fatto solo per vedere se poteva farla franca, per divertimento. Così, io continuai a parlare con le guardie mentre lui trovava una scusa per dover prendere qualcosa dal fondo del magazzino. Quando tornò, riusciva a malapena a trattenere il sorriso. Poi più tardi quel giorno, iniziò ad andare nel panico su cosa avrebbe dovuto farne. Non è che potesse riportargliela e dire che era solo uno scherzo, no?»

«Cosa successe?»

«Fu allora che gli venne l'idea di prenderne dell'altra e

contrabbandarla al ritorno. Non so, credo che la fattoria stesse attraversando un periodo difficile, e forse Jamie non voleva quel futuro per sé. Michael diceva sempre che la fattoria sarebbe passata a Jamie, e ho avuto l'impressione che volesse qualcosa di meglio a cui guardare una volta lasciato l'esercito. Comunque, non ne parlò per il resto del nostro dispiegamento, ci restavano solo circa quattro settimane prima di tornare nel Regno Unito. Quando tornammo, stavamo lavorando per processare tutti i pezzi che erano stati containerizzati e spediti indietro in modo da poterli riparare o sostituire, quando Jamie venne da me e mi disse che aveva trovato un acquirente per la cocaina. Credo di non aver dormito per i successivi due giorni, ma mi disse che, se avessi mantenuto il silenzio mi avrebbe dato una parte del profitto.»

«Quante volte è successo?»

Ashton deglutì. «Dopo quella prima volta? Ad ogni dispiegamento fino a quando quel mezzo chilo non venne scoperto per caso. Fino a quando Jamie non fu ucciso.»

«Quanto denaro ha ricevuto per aver aiutato Jamie a superare il cordone di guardia in Afghanistan?»

«Quindicimila sterline.»

«Non sembra molto per rischiare la sua carriera nell'esercito.»

Sollevò il mento finché i suoi occhi non incontrarono quelli di lei. «Quindicimila sterline, ogni volta. Quel mezzo chilo era la quantità più piccola che avesse mai introdotto. Non hanno mai trovato il resto.»

CAPITOLO 26

Carys alzò lo sguardo dalla sua scrivania quando Kay rientrò nella sala operativa.

Dopo aver lasciato Barnes a organizzare il trasferimento di Carl Ashton nelle celle di custodia, era stata convocata al quartier generale per partecipare a un seminario di gestione di tre ore.

Lei e gli altri partecipanti avevano trascorso il pomeriggio combattendo contro il letargo e la noia mentre fingevano interesse per una presentazione fin troppo entusiasta su come gestire il proprio carico di lavoro, chiedendosi quando avrebbero potuto tornare alle loro scrivanie per fare esattamente quello.

«Sono riuscita a contattare qualcuno della Procura della Corona perché venisse qui», disse Carys avvicinandosi. «È nell'ufficio di Sharp».

«Ottimo, grazie. Gavin, novità sulla pista che ci ha dato Glenn Boyd riguardo all'uomo che, secondo lui, stava aiutando Jamie da questa parte?»

Il giovane detective si voltò sulla sedia per guardarla.

«Ho parlato con la moglie dell'uomo. Ha confermato che è morto a seguito di un ictus due anni fa. A quanto pare, completamente inaspettato: non era in cattiva salute e aveva mantenuto un regime di allenamento da quando aveva lasciato l'esercito. Sto aspettando una telefonata dall'ufficio delle imposte per vedere quale fosse la sua situazione finanziaria prima di morire, nel caso stesse ricevendo denaro dallo spaccio di droga».

«Va bene. Fammi sapere se scopri qualcosa che possa aiutarci».

«Certo. Com'è andata con Carl Ashton?»

Kay indicò l'ufficio di Sharp mentre Barnes appariva, allentandosi la giacca. «Stiamo per scoprire se abbiamo abbastanza prove per incriminarlo, quindi te lo farò sapere».

Kay chiuse la porta entrando nella stanza dopo Barnes e fu sollevata nel trovare Jude Martin che si rilassava sulla sedia per i visitatori accanto alla scrivania di Sharp.

La consulente della Procura della Corona lavorava a stretto contatto con gli agenti della polizia del Kent per garantire che i casi portati in tribunale fossero gestiti correttamente fin dal momento in cui un sospettato veniva accusato.

Vestita con un tailleur azzurro chiaro e una camicetta color crema, aveva i capelli biondo chiaro con un taglio alla moda, la donna emanava fiducia e autorità.

«Jude, che piacere vederla. Grazie per essere venuta».

Jude si alzò per stringere la mano a entrambi prima di riprendere posto accanto alla scrivania di Sharp. «Salve, Kay. Carys mi ha detto che avevate un caso interessante per me. Sentiamo».

«Abbiamo un sospettato di sotto in relazione a un caso archiviato di dieci anni fa che ci è stato assegnato, ma non è semplice e mi servirebbe un suo consiglio».

Kay procedette a fornire alla funzionaria della Procura della Corona una panoramica dell'indagine fino a quel momento e l'esito dell'interrogatorio che lei e Barnes avevano condotto con Carl Ashton. «Quali sono le nostre opzioni?»

«Beh, non ci sono prove che suggeriscano che Ashton stia attualmente spacciando droga per mantenere a galla la sua attività. Tuttavia, abbiamo sicuramente abbastanza materiale per parlare con l'Agenzia delle Entrate riguardo al finanziamento e alla rendicontazione continua dei conti dell'azienda. Saranno interessati a sentire dei pagamenti in contanti, tanto per cominciare».

«Quindi nessun procedimento per il contrabbando in passato?»

«Non ho detto questo. Ashton ammette di aver preso la sua parte dei profitti dall'importazione di quelle droghe e di averla usata per avviare la sua attività. Questo è riciclaggio di denaro. Potrebbe non far parte di un grande sindacato, ma possiamo comunque accusarlo ai sensi di una specifica disposizione di legge relativa all'autoriciclaggio di tali fondi».

Kay sospirò. «Buono a sapersi».

«Non si preoccupi, sono sicura che riusciremo a rendergli la vita spiacevole per un bel po' di tempo. Le farò sapere». Jude sorrise, si alzò dalla sedia e toccò il braccio di Kay con la sua cartella.

Kay l'accompagnò all'area di ricevimento, poi tornò

nell'ufficio di Sharp dove trovò Barnes che fissava la lavagna.

«Quindi, abbiamo sistemato il complice di Jamie per quanto riguarda la fornitura», disse lui. «Ma ancora nessun segno dell'acquirente, o dell'assassino di Jamie».

«Lo so. Ci sfugge qualcosa, Ian, e mi sta dando fastidio. Tienimi aggiornata su quello che Gavin scopre riguardo ai documenti fiscali di quell'uomo, d'accordo?»

«Nessun problema».

Kay sospirò e lo condusse di nuovo nella sala operativa. «Chiederò a Carys di ricontrollare tutto quello che abbiamo sull'ex aiutante e sua moglie, nel caso stessero lavorando insieme per nascondere qualcosa».

«Wow».

«Cosa c'è?»

Lui indicò col mento, spostando lo sguardo dal suo. «Sembra che Larch voglia quell'aggiornamento adesso».

Lei guardò oltre la spalla. «Oh, fantastico. Tempismo perfetto».

«Buona fortuna. Ci vediamo lunedì mattina».

«Sì. Grazie, Ian».

CAPITOLO 27

«Nel mio ufficio».

Kay seguì Larch mentre usciva a grandi passi dalla sala operativa e percorreva il corridoio, cercando di reprimere un senso di panico.

Dopotutto, aveva ottenuto un risultato, anche se non era esattamente quello che speravano.

Carl Ashton sarebbe stato accusato in conformità con le linee guida della Procura della Corona stabilite da Jude, e almeno aveva risolto il mistero di metà della catena di approvvigionamento della droga.

Conosceva bene l'ispettore capo, però.

Non sarebbe stato sufficiente.

Represse il panico crescente nel petto. Doveva dimostrare di essere capace di guidare un'indagine importante e doveva far archiviare l'inchiesta di Sharp degli Standard Professionali.

Larch si era fermato e le teneva aperta la porta del suo ufficio.

«Grazie, capo».

«Ho appena avuto un incontro al quartier generale con il Commissario Capo», disse. «Ha ribadito che si aspetta risultati prima della fine dell'anno fiscale per poter richiedere più finanziamenti per la divisione Ovest. Questo ci dà poco più di sei settimane per mettere in ordine la nostra casa, Hunter. Quindi, cosa hai per me?»

«Accuseremo Carl Ashton di fornitura storica di droghe pesanti, per non parlare del furto di quelle droghe da una struttura sicura in Afghanistan e del riciclaggio di denaro proveniente dalla vendita. Jude Martin della Procura esaminerà il modo migliore per farlo, considerando che il furto è avvenuto mentre era impiegato nell'esercito. Il fascicolo di Ashton sarà anche passato all'Agenzia delle Entrate per il fatto che ha usato il denaro generato dalla vendita di quelle droghe per finanziare la sua attività e non ha dichiarato altri redditi in contanti».

Larch arricciò il naso. «Non proprio i fuochi d'artificio che cercavamo, vero?»

«Me ne rendo conto, capo. Dobbiamo ancora trovare l'acquirente».

«Qualche pista?»

«No. Non al momento. Ho intenzione di condurre una revisione la prossima settimana della nostra indagine fino ad ora, e spero di avere una via da seguire una volta fatto».

«Sarà meglio che tu abbia anche un incontro con la famiglia, così potranno essere aggiornati prima che i media vengano a sapere dell'arresto di Ashton».

«Fisserò un appuntamento per parlare con loro il prima possibile».

Lui sospirò e si tirò la cravatta al collo, avvolgendo il

tessuto intorno alla mano prima di gettarla sulla scrivania tra di loro.

«Chiudi la porta, Hunter».

Kay aggrottò la fronte, ma fece come le era stato detto prima di tornare al suo posto.

«Cosa sta succedendo, capo?»

«Quello che sto per dirti resta tra queste quattro mura, è chiaro?»

«D'accordo, sì».

«Abbiamo bisogno che Sharp torni qui il prima possibile. Ci saranno presto dei cambiamenti qui, e devo assicurarmi che questa stazione sia lasciata in mani capaci».

«Cosa intende?»

Kay sentì il suo battito cardiaco aumentare di un'altra tacca.

Larch sembrava a disagio, come se non sapesse cosa dire, il suo solito tono brusco assente. Fece un respiro profondo.

«Hunter, a mia moglie è stato diagnosticato un cancro al seno. È piuttosto avanzato e, ad essere onesti, le sue possibilità non sono buone».

«Capo, mi dispiace tanto».

Lui scosse la testa, come per ricomporsi. «Ho parlato con il Commissario Capo. Prenderò un congedo sabbatico, a partire tra una settimana o giù di lì. Quindi, come puoi vedere, ho bisogno che Sharp torni qui prima che io vada. Il Commissario Capo ha concordato con me che, se riusciamo a scagionarlo da quelle accuse infondate fatte da Harrison, allora dovrebbe essere lui l'ispettore capo in carica durante la mia assenza».

Kay si sporse in avanti e appoggiò i gomiti sulle ginocchia mentre fissava il tappeto.

«Non so cosa dire, capo».

Lui emise una risata amara. «Dev'essere la prima volta».

«Cosa farà? Voglio dire, cosa si *può* fare?»

«I medici dicono che le restano circa quattro mesi, se siamo fortunati. Appena lascio qui, la porto in Francia per un lungo fine settimana, degli amici hanno un cottage in campagna, ed è uno dei suoi posti preferiti. Vorrei che lo rivedesse ancora, prima che sia troppo tardi. Dopo di che», strinse le spalle e si asciugò gli occhi, «non lo so. Suppongo che dovremo vedere come vanno le cose».

Kay tirò su col naso e Larch le spinse una scatola di fazzoletti attraverso la scrivania.

«Grazie».

«Non siamo sempre andati d'accordo, Hunter. Ma rispetto Sharp, e lui ovviamente rispetta te. Quindi, cosa farai per farlo tornare?»

Kay si soffiò il naso, appallottolò il fazzoletto e lo gettò nel cestino.

Fece un respiro profondo e si sforzò di riconcentrarsi.

«D'accordo. Bene, non credo che Carl Ashton abbia avuto a che fare con la morte di Jamie. Dipendeva da Jamie per quel reddito extra dalla droga che stavano introducendo. Conferma di non avere idea dell'acquirente a cui Jamie stesse vendendo, e dopo aver interrogato l'aiutante, non credo che fosse coinvolto neanche lui. L'ufficiale superiore che probabilmente aiutò Jamie a contrabbandare la droga nel paese è morto qualche tempo fa, e anche in questo caso, parlando con Ashton, non credo che quell'uomo sapesse chi fosse l'acquirente. Con il tempo limitato che abbiamo avuto per indagare, non abbiamo ancora avuto la possibilità di parlare con gli amici di Jamie, quelli non militari. A partire dalla prossima settimana, inizieremo a interrogarli. Speriamo che questo faccia luce sulla situazione».

«C'è qualcosa che suggerisca che Sharp abbia insabbiato la cosa?»

«Sembra che Sharp abbia cercato di sollevare la questione con Harrison dieci anni fa, ma sia stato ignorato. Parlando con Sharp, è emerso che l'indagine sulle attività di Jamie era iniziata solo di recente quando fu ucciso. Sharp aveva pochissime prove a sostegno della teoria che Jamie fosse responsabile della droga trovata nel serbatoio vuoto. Crede che sia per questo che Harrison si rifiutò di considerare la possibilità che Jamie fosse stato assassinato. Non c'è nulla nel database sul traffico di droga, e la cosa è stata portata alla mia attenzione solo dopo aver parlato con il vecchio comandante di Jamie. Sharp poi l'ha confermato».

Larch annuì e si appoggiò allo schienale della sedia mentre contemplava il soffitto.

«Non sono disposto ad affidare la gestione di questa stazione a un perfetto sconosciuto. Abbiamo bisogno che Sharp torni qui. Devi trovare quell'acquirente, Hunter. Questa è la chiave».

«Lo farò, capo».

«Congedata».

CAPITOLO 28

Kay sbatté le palpebre per ricacciare indietro le lacrime e cercò di concentrarsi sul traffico davanti a sé.

Aveva abbassato il volume della radio all'avvio del motore, la musica allegra in contrasto con il suo umore cupo.

Il braccio le doleva, ricordandole che era ancora debole e che aveva ancora bisogno di tempo per guarire. Sapeva di star forzando i propri limiti fisici, ma non poteva arrendersi ora.

Lo shock della notizia di Larch riecheggiava nei suoi pensieri, e si chiese quando sarebbe stata resa pubblica al resto del personale che lavorava alla stazione.

Si rese conto che lui non le aveva detto se Sharp fosse a conoscenza delle circostanze che ora dettavano l'urgenza dell'indagine. Sospettava di no, conoscendo Larch, non avrebbe voluto far sperare Sharp, nel caso Kay avesse fallito.

Deglutì, la bile saliva al pensiero di deluderlo.

Quando aveva sollevato l'idea di perseguire il caso

archiviato, non avrebbe mai potuto immaginare che l'avrebbe spinta in prima linea così rapidamente, o con conseguenze così catastrofiche se non fosse riuscita a dimostrare che Sharp aveva ragione e che Jamie Ingram era stato assassinato.

Un clacson suonò, e si rese conto che il semaforo era diventato verde.

Premette il piede sull'acceleratore, imprecando quando un autobus scelse proprio quel momento per uscire dal parcheggio del supermercato davanti a lei, e batté il palmo della mano sul volante per la frustrazione.

L'autista dell'autobus se ne andò ignaro del piccolo incidente che aveva quasi causato, e lei controllò gli specchietti prima di ripartire ancora una volta.

I suoi pensieri tornarono alla conversazione che aveva avuto con Zoe Strathmore, la psichiatra.

Non avrebbe mai ammesso gli incubi, né i suoi dubbi sul suo ruolo, e provava risentimento per dover mantenere l'appuntamento. Non dormiva bene da allora, e la sua stanchezza stava iniziando ad avere un effetto evidente sul suo corpo.

Sospirò e si rese conto che il viaggio di dieci minuti verso casa avrebbe impiegato il doppio del tempo, la pioggia battente e la scarsa visibilità avevano rallentato il traffico fino a bloccarlo nel centro città. Tutto ciò che voleva fare era tornare a casa e rannicchiarsi sul divano con Adam e un bicchiere di vino. Non sapeva nemmeno se avesse voglia di mangiare.

Soffocò una risata al pensiero della faccia di Adam se avesse suggerito una cosa del genere, la prendeva sempre in giro per le sue abitudini alimentari e sarebbe stato mortificato se avesse saltato la cena.

Il suo cuore si gonfiò al pensiero di lui, e fece un patto con sé stessa che, quando l'indagine in corso fosse finita, lo avrebbe portato via per un fine settimana.

Avevano trascorso una settimana in Portogallo a gennaio; un pacchetto economico che lui aveva trovato online. All'inizio aveva protestato, finché lui non le fece notare che una boccata d'aria diversa le avrebbe fatto bene una volta rimosso il gesso dal braccio rotto.

Avevano deciso di fare più vacanze quest'anno, e sentì le spalle rilassarsi mentre pensava ai luoghi che avrebbero potuto esplorare.

Ebbe un breve respiro dalla pioggia che tuonava sul tetto dell'auto quando l'ingorgo si fermò e si trovò sotto il ponte ferroviario che attraversava la A20.

Un treno rombò sopra, mandando i piccioni a sbattere le ali dal loro rifugio sulle travi del ponte sopra la sua testa.

Li fissò con uno sguardo minaccioso, sfidandoli a defecare sulla sua auto, ma si posarono senza incidenti e il traffico si mosse in avanti.

Il suo telefono cellulare iniziò a squillare nel supporto sul cruscotto, e riconobbe il numero di sua sorella. Premette l'interruttore sul volante.

«Ehi, Abby.»

«Oh mio Dio, dove sei? Sembra che tu sia sotto una cascata o qualcosa del genere.»

«Sto tornando a casa, sta piovendo a dirotto e il traffico è terribile. Come vanno le cose da te?»

«Hai parlato con la mamma oggi?»

Kay si raddrizzò sul sedile, i campanelli d'allarme che suonavano nella sua testa. «No, non mi ha chiamato.»

Il rapporto tra lei e sua madre non era migliorato col tempo. Una volta che sua madre aveva scoperto i veri effetti del periodo successivo all'indagine degli Standard Professionali a cui Kay stessa era stata sottoposta due anni prima, e il fatto che Kay avesse avuto un aborto spontaneo e non l'avesse detto ai suoi genitori all'epoca, sua madre si era rifiutata di parlarle.

Abby tirò su col naso. «Si tratta di papà.»

«Cosa? Che succede? Sta bene?»

«Pensano di sì. È stato portato d'urgenza in ospedale questa mattina con dolori al petto. Non posso credere che non te l'abbia detto.»

«Sta bene? Hai bisogno che venga lì?»

«No, va bene, davvero. Lo attribuiscono a un brutto bruciore di stomaco, ma lo terranno in osservazione per la notte. Scusa se ti ho spaventato.»

«Sei sicura?»

«Sì. Volevo solo avvisarti nel caso sentissi voci su di lui e andassi nel panico. Sai com'è la zia Liz.»

La sorella di loro padre era un'ipocondriaca anche nei momenti migliori, e se non aveva nulla di cui preoccuparsi riguardo alla propria salute, la sua attenzione si rivolgeva alla sua famiglia. Poteva facilmente trasformare un caso di cattiva digestione in un quadruplo bypass, se le si dava mezza occasione.

«Meno male che mi hai avvertito tu prima di lei.»

«Sì, guarda. Devo andare, i bambini stanno per iniziare a litigare. Papà tornerà a casa domani sera, se vuoi chiamarlo. Passerò di lì, così terrò occupata la mamma quando chiamerai.»

«Fantastico, Abby, grazie. Ci sentiamo allora.»

Kay terminò la chiamata e si rese conto che le mani le tremavano.

Segnalò la svolta a destra dalla strada principale e seguì la strada tortuosa attraverso il quartiere residenziale prima di svoltare a sinistra nel vicolo.

Il fuoristrada di Adam era parcheggiato nel vialetto di ghiaia, e lei frenò accanto ad esso prima di spegnere il motore.

Sospirò di sollievo. Amava il suo lavoro, ma c'erano giorni in cui era felice di essere a casa.

Quando infilò la chiave nella serratura ed entrò nell'ingresso, la prima cosa che notò fu il silenzio.

Il piano terra era al buio, fatta eccezione per una luce accesa in cucina.

Non c'erano aromi che riempivano la casa, nessun tintinnio di pentole e padelle, nulla di nulla.

Aggrottando le sopracciglia, lasciò cadere la borsa sulle scale e si affrettò verso la cucina.

Adam era seduto al bancone, con la testa tra le mani, un bicchiere di vino intatto al suo gomito.

Aveva pianto.

«Adam? Che diavolo succede? Cosa è successo?»

Lui alzò la testa, le lacrime che gli scorrevano sulle guance.

«Rufus è morto questo pomeriggio.»

Il suo labbro inferiore tremò, e poi attraversò la stanza verso di lui in tre passi.

«Non ha sofferto», disse. «Se n'è andato serenamente.

Un minuto prima russava come un ghiro mentre leggevo il giornale, e poi mi sono accorto che la stanza era diventata silenziosa». Si asciugò le guance. «Cerco *sempre* di essere lì per loro alla fine, accarezzando il loro pelo o tenendo una zampa. Per lui non ci sono stato».

«Oh, Adam».

Le sue braccia la avvolsero mentre lei nascondeva il viso contro la sua spalla.

«È stata la giornata peggiore di sempre».

CAPITOLO 29

Una leggera brina copriva l'auto di Kay quando uscì di casa sabato mattina, e non invidiava affatto Adam che doveva fare il suo giro settimanale delle scuderie locali con quel freddo glaciale dopo aver trascorso una lunga serata a coordinarsi con il servizio specializzato di cremazione per animali domestici.

Lui era uscito un'ora prima di lei e, una volta infilati un paio di jeans e un maglione di lana, aveva afferrato la borsetta e le chiavi dal piano di lavoro della cucina ed era uscita per andare al lavoro, il suo respiro si condensava nell'aria fredda.

Era in anticipo; il piano superiore della stazione di polizia era al buio quando arrivò, e passò cinque minuti ad accendere la macchina del caffè, il computer, la stampante e la fotocopiatrice prima di togliersi la sciarpa. Tenne il cappotto appoggiato sulle spalle.

Maledisse gli elettricisti che non avevano ancora individuato la fonte del problema del sistema di riscaldamento e di condizionamento centralizzato, poi avvolse le dita attorno a una tazza di caffè e si mise al lavoro.

Si morse il labbro mentre scorreva le nuove e-mail apparse nel sistema da quando era uscita la sera precedente, mise da parte quelle che poteva permettersi di ignorare per qualche giorno, e poi iniziò a delegare i compiti alla squadra che ora guidava mentre il fantasma di Jamie Ingram tormentava i suoi pensieri.

Nonostante il risultato ottenuto con l'incriminazione dell'uomo che lavorava con lui per fornire droga, non era ancora vicina a scoprire la verità sulla sua morte, e questo la turbava.

Le stava sfuggendo qualcosa; c'era di più in questo caso di quanto avessero scoperto finora, e imprecò sottovoce per la sua inettitudine nel trovare il collegamento.

Premette "invia" sull'ultima e-mail mentre Gavin entrava dalla porta, con un bicchiere da asporto in mano.

«Buongiorno, Kay». Posò un sacchetto di carta accanto al suo gomito, l'aroma di un croissant caldo le solleticò i sensi. «Ho pensato che potesse servirti, visto che non fai colazione».

«Ehi». Alzò lo sguardo verso la luce grigia che ora filtrava attraverso le finestre sul lato opposto dell'ufficio e sbatté le palpebre prima di controllare l'orologio. «Aspetta. Cosa ci fai qui di sabato? Sei in ritardo con il lavoro o cosa?»

Lui sorrise, aprì la bocca per parlare, e poi si voltò quando la porta si aprì di nuovo.

Comparvero Carys e Barnes, la detective più giovane che si soffiava sulle mani mentre attraversava la stanza.

«Cavolo, dovrebbe iniziare a fare più caldo in questo periodo dell'anno».

Kay si appoggiò allo schienale della sedia. «Va bene, voi. Che succede?»

«Abbiamo pensato che non saresti riuscita a lasciare le cose in sospeso per il weekend», disse Barnes. Sorrise. «Ti conosciamo troppo bene».

«Sì, quindi abbiamo pensato di venire ad aiutare», disse Carys. «Qualche paio di occhi in più e tutto il resto».

Kay si massaggiò il collo, sentendo parte dello stress abbandonare le sue spalle. «Lo apprezzo, davvero. Non discuterò, so che nessuno di voi mi ascolterà comunque se cercassi di mandarvi a casa. Ma vi offro il pranzo al White Rabbit, d'accordo? Non vi farò lavorare questo pomeriggio, altrimenti sarete esausti quando verrete lunedì».

«Sì, capo», disse Gavin, e le fece l'occhiolino.

Lei appallottolò il tovagliolo accanto a sé e glielo lanciò, poi tornò seria e si alzò dalla sedia.

«Nell'ufficio di Sharp».

Attese che tutti si fossero sistemati, poi rimosse la fotografia di Carl Ashton dalla lavagna e la mise da parte.

«Bene, dopo gli eventi di ieri, sono convinta che Ashton non fosse coinvolto nella morte di Jamie Ingram. Ora dobbiamo ampliare l'indagine, ciò significa interrogare di nuovo gli amici con cui la squadra di Harrison ha parlato al momento della sua morte. Chi ha i nomi?»

Carys alzò la mano e abbassò lo sguardo su una cartella in grembo prima di aprirla. «Al di fuori dell'esercito, Jamie aveva solo un paio di amici stretti, conosceva Greg Kendrick dalle elementari e apparentemente prendevano lo stesso autobus per andare a scuola. Secondo la dichiarazione originale di Natalie Ingram, Kendrick è rimasto in contatto nel corso degli anni e visitava la fattoria di tanto in tanto tra un dispiegamento e l'altro di Jamie. Una seconda persona d'interesse, David Mason, vive a Canterbury e lavora in un grande magazzino di cancelleria. Sposato con due figli al momento della morte di Jamie, apparentemente, lui e Jamie erano negli scout insieme da bambini e, anche in questo caso, sono rimasti in contatto. Debbie ha già parlato con loro e ottenuto dettagli aggiornati».

«Bene. In tal caso, voglio che passiate la mattinata a ricercare il retroterra di questi due. Se trovate qualcosa, qualsiasi cosa, segnalatela così possiamo includerla nei nostri interrogatori con loro la prossima settimana». Controllò l'orologio. «Abbiamo due ore e mezza fino all'ora di pranzo».

«Com'è andata con Larch ieri?» disse Barnes.

Kay bevve un sorso di caffè e rifletté sulla sua risposta prima di parlare. «Guardate, sarò onesta per quanto posso. Ci saranno dei grandi cambiamenti qui intorno nelle prossime settimane. Non c'è nulla di cui preoccuparsi, i vostri ruoli sono al sicuro, ma significa che siamo sotto pressione per risolvere questo caso il prima possibile. Dobbiamo trovare l'acquirente e dobbiamo scoprire una volta per tutte se quella persona era responsabile della morte di Jamie, o se è stato davvero un tragico incidente».

La squadra si scambiò uno sguardo, prima che Gavin si rivolgesse di nuovo a lei.

«D'accordo, cosa possiamo fare noi?»

Kay sorrise. «Continuate a fare un buon lavoro.

Abbiamo ottenuto un risultato ieri, siamo a metà strada. Apprezzo che stiate facendo questo nel vostro tempo libero, ma dobbiamo andare avanti. Non possiamo arrenderci ora, o permetterci di distrarci».

Barnes si alzò dalla sedia per i visitatori e si stiracchiò. «Va bene, mettiamoci al lavoro. Tu cosa farai nel frattempo?»

«Parlerò con Michael e Bridget Ingram».

CAPITOLO 30

Michael Ingram era in piedi sulla porta della fattoria quando Kay frenò fino a fermarsi e scese dal veicolo.

Sbirciò oltre il tetto e notò un'auto azzurra parcheggiata accanto a un piccolo trattore, riconoscendola dalla sua visita a Natalie Stockton.

Lui tese la mano mentre lei si avvicinava, con un'espressione rassegnata.

«Grazie per avermi ricevuto nel fine settimana, lo apprezzo.»

«Ha novità? Ha arrestato qualcuno?»

«Possiamo entrare? Vedo che c'è l'auto di Natalie.»

Lui annuì e fece un passo indietro, chiudendo la porta d'ingresso dietro di lei. «È arrivata circa un'ora fa con Giles e i bambini.»

A conferma di ciò, il grido eccitato di un bambino raggiunse le sue orecchie un momento prima del rumore dei passi frettolosi dalla stanza di sopra.

Michael sorrise. «Stanno qui per il fine settimana, Alex

e Will sono sempre un po' su di giri quando arrivano. Si calmeranno tra poco.»

«Dev'essere bello averli tutti intorno.»

«Ha ragione, lo è. Vuole andare in cucina? Sa dov'è, Bridget è lì. Io salgo un attimo a chiamare Natalie. Giles può tenere d'occhio i bambini mentre parliamo.»

«Ottimo, grazie.»

Aspettò che lui iniziasse a salire le scale, poi si incamminò lungo il corridoio ed entrò in cucina.

Bridget si voltò dal fornello quando entrò e si scostò i capelli dagli occhi.

«Buongiorno, detective. Michael mi ha detto che aveva chiamato e sarebbe passata. Si accomodi, si metta comoda. Una tazza di caffè?»

«Sarebbe perfetto, grazie.»

Kay si tolse il cappotto dalle spalle e lo appese allo schienale di una sedia, poi prese la tazza fumante da Bridget e si sedette.

Un album fotografico era stato lasciato aperto sul tavolo, e Bridget si avvicinò quando notò Kay che osservava le pagine.

«Non guardavo queste foto da una vita», disse, girando l'album in modo che Kay potesse vedere meglio. «Queste sono state scattate quando i gemelli erano adolescenti.»

«Qui sono più giovani che nelle foto di Sharp.»

«Sì, le sue sono state scattate il loro ultimo giorno di scuola secondaria. Avevano quattordici anni quando sono state fatte queste.»

Un sorriso triste passò sulle labbra della donna mentre girava la pagina. «Quell'anno avemmo un raccolto record, quindi eravamo tutti impegnati. Tornavano da scuola alle quattro e mezza, poi ci aiutavano nei frutteti per un paio d'ore prima di rientrare per cena e fare i compiti.»

Passò delicatamente la mano sulla pagina, poi alzò lo sguardo quando Michael apparve con Natalie.

La donna sembrava affannata e si sedette di fronte a Kay con un sospiro rumoroso.

«Lei ha figli, detective?»

«No, non ne ho. Immagino siano eccitati di essere qui?»

«Sì. Speriamo che qualche ora a correre nell'aia con papà più tardi li stanchi. Di solito funziona, non c'è niente di meglio dell'aria fresca.»

Kay attese che Michael e Bridget si unissero a loro al tavolo, poi posò la tazza e si sporse in avanti.

«Volevo parlarvi oggi e aggiornarvi sui progressi della nostra indagine.»

«Avete arrestato qualcuno?» ripeté Michael.

«Sì, ma non in relazione alla morte di Jamie.» Kay fece cenno a Michael di non interromperla. «Mi scusi, mi lasci finire. Dopo aver parlato con tutti voi, abbiamo iniziato la nostra indagine riascoltando i vecchi colleghi dell'esercito di Jamie. Mi dispiace, questo vi sconvolgerà, ma nel corso delle nostre indagini è emerso che Jamie era coinvolto nel contrabbando di droga nel paese dopo ogni missione in Afghanistan.»

Bridget sussultò e si coprì la bocca.

«Droga?» Natalie guardò sua madre, poi suo padre, e infine di nuovo Kay, con gli occhi spalancati. «Ne è sicura? Jamie non farebbe mai una cosa del genere. Da dove l'ha saputo?»

«L'esercito aveva avviato una propria indagine sulle

attività di contrabbando poco prima della morte di Jamie...»

«Sharp non ha mai detto nulla», disse Bridget. «In tutto questo tempo. Non ha mai detto nulla.»

Michael allungò la mano verso quella di sua moglie. «Me ne ha parlato, dopo la morte di Jamie. Non volevo dirvelo perché avevo paura di cosa potesse farvi... lo shock.»

«Ieri pomeriggio abbiamo incriminato il complice di Jamie, un uomo che nel frattempo ha lasciato l'esercito», disse Kay. «Volevo dirvelo di persona, prima che i media avessero la possibilità di mettere le mani sulla storia. Farò del mio meglio per tenere il nome di Jamie fuori dai giornali, ma non posso promettere nulla.»

«Sappiamo come possono essere i media», disse Natalie, arricciando il labbro superiore. «Un paio di loro sono venuti qui dopo la morte di Jamie, volevano dichiarazioni e fotografie. Papà li ha mandati via in malo modo.»

«A che punto si trova la vostra indagine sull'incidente di Jamie?» disse Michael.

«La mia squadra è attualmente in centrale a rivedere le altre dichiarazioni raccolte all'epoca dagli amici di Jamie. Finora ci siamo concentrati sul collegamento con l'esercito, ma ora è il momento di ampliare la nostra ricerca.»

«C'è qualcosa che possiamo fare?» disse Bridget.

Kay tamburellò sul lato della sua tazza di caffè, poi incontrò lo sguardo della donna. «Abbiamo solo due nomi negli archivi che all'epoca erano citati come amici intimi di Jamie. Greg Kendrick e David Mason. C'è qualcun altro che dovremmo conoscere? Sembra strano che abbia mantenuto i contatti solo con due amici di scuola dopo essersi arruolato nell'esercito.»

«Era un ragazzo timido», disse Bridget. «Ho fatto del mio meglio, davvero, ma preferiva stare per conto suo. Nonostante fossero gemelli, lui e Natalie erano completamente opposti.»

«Non sono a conoscenza di nessun altro», disse Michael. Scrollò le spalle. «È come dice Bridget, Jamie era un ragazzo tranquillo.»

«Aspettate. Non c'era una ragazza che frequentava nel pub vicino alla caserma?» disse Natalie.

«Che ragazza?» Bridget si voltò verso sua figlia. «Non ci ha mai parlato di nessuna ragazza.»

Kay tirò fuori il suo taccuino e sfogliò le pagine finché non trovò gli appunti del suo incontro con l'ex comandante di Jamie. «Quanto bene la conosceva?»

«So che aveva menzionato di averle comprato degli orecchini di diamanti, ora che ci penso.» Natalie si accasciò in avanti e si tenne la testa tra le mani. «Mio Dio, li ha comprati con i soldi che guadagnava vendendo droga?»

«Non posso rispondere con certezza in questo momento» disse Kay. «Ha un nome per lei?»

Natalie alzò la testa. «Non riesco a ricordarlo. L'ha menzionata solo una volta, prima di morire. Però so il nome del pub: era The Red Lion a Deepcut.»

«Grazie. Indagherò su questo.»

«Cosa succede ora?» chiese Michael.

Kay si spinse indietro sulla sedia e finì il suo caffè. «Ora torno alla sala operativa. Abbiamo in programma di parlare con gli amici di Jamie all'inizio della prossima settimana, e non appena avrò altre notizie per voi, mi metterò in contatto.»

Bridget la seguì fino alla porta d'ingresso e rimase sulla soglia, stringendosi al petto il suo spesso cardigan di lana. «Mio figlio era un bravo ragazzo, detective.»

Kay aprì la bocca per rispondere, ma la donna scosse la testa e chiuse la porta.

«Accidenti.»

Kay tornò a grandi passi verso la sua auto, imprecando sottovoce.

CAPITOLO 31

Il lunedì seguente, Kay decise di portare Gavin con sé per interrogare David Mason, dato che Carys e Barnes dovevano passare la mattinata a lavorare sui casi già in corso invece che sull'indagine vecchia di un decennio che lei stava conducendo.

Debbie aveva telefonato a Mason il pomeriggio precedente, organizzando un incontro con Kay durante la sua pausa pranzo.

Durante il tragitto verso Canterbury, Gavin aveva convinto Kay a fermarsi a una stazione di servizio per poter comprare del cibo.

Lei era rimasta a guardare fuori dal finestrino, osservando i veicoli degli altri automobilisti che sfrecciavano sotto la pioggia battente senza alcun riguardo per la propria sicurezza o quella degli altri. A un certo punto, le era salito il cuore in gola quando un'auto aveva quasi fatto aquaplaning sull'asfalto.

Quando Gavin era tornato al veicolo, lei aveva riso vedendo che cercava di aprire la portiera e bilanciare i suoi acquisti allo stesso tempo, imprecando per l'acqua che gli scorreva lungo il collo.

Mentre si allontanava, lui aveva scartato il primo di tre panini, divorandolo con facilità.

«Si direbbe che stai morendo di fame.»

«È così. Se non mangio questo, tutto ciò che sentirai durante l'interrogatorio con David Mason sarà il brontolio del mio stomaco.»

«Giuro che sei un pozzo senza fondo.»

Lui scrollò le spalle mentre scartava il secondo panino. «Mi sto allenando molto, in vista dell'estate. Io e alcuni amici stiamo risparmiando per andare a fare kitesurf a Città del Capo, se non mantengo alte le calorie, non riuscirò ad aumentare la mia forza.»

Finì l'ultimo dei panini, si pulì le dita con un tovagliolo di carta e infilò i rifiuti in un sacchetto di plastica ai suoi piedi prima di estrarre una stampa che Debbie gli aveva consegnato mentre uscivano dall'ufficio.

Kay diede un'occhiata. «Allora, cosa sappiamo del signor Mason?»

Gavin alzò la voce per farsi sentire sopra il rumore della pioggia che martellava il tetto dell'auto. «Lavora nel supermercato di cancelleria da quattro anni, è il direttore. Prima di questo, era un venditore di fotocopiatrici e viaggiava in tutto il Sud-est. Vive a Canterbury, è sposato con due figli, a quanto pare, i figli sono ora adolescenti; un maschio e una femmina. La moglie lavora in un'azienda di biotecnologie come assistente personale di uno dei direttori generali.»

«Sembra tutto normale, allora.»

«Sì, il suo nome non è apparso nel database, nemmeno per un'infrazione stradale.»

Kay rallentò il veicolo mentre si avvicinavano all'incrocio per il supermercato, e si congratulò silenziosamente con sé stessa quando trovò un posto auto proprio davanti alla porta d'ingresso.

Gavin la seguì attraverso le porte doppie di vetro che si aprirono automaticamente al loro avvicinarsi, ed emise un leggero fischio sottovoce.

«Debbie lo chiamerebbe il paradiso.»

Kay rise, ma dovette concordare con lui, l'agente di polizia in uniforme che li assisteva in molti dei loro casi aveva la reputazione di custodire l'armadio della cancelleria come se fosse il Deposito di lingotti degli Stati Uniti a Fort Knox.

Una commessa si avvicinò a loro, con un sorriso sul volto. «Posso aiutarvi?»

«Buongiorno», disse Kay. «Abbiamo un appuntamento con David Mason alle undici.»

«Oh, giusto. Ha detto che aspettava qualcuno. Venite con me, abbiamo un ufficio sul retro, e credo che abbia detto che sarebbe stato lì.»

Kay e Gavin seguirono l'adolescente attraverso il negozio, finché lei non si fermò davanti a una solida porta di legno, si tolse un cordino dal collo e passò la sua tessera di sicurezza sulla serratura.

Un leggero *click* raggiunse le orecchie di Kay, e la ragazza spinse la porta aprendola prima di indicare alla sua destra.

«Ecco qui. David è lì dentro.»

«Grazie.»

David Mason si alzò dalla sedia che occupava e tese la mano mentre entravano. «Grazie per la puntualità. Ho una conferenza telefonica con la sede centrale tra un'ora.»

«Va bene», disse Kay. «Speriamo che non ci voglia troppo tempo.»

Mason si spostò dall'altra parte della stanza, dove una piccola macchina del caffè era posizionata su un mobiletto di pino, e vi fece un cenno.

«Qualcosa di caldo da bere?»

«Sarebbe ottimo, grazie.»

Mason preparò il caffè per loro, e poi Gavin estrasse il suo taccuino mentre il direttore del supermercato si sedeva di nuovo e spingeva le tazze di caffè attraverso la scrivania verso di loro.

«La donna che ha telefonato ha detto che volevate parlarmi di Jamie Ingram.»

«In breve, ci è stato chiesto di riaprire l'indagine sull'incidente in moto di Jamie avvenuto dieci anni fa», disse Kay. «Non posso entrare nei dettagli, ma vorrei sapere qualcosa sul vostro rapporto con Jamie, ho capito che vi conoscevate dai tempi della scuola?»

Mason si tirò il lobo dell'orecchio e si sporse in avanti sulla sedia. «In realtà, non frequentavamo molto la scuola insieme. Eravamo entrambi negli Scout. Quando abbiamo lasciato entrambi a sedici anni, siamo rimasti in contatto fino a quando Jamie si è arruolato nell'esercito.»

«Ha avuto molti contatti con Jamie una volta che si è arruolato?»

«Non molti. Lo vedevo forse una volta all'anno, di solito a ridosso di uno dei nostri compleanni. Avevamo preso l'abitudine di incontrarci per bere qualcosa tranquillamente. È strano; in realtà non avevamo molto in comune, e non so se saremmo ancora in contatto oggi se fosse vivo.»

«Quando è stata l'ultima volta che ha parlato con Jamie?»

«L'ultima volta che è tornato dal dispiegamento. Grazie al cielo, dopo quello che è successo, sono contento di averlo visto quell'ultima volta.»

Kay sfogliò i suoi appunti e controllò la cronologia. «Quanti giorni prima della morte di Jamie l'ha visto?»

«Per quanto ricordo, circa sei giorni. Non ho saputo dell'incidente per un paio di giorni. Credo che Michael e Bridget abbiano impiegato del tempo per superare lo shock, prima di iniziare a contattare gli amici di Jamie. Comprensibile, in effetti.»

«Jamie sembrava preoccupato per qualcosa quando l'ha visto?»

La sua fronte si corrugò. «Sì, in effetti lo sembrava. Abbiamo fatto la solita cosa, ci siamo incontrati per bere un paio di birre in un pub qui a Canterbury vicino alla cattedrale, e per tutto il tempo continuava a controllare il telefono come se stesse aspettando una chiamata o un messaggio. Ricordo di aver scherzato dicendo che non avrei dovuto disturbarmi a incontrarlo, dato che non si stava davvero concentrando sulla conversazione. Dopo di che, ha messo via il telefono, ma sembrava nervoso al riguardo. Quando gli ho chiesto cosa stesse succedendo, non ha voluto dirmelo, ho supposto che fosse qualcosa legato all'esercito. Sa, forse si stavano preparando per un nuovo dispiegamento da qualche parte e non poteva dirmi dove.»

«È rimasto in contatto con la famiglia di Jamie da allora?»

Lui scosse la testa. «No, non ero davvero in confidenza con loro. Come ho detto, conoscevo Jamie solo perché eravamo stati entrambi negli Scout, e già mi sembrava che ci stessimo allontanando come amici l'ultima volta che l'ho visto».

Kay si alzò in piedi e fece un cenno a Gavin.

«La ringrazio, signor Mason. Non la tratterremo oltre».

CAPITOLO 32

Kay e Carys erano state accompagnate in una sala riunioni al loro arrivo al deposito di distribuzione del cemento a nord di Maidstone.

Aveva lasciato Gavin nella sala operativa a trascrivere i suoi appunti dopo il loro incontro con David Mason, e aveva sorriso quando lui aveva tirato fuori dal cassetto della scrivania una grossa confezione di barrette ai cereali mentre lei usciva con Carys.

Greg Kendrick aveva spiegato a Carys quando lei lo aveva chiamato durante il fine settimana che lavorava come corriere, spesso iniziando prima delle sei del mattino per poi tornare al deposito nel primo pomeriggio.

La sala riunioni era composta da un tavolo rotondo e quattro sedie, con una finestra che si affacciava sul piazzale in cemento dell'impianto di distribuzione, con un flusso costante di betoniere che passavano.

La giovane receptionist aveva portato dell'acqua per loro, e mentre Kay beveva le ultime gocce dal suo bicchiere, la porta della stanza si aprì e un uomo si affacciò.

Indossava un gilet ad alta visibilità, occhiali e un'espressione affaticata.

Chiuse la porta dietro di sé. «Mi dispiace avervi fatto aspettare, speravo di finire presto oggi perché sapevo che mi stavate aspettando per parlare, ma abbiamo avuto un carico urgente dell'ultimo minuto da consegnare ad Aylesford. Sono Greg Kendrick».

Kay gli strinse la mano e lo presentò a Carys prima che lui si sedesse di fronte a loro e incrociasse le dita delle mani sulla scrivania.

«Ho capito che volete parlarmi di Jamie Ingram?»

«Sì», disse Kay. «So che ha parlato con i miei colleghi di Jamie al momento della sua morte dieci anni fa, ma come le ha detto Carys al telefono, abbiamo riaperto l'indagine sull'incidente in moto, e volevo parlare con i suoi amici di quel periodo».

«Certo. Cosa le serve sapere?»

«Può confermare da quanto tempo conosceva Jamie?»

«Dai tempi della scuola. Entrambi frequentavamo la Swadelands a Lenham. Nessuno di noi si è preoccupato di rimanere per fare gli A Levels, Jamie si è arruolato nell'esercito subito dopo, e io ho fatto diversi lavori come operaio nel corso degli anni, prima di iniziare qui quattro anni fa».

«Uscivate spesso insieme mentre era nell'esercito?»

«Sì, di tanto in tanto quando aveva i permessi. Probabilmente lo sa già, ma passava gran parte dei suoi permessi alla fattoria, soprattutto quando iniziò a essere dispiegato in Afghanistan per mesi interi. Credo che gli mancassero il verde e la campagna. Conoscevo abbastanza bene i suoi genitori dai tempi della scuola; quindi, guidavo fino a lì per andare a trovarlo, oppure ci incontravamo per bere qualche birra a Maidstone».

«Posso chiederle, aveva una fidanzata o una moglie all'epoca? Uscivate insieme con Jamie?»

«Ero fidanzato al momento della morte di Jamie. Non lo vedevo da qualche mese, non ha mai conosciuto mia moglie». Scrollò le spalle. «Comunque, non ha funzionato, abbiamo divorziato tre anni dopo».

«Era a conoscenza del fatto che Jamie frequentasse qualcuno all'epoca?»

Kendrick si appoggiò allo schienale della sedia e si strofinò il mento. «Sì. L'ho visto nove giorni prima che morisse, ed è stata l'ultima volta che l'ho visto. Non poteva venire nel Kent, disse che aveva qualcosa da fare che gli imponeva di rimanere vicino alla caserma per un altro paio di giorni, non so cosa. Comunque, ho guidato fino al Surrey per il fine settimana e siamo usciti a bere qualcosa. Siamo andati al pub locale, il Red Lion, credo si chiamasse. C'era una barista che Jamie mi presentò, ed era piuttosto ovvio che ne fosse infatuato. Alcuni di noi finirono per fare una serata a porte chiuse il venerdì sera, e loro non riuscivano a togliersi le mani di dosso. Il proprietario del locale ci lasciò dormire nel suo appartamento al piano di sopra quella notte, e la mattina dopo facemmo una bella colazione con cibi fritti e grassi. Lei non era rimasta, qualcosa che aveva a che fare con il dover recuperare tempo con la sua famiglia in qualche momento durante il fine settimana, e arrivò più tardi per il suo turno, ma Jamie disse durante la colazione che aveva intenzione di chiederle di sposarlo».

Il cuore di Kay saltò un battito. «I suoi genitori lo sapevano?»

Kendrick scosse la testa. «Non lo so. Jamie stava ancora prendendo coraggio per farle la proposta, quindi forse non gliel'ha detto, nel caso avesse detto di no».

«Ha un nome?»

La sua fronte si corrugò per un momento, e poi i suoi occhi si illuminarono. «Sì, ora ricordo, Amber Fitzroy».

«Glielo ha chiesto mentre era lì quel fine settimana?»

«No, questa è la cosa strana. La domenica pomeriggio mentre stavo caricando la mia macchina per andarmene, ho sentito voci alte provenire dalla cucina. Avevo parcheggiato la macchina fuori dalla porta sul retro del pub, per lasciare libero il parcheggio principale per i clienti. Jamie e Amber stavano avendo una discussione infernale».

«A proposito di cosa?»

«Non lo so, ma quando sono entrato dalla porta della cucina, Amber si è strappata degli orecchini di diamanti e glieli ha lanciati addosso. Poi è uscita furiosa dalla cucina, e Jamie ha cercato di farla passare come una cosa da niente prima di accompagnarmi in fretta alla mia macchina. Era come se non vedesse l'ora di liberarsi di me. Non ho mai scoperto di cosa si trattasse».

«Ha parlato con lei dopo la morte di Jamie?»

«No. Non si è nemmeno presentata al suo funerale, cosa che ho trovato strana». Scrollò le spalle. «Non sono mai più tornato a Deepcut dopo, Jamie era l'unica persona che conoscevo che viveva in quella zona, o almeno nella caserma».

«Come descriverebbe il suo umore l'ultima volta che l'ha visto? Sembrava preoccupato per qualcosa?»

«No. Se non altro, sembrava un po' pieno di sé, era sempre stato abbastanza alla mano, ma quell'ultima volta sembrava che si stesse sforzando di mettersi in mostra. La maggior parte del tempo era felice di chiacchierare dei vecchi tempi e prendersi in giro, ma una volta che era entrato in possesso di quei soldi, era cambiato. È come quando ha regalato quegli orecchini ad Amber... non doveva farlo. Lei aveva detto quel venerdì sera, mentre eravamo tutti ubriachi, che sarebbe stata felice di una cena fuori. Quegli orecchini? Esagerati, se vuole il mio parere».

Kay scambiò uno sguardo con Carys e poi si rivolse di nuovo a Kendrick. «Cosa intende con "entrato in possesso di quei soldi"? Quali soldi?»

«Quando gli ho chiesto come potesse permettersi gli orecchini, mi ha detto che una sua zia era morta e gli aveva lasciato dei soldi». Scrollò le spalle. «Immagino avesse una zia ricca. Non l'aveva mai menzionata prima di allora, però».

Kay chiuse il suo taccuino e fece cenno a Carys che avevano finito. «Bene, grazie per il suo tempo. Non la tratteniamo oltre».

Lui si alzò dal suo posto e poi aprì la porta per loro. Mentre Kay si avvicinava a lui, lui alzò una mano.

«Non mi ha detto perché avete riaperto l'indagine sull'incidente in moto di Jamie».

Lei fece un piccolo sorriso. «Routine, nient'altro. Grazie ancora».

Kay attese finché lei e Carys non raggiunsero l'auto prima di rivolgersi alla detective più giovane, che aveva la stessa espressione perplessa che Kay si aspettava di avere.

«Quindi, Jamie ha mentito a uno dei suoi amici più storici, usando la stessa scusa che Carl Ashton aveva inizialmente dato a te e Barnes per spiegare il suo improvviso guadagno finanziario», disse Carys.

Kay aprì la portiera dell'auto, gettò la sua borsa nel vano piedi e si accomodò per il viaggio di ritorno alla sala operativa.

«Mi chiedo su cosa altro possa aver mentito, e perché».

CAPITOLO 33

Kay fece oscillare la sedia da una parte all'altra mentre aspettava che qualcuno rispondesse alla sua chiamata.

Dopo quattro squilli, e proprio mentre stava per rinunciare, una voce maschile burbera urlò un saluto.

«Signor Walsh?»

«Sì, sono io. Chi parla?»

«Sono l'ispettore Hunter della polizia del Kent. Lei è l'attuale titolare della licenza del pub The Red Lion a Deepcut?»

«Lo sono. Cosa vuole?»

«Stiamo attualmente riesaminando un caso archiviato di dieci anni fa. La morte in moto di un soldato che era di stanza nella caserma che una volta si trovava lì. Ho saputo parlando con il suo ex comandante e sua sorella che era solito bere al The Red Lion.»

L'uomo sbuffò. «Può darsi che lo facesse, ma è stato prima del mio arrivo. Sono qui solo da due anni, e sto per mettere in vendita il locale.»

«Immagino non sappia chi gestiva il posto dieci anni fa?»

«Sì, doveva essere Trent Oldham. Ora è in pensione; il Lion è stato il suo ultimo pub. Vive ancora nel villaggio.»

«Ha un numero per contattarlo?»

«No. È nell'elenco telefonico. Può cercarlo lì. Se è tutto, devo andare.»

Riattaccò senza aspettare una risposta, e Kay fissò incredula il telefono.

«Vedo che il tuo fascino funziona come sempre» disse Barnes, sorridendo.

«Molto divertente. Vedi se riesci a trovare un numero per Trent Oldham.»

Attese mentre Barnes digitava sulla tastiera del computer, la fronte aggrottata mentre leggeva i risultati della ricerca.

«Com'è andata con Kendrick?» chiese Gavin, avvicinandosi alla sua scrivania.

«Meglio che con Mason: ci ha dato il nome della barista a cui Jamie aveva regalato quegli orecchini di diamanti.»

«Ecco qui» disse Barnes. Porse a Kay un post-it con un numero di telefono scarabocchiato sopra, e lei arricciò il naso.

«Cristo, capisco perché Debbie si lamenta della tua calligrafia. Perché le dai i tuoi appunti da battere, comunque?»

«È più veloce di me.»

Kay agitò il post-it nella sua direzione. «Lezioni di dattilografia per te, agente. Il prima possibile. A prescindere dal fatto che dobbiamo trascinarti a forza nel ventunesimo secolo, Debbie ha cose migliori da fare che farti da segretaria.»

Gavin rise e tornò alla sua scrivania mentre Barnes le faceva il broncio.

Compose il numero sul bigliettino e imprecò sottovoce quando scattò la segreteria telefonica.

Sapeva di stare diventando impaziente, ma aveva bisogno di un risultato, e in fretta. Non poteva deludere Sharp o Larch.

Non ora.

Lasciò un messaggio, poi fece scivolare il telefono sulla scrivania, rassegnata a dover aspettare che l'ex gestore la richiamasse, e invece iniziò a setacciare le scartoffie nei suoi vassoi.

«Che strano.»

Kay alzò lo sguardo da un rapporto per l'accusa che Gavin aveva preparato sentendo la voce di Carys, e notò un'espressione perplessa sul volto del detective.

«Cosa c'è?»

«Quando Harrison ha interrogato gli Ingram dieci anni fa, non ha mai parlato con Giles Stockton. Non riesco a trovare il suo nome da nessuna parte nei vecchi inserimenti nel database.»

«Natalie ci ha detto che non ha conosciuto Giles prima di otto anni fa.»

«Sì, ma lui e Jamie si conoscevano.»

Kay spinse indietro la sedia, il movimento la fece scivolare sul tappeto logoro fino a colpire un archivio.

Ignorò il rumore e si affrettò verso Carys che stava fissando lo schermo del computer.

«Cosa hai trovato?»

«Stavo facendo una ricerca di routine sul retroterra di Giles e mi sono imbattuta in questa fotografia. È stata scattata a un evento di raccolta fondi all'Hop Farm vicino a Paddock Wood. Hanno raccolto molti soldi per un hospice locale per bambini, guarda.»

Kay si sporse oltre la spalla di Carys e fissò la foto sullo schermo.

In essa, un sorridente Giles Stockton aveva un braccio sulla spalla di Jamie Ingram, con un sorriso raggiante sul volto e un bicchiere di champagne in mano.

Entrambi gli uomini indossavano smoking e sembravano a loro agio nell'abbigliamento formale, e in compagnia l'uno dell'altro.

«Natalie non ha mai menzionato che suo marito conoscesse Jamie al momento della sua morte» disse Kay, con l'interesse pungolato. «Quando è stata scattata questa foto?»

Carys chiuse il file della foto, tornando a un articolo di giornale archiviato. «Ecco qui. Sei mesi prima che Jamie morisse.»

«E sei mesi prima che la droga fosse trovata nel serbatoio dello Jackal.»

Kay si raddrizzò, alleviando un dolore alla schiena, e guardò fuori dalla finestra verso il parcheggio.

Il cielo grigio stava cominciando a oscurarsi, e una leggera pioggerellina picchiettava sul vetro.

«A cosa stai pensando, capo?»

«Sto pensando che dobbiamo parlare con Giles Stockton.»

CAPITOLO 34

Ricordando che il marito di Natalie si recava quotidianamente in città per lavoro, e desiderosa di parlare con Giles Stockton il prima possibile, Kay decise di guidare fino alla stazione di Yalding e intercettarlo durante il suo viaggio di ritorno.

Nella sua mente risuonava l'avvertimento di Michael Ingram sul fatto che il dolore di sua figlia avesse danneggiato la sua salute, e Kay non voleva interrogare Giles davanti a Natalie così presto dopo la loro conversazione sul fratello gemello.

Carys l'aveva accompagnata e ora fissava fuori dal finestrino del passeggero verso l'ingresso della piccola stazione di campagna.

Verso la fine della giornata, la temperatura era precipitata, quindi Kay lasciò il motore acceso e il riscaldamento in funzione.

A ovest del villaggio e fuori dalla strada principale, la stazione serviva i pendolari che viaggiavano verso Londra via Tonbridge. Con solo due binari, era facile per Kay e

Carys osservare l'arrivo dei treni in entrata, e avevano già trovato il veicolo di lusso di Stockton parcheggiato sotto un lampione a pochi metri dall'ingresso della stazione.

Tutto ciò che dovevano fare era aspettare.

Carys aveva telefonato alla banca in cui lavorava l'economista un'ora e mezza prima, con il pretesto di voler organizzare un incontro con lui lì.

La chiamata era stata breve e quando l'aveva terminata, rifiutando di lasciare un messaggio alla receptionist, si era rivolta a Kay con uno sguardo di trionfo.

«È partito quindici minuti fa. Sta arrivando.»

Ora, i fari di un treno in avvicinamento illuminavano i binari oltre la loro posizione e Kay riluttante estrasse le chiavi dall'accensione e aprì la sua portiera.

Un vento gelido sferzò il suo cappotto mentre lo abbottonava, e le due donne si affrettarono attraverso il parcheggio verso la barriera dei biglietti.

«Come mai non guida fino a Tonbridge per prende il treno da lì invece di dover cambiare?», disse Carys mentre premeva la schiena contro la struttura in mattoni della stazione nel tentativo di sfuggire alla brezza tagliente. «Sarebbe più veloce.»

«Hai visto il traffico tra Hadlow e East Peckham di questi giorni?» disse Kay. «No, credo che abbia un buon motivo.»

Il treno si fermò dolcemente a pochi metri dalla loro posizione, e si fecero da parte per permettere a un piccolo gruppo di passeggeri di uscire attraverso i cancelli.

Kay allungò il collo e vide l'alta figura di Giles Stockton affrettarsi verso la barriera, con il biglietto di viaggio pronto.

Un'espressione di sorpresa attraversò i suoi lineamenti quando Kay gli si avvicinò, con il suo distintivo aperto.

«Detective Hunter? Cosa ci fa qui? Va tutto bene con Natalie e i bambini?»

Passò il suo biglietto, poi lo infilò nella tasca del cappotto ed estrasse un mazzo di chiavi.

«Va tutto bene con la sua famiglia», disse Kay. «Mi chiedevo se potessimo parlarle prima che torni a casa.»

«Mi tende un'imboscata, eh?» Consultò il suo orologio. «Beh, sono riuscito a prendere un treno prima, quindi Nat non dovrà aspettare per i prossimi quaranta minuti. Posso suggerire di andare al The George? Non sono molto conosciuto lì, quindi sarà ragionevolmente privato, e ci tirerà fuori da questo tempo infernale.»

«La seguiremo. Ci faccia strada.»

Kay non conosceva bene il pub che Stockton aveva suggerito, anche se ci era passata davanti in diverse occasioni.

Alla luce dei lampioni, notò l'insegna che vantava giardini sul fiume e tenne a mente di esplorarlo ulteriormente con Adam quando l'estate avrebbe iniziato a fare capolino nuovamente in campagna.

Mentre lei e Carys seguivano Stockton nell'edificio, ammirò la muratura a vista delle pareti interne che erano compensate da un soffitto basso dipinto e pavimento piastrellato.

Un calore emanava dal fuoco che ardeva in un camino in metallo circondato da un caminetto in mattoni alla sua sinistra, e alla vista di un menu esposto sopra la mensola del camino, Kay cercò di ignorare i morsi della fame che le rodevano lo stomaco.

Dieci minuti dopo, Carys tornò al piccolo tavolo che Kay si era accaparrata in fondo al pub, e passò a Stockton mezza pinta di birra prima di posare due bicchieri di succo d'arancia sul tavolo e prendere posto accanto a Kay.

Kay la ringraziò, attese che aprisse il suo taccuino, e poi rivolse la sua attenzione a Stockton.

«Natalie non ha menzionato che conosceva Jamie Ingram prima di sposarla.»

Stockton abbassò il bicchiere. «Non l'ha fatto?»

Kay raggiunse la sua borsa e ne estrasse una copia della fotografia che Carys aveva trovato prima di farla scivolare sul tavolo verso Stockton. «Mi parli di questo. Conosceva Jamie prima di questo evento?»

Prese la foto prima di tenerla alzata verso la luce. «Dio, che serata. Giuro che la mia sbornia è durata tre giorni. Per rispondere alla sua domanda, sì, ma solo di vista.»

«Natalie è venuta all'evento di raccolta fondi con lei?»

«No, è stato molto prima che la incontrassi e, comunque, non le sarebbe stato permesso di andare. Era solo per gentiluomini, vede. È diventato un po' chiassoso a un certo punto, se capisce cosa intendo.»

«In realtà no. Per favore, si spieghi meglio.»

«Beh, un paio di ragazzi lì giocavano per il club di rugby locale. Hanno organizzato una commedia femminile. Piuttosto volgare.» Arrossì. «Non l'ho mai detto a Natalie quando l'ho incontrata. Non avrebbe approvato.»

«Ha mantenuto i contatti con Jamie Ingram dopo l'evento?»

«Non riesco a ricordare, mi dispiace. Certo, è passato così tanto tempo ormai. Uno dimentica.»

«Ha incontrato Natalie prima o dopo la morte di suo fratello?»

«Dopo. Povera ragazza, era traumatizzata.»

«Come l'ha incontrata?»

Sorrise. «L'ho incontrata per caso a una festa estiva a casa di una conoscenza comune dall'altra parte di Wateringbury. Giardini favolosi. Siamo stati presentati dalla padrona di casa e non abbiamo smesso di parlare tra di noi per tutta la notte. È stato piuttosto adorabile.»

«Le ha detto che conosceva suo fratello?»

«Deve essermi sfuggito di mente.» Fece una piccola alzata di spalle, poi alzò il bicchiere e bevve un terzo della birra.

«Ha mai fatto uso di droghe, signor Stockton?»

«Come, scusi?»

Kay rimase in silenzio, in attesa.

Sbatté il bicchiere sul tavolo e si alzò in piedi, fulminandola con lo sguardo. «Come osa, dannazione!»

«Non ha risposto alla domanda, signor Stockton.»

Si chinò, afferrò il cappotto sul braccio e le puntò un dito contro. «E non ho intenzione di farlo. È fuori luogo. La prossima volta che vorrà parlarmi, detective, sarà in presenza del mio avvocato.»

Afferrò la sua valigetta dal pavimento e girò sui tacchi.

Kay sorseggiò il suo succo d'arancia e osservò mentre lui spalancava la porta del pub e usciva nella notte senza guardarsi indietro.

«Cosa vuoi che faccia adesso, capo?» disse Carys.

«Scopri tutto quello che puoi su Giles Stockton. Estratti conto, documenti di lavoro, tutto quanto. Mettilo a nudo.»

CAPITOLO 35

Kay varcò la soglia di casa, chiuse la porta dietro di sé e vi si appoggiò contro, esausta.

La sua mente era un groviglio dopo aver parlato con gli amici di Jamie e Giles Stockton nel corso della giornata.

Aveva sperato che le conversazioni le avrebbero dato la svolta di cui aveva così disperatamente bisogno. Invece, tutto ciò che aveva fatto era scoprire che Jamie aveva effettivamente avuto paura di qualcuno, probabilmente l'acquirente o gli acquirenti della droga che aveva fornito, ma era morto prima di avere la possibilità di parlarne con qualcuno.

Ora, appoggiava pienamente la teoria di Sharp secondo cui la morte di Jamie non era stata affatto un incidente.

Qualcuno lo aveva ucciso per assicurare il suo silenzio sull'operazione di droga che si era rivelata così redditizia.

«Hai intenzione di rimanere lì tutta la notte?»

Adam fece capolino dalla porta della cucina, con una bottiglia di birra in mano e un raggiante sorriso sul viso.

«Sono troppo stanca per muovermi, quindi sì, potrei.»

«Dovrai spostarti prima o poi. Di nuovo cibo d'asporto, temo, sono arrivato a casa solo venti minuti fa, quindi stasera si mangia cinese. Il ragazzo delle consegne sarà qui tra poco.»

Kay si staccò dalla porta. «In tal caso, vado a cambiarmi, e poi crollerò.»

La sua risata le risuonò nelle orecchie mentre si dirigeva al piano di sopra.

Mentre si cambiava, togliendosi il completo e indossando jeans e una vecchia felpa logora, rimuginava sugli interrogatori.

Sembrava che man mano che Jamie si fosse invischiato nell'operazione di contrabbando di droga, avesse lasciato che le sue amicizie si allontanassero, e lei credeva che sia David Mason che Greg Kendrick non avessero idea che l'uomo stesse intraprendendo attività illegali.

I suoi pensieri tornarono alla conversazione che lei e Carys avevano avuto con Giles Stockton.

L'uomo era sembrato genuinamente indignato quando lei aveva menzionato la droga, ma si chiedeva perché non avesse mai parlato con sua moglie del fatto che conoscesse suo fratello prima della sua morte. La turbava il fatto che, sebbene avesse ammesso che Natalie era stata devastata dalla scomparsa di Jamie, non avesse mai pensato di dirglielo.

«Ehi. Sarà meglio che tu non stia lavorando in quell'ufficio lassù.»

Sorrise quando la voce di Adam risuonò su per le scale, e uscì dalla camera da letto attraversando il pianerottolo.

«Credici o no, non stavo scherzando quando ho detto

che sono troppo stanca per fare altro stasera», disse. Quando raggiunse il fondo delle scale, gli mise un braccio intorno e lo guidò verso la cucina. «Dammi del vino. Ora.»

Lui le diede una leggera spinta verso gli sgabelli disposti intorno al piano di lavoro della cucina, poi aprì il frigorifero e tirò fuori una bottiglia di Sauvignon Blanc, versandone una generosa dose in un bicchiere per lei.

«Oso chiedere come è andata la tua giornata?»

Lei bevve un lungo sorso prima di posare il bicchiere sul piano di lavoro, poi infilò la mano nella tasca dei jeans, tirò fuori un elastico che teneva sempre a portata di mano e si legò i capelli in una coda di cavallo.

«Frustrante. Ho parlato con tre persone oggi, due delle quali hanno cercato di essere d'aiuto, ma non sono riuscite a far luce sul perché un loro vecchio amico si comportasse in modo insolito prima della sua morte, e l'altro ha sollevato più domande che potrebbero portare questa indagine su un'altra pista ancora. E, se ho ragione su di lui, le cose potrebbero mettersi male.»

Adam aggrottò la fronte, e lei decise di cambiare argomento, non aveva senso preoccuparlo sullo stato della sua indagine.

«E tu? Cosa hai combinato?»

Il suo viso si fece serio. «Ho parlato con i genitori affidatari di Rufus oggi. Sono tornati dal Galles ieri sera, quindi puoi immaginare come sia andata.»

Kay allungò la mano attraverso il piano di lavoro e avvolse le dita intorno alle sue.

Lui le strinse la mano. «Comunque, a parte quello è stata una giornata tranquilla, sono riuscito a trovare del tempo per me stesso e lavorare su quell'articolo per la rivista che sto cercando di scrivere nelle ultime tre settimane. La scadenza è tra due giorni, ma spero che, quando sarà pubblicato porterà un po' di visibilità allo studio.»

Si passò una mano tra i capelli neri e ricci, con gli occhi scuri che brillavano. «E, la notizia migliore, ho incontrato il commercialista questo pomeriggio, e stiamo mostrando un aumento del venti per cento rispetto agli incassi dell'anno scorso per l'attività.»

Kay alzò il bicchiere e lo fece tintinnare contro la sua bottiglia di birra. «È fantastico. Hai lavorato così duramente per ottenerlo, complimenti.»

«Grazie. In realtà ero sorpreso, considerando che abbiamo assunto un veterinario in più. Comunque, le spese generali sono diminuite e sembra che tutto stia andando bene.»

Si stiracchiò, la maglietta a maniche lunghe si sollevò sullo stomaco, e poi sbadigliò prima di allontanarsi dal piano di lavoro e far scivolare la bottiglia di birra vuota nel contenitore per il riciclaggio prima di servirsi un bicchiere di vino e tornare da lei.

La sua mano si spostò sul retro del collo mentre chiudeva gli occhi per un momento, e Kay provò un enorme senso di orgoglio per l'uomo con cui condivideva la sua vita.

Gli ultimi due anni non erano stati facili per nessuno dei due, eppure erano rimasti uniti, non si erano mai arresi ed erano determinati a farcela.

Adam aprì gli occhi al suono del campanello; allo stesso tempo lo stomaco di Kay brontolò.

La sua bocca si incurvò. «Non ti chiederò nemmeno se

ti sei ricordata di mangiare oggi. Prima torna Sharp, meglio è, gli altri non sono bravi a insistere con te.»

Kay finse di tirargli un pugno, ma lui si spostò troppo velocemente e si diresse ridendo verso il corridoio.

Poteva sentire la sua voce alla porta, mentre parlava con l'uomo che consegnava il loro cibo mentre lei prendeva le posate e i piatti dalla credenza, disponendoli sul piano di lavoro mentre Adam riappariva.

Mangiarono in silenzio per un po', dividendo il cibo dai contenitori e godendosi la compagnia l'uno dell'altra.

Alla fine, Adam allontanò il piatto vuoto e sospirò. «Ne avevo bisogno. Allora, cosa farai ora con la tua indagine?»

Kay posò il coltello e la forchetta e appoggiò il mento sulla mano.

«Non c'è altro da fare. Dovremo rivedere tutto quello che abbiamo fatto finora. Qualcuno, da qualche parte, non ci sta dicendo la verità. A cominciare dal marito di Natalie Stockton.»

CAPITOLO 36

«Ispettore?»

Kay non riconobbe subito la voce, ancora poco abituata al suo nuovo grado, e rimase invece concentrata sul suo lavoro finché Barnes non tossì e agitò la mano nella sua direzione.

«Sta parlando con te, Hunter.»

Kay distolse lo sguardo dallo schermo del computer per vedere il sergente Hughes in piedi sulla porta della sala operativa, con un'espressione speranzosa sul volto.

«Che succede?»

«C'è una donna alla reception che dice che volevi parlarle di Jamie Ingram?»

«Amber Fitzroy?» disse Barnes.

«Proprio lei», disse Hughes. «Le ho detto che sareste scesi subito, se va bene?»

«Assolutamente. C'è una sala interrogatori libera?» Prese il cellulare e il taccuino, poi si fece strada tra le scrivanie, toccando Barnes sulla spalla mentre gli passava accanto.

«Potete usare la numero quattro», disse Hughes, sorridendo. «Meno male che è una settimana tranquilla. Il freddo tiene a casa la maggior parte degli idioti in questo periodo dell'anno.»

Poteva ancora sentirlo ridacchiare mentre raggiungeva il corridoio e si affrettava giù per le scale, seguita da vicino da Barnes.

Si fermò sull'ultimo gradino e si voltò verso di lui.

«Trent Oldham deve aver passato il nostro messaggio. Mi aspettavo di parlarle prima al telefono e poi guidare fino al Surrey.»

«Devo ammettere che è volenterosa se si è presentata qui di persona all'improvviso. Che ne pensi?»

«Voglio che tu conduca questo interrogatorio. Sii gentile. Potrebbe essere che lei e Jamie avessero solo intimità, ma cerchiamo di scoprire se sapeva qualcosa del traffico di droga.»

Barnes si sistemò la cravatta e si abbottonò la giacca. «D'accordo. Andiamo.»

Quando Kay aprì la porta dell'area di accoglienza della stazione di polizia, Amber Fitzroy stava camminando avanti e indietro davanti alla scrivania invece di aspettare su una delle sedie di plastica.

Si voltò al suono delle voci, e Kay fu colpita dall'espressione ansiosa sul volto della donna.

Dopo aver presentato sé stessa e Barnes, accompagnò Amber verso le sale interrogatori e attese che si accomodasse su una sedia, aprendo il suo taccuino.

Barnes diede ad Amber una breve panoramica della loro indagine e la ringraziò per essere venuta a trovarli.

«Vorremmo fare due chiacchiere con lei riguardo al

periodo in cui lavorava al Red Lion Inn a Deepcut», disse. «Quando ha iniziato a lavorare per Trent Oldham?»

La sua bocca si increspò. «Quando avevo sedici anni e mezzo. Ero alta, e lui pagava sempre in contanti, quindi non gli importava che fossi minorenne. Non ho mai bevuto nel pub, comunque, non fino al mio diciottesimo compleanno.»

«Lavora ancora lì?»

«No. Ho lasciato la zona di Deepcut sei mesi dopo la morte di Jamie. I pettegolezzi nel villaggio su Jamie erano diventati troppi, e mi sono trasferita all'altra estremità della contea. Ho conosciuto mio marito, Mark, in una palestra locale e ci siamo sposati quattro anni fa. Ora abbiamo due figli, un maschio di quattro anni e una femmina più grande di sette.»

«Ha mantenuto il suo cognome?»

«Sì. Mi piace, e Mark non aveva problemi. È abbastanza rilassato su queste cose.»

«Abbiamo capito che lei e Jamie Ingram eravate intimi. Da quanto tempo lo conosceva?»

La donna si mise una ciocca di capelli castano scuro dietro l'orecchio, poi incrociò le braccia sul cappotto di lana bianco che aveva rifiutato di togliere.

Kay non poteva biasimarla, le sale interrogatori erano gelide, e si pentì di non aver indossato una giacca più calda quel giorno.

«Circa diciotto mesi», disse Amber. Un sorriso triste le attraversò il volto. «Lavoravo lì da circa tre anni quando Jamie si presentò per la prima volta. Non era come gli altri. Si capiva che aveva ricevuto una buona istruzione.

Alcuni dei soldati che bevevano nel pub erano un po'
rozzi.»

«Per quanto tempo è stata la sua ragazza?»

«Ci siamo messi insieme circa tre mesi dopo che aveva
iniziato a bere lì. Come ho detto, era diverso da molti di
loro. Gli piaceva sedersi da solo in un angolo, a volte
semplicemente sognando ad occhi aperti. Una sera ho
iniziato a chiacchierare con lui, e da lì è partito tutto.
Odiavo quando andava all'estero, so che il suo lavoro non
lo metteva in pericolo diretto, ma era comunque là fuori.
Non posso descrivere il sollievo che provavo ogni volta
che varcava la porta al suo ritorno.»

«Quanto direbbe che fosse seria la sua relazione con
Jamie?»

Sospirò e sciolse le braccia. «Ha sentito degli orecchini
di diamanti?»

«Sì.»

«Me li ha regalati per il mio compleanno. Non potevo
crederci, era ovvio che non fossero una copia economica.
Ero imbarazzata, ad essere onesta. Il suo compleanno era
stato quattro mesi prima, e tutto ciò che potevo
permettermi di regalargli erano alcuni libri e una bella
sciarpa di cashmere che avevo visto online.» Tirò fuori un
fazzoletto di carta dalla tasca del cappotto e si soffiò il
naso. «Comunque, una volta superato lo shock, mi piaceva
l'idea di essere viziata in quel modo. Lavoravo quella sera,
era un venerdì, e fu divertente sfoggiarli sotto il naso di
alcune delle donne. Avreste dovuto vedere le loro facce.»

«Quando le cose sono andate storte? Abbiamo sentito
che lei e Jamie avete avuto una discussione qualche tempo
dopo che le aveva regalato gli orecchini.»

Il suo labbro inferiore tremò. «È stato un po' di tempo dopo che me li aveva regalati. Era già tornato in Afghanistan. Non so perché, ma ho pensato che fosse meglio farli valutare. Non ho mai posseduto niente del genere, e mia madre mi aveva accennato che avremmo dovuto pensare di inserirli nell'assicurazione sulla casa e sul contenuto. Non sono mai stata così scioccata in vita mia. Valevano una fortuna. Naturalmente, poi ho iniziato a preoccuparmi di come se li fosse potuti permettere in primo luogo. Sapevo che non guadagnava molto nel Reale Corpo logistico, quindi non aveva senso.»

Mentre gli occhi della donna si riempivano di lacrime, Kay spinse una nuova scatola di fazzoletti attraverso il tavolo verso di lei.

Amber annuì in segno di ringraziamento, si ricompose, e poi continuò.

«L'ho affrontato al pub una mattina dopo il suo ritorno in Inghilterra. Non pensavo che qualcuno ci avesse sentiti, ho aspettato che il suo amico fosse uscito per andare alla macchina. Mi stavo preparando psicologicamente per parlargli, e lui stava per tornare in caserma; quindi, ero quasi a corto di tempo. Mi ha detto che non dovevo preoccuparmi, che c'erano molti più soldi disponibili. Ha detto che le persone dipendevano da lui. Ha detto che voleva costruire una vita insieme a me, e che questo non sarebbe stato possibile con la paga dell'esercito.»

Si tamponò gli occhi. «Naturalmente, a quel punto tutti avevano sentito la voce sulla retata antidroga in caserma. Ho messo insieme i pezzi e ho capito che probabilmente era stato coinvolto, quindi gliel'ho chiesto. Non l'ha negato, sembrava quasi orgoglioso del fatto di essere stato più furbo di tutti. Ero furiosa. Gli ho tirato dietro gli orecchini e gli ho detto che doveva smettere, che doveva riferire al suo comandante ciò che sapeva sull'operazione di contrabbando, ma credo che a quel punto fosse troppo tardi. Sembrava terrorizzato. Non lo dimenticherò mai. Ha detto: «Non posso tirarmi indietro. Mi uccideranno».»

CAPITOLO 37

Diverse ore dopo, Kay si teneva la testa tra le mani e aveva i brividi mentre il nastro della cassetta girava nel registratore.

Non c'era più nulla che non andasse con il riscaldamento ora, i tecnici avevano finalmente riparato il guasto, e la temperatura della stanza stava tornando alla normalità. Invece, era la voce che proveniva dagli altoparlanti a farle venire i brividi lungo la schiena.

L'ispettore capo Simon Harrison era un detective all'epoca della morte di Jamie Ingram, e mentre ascoltava la registrazione dell'interrogatorio di Glenn Boyd il giorno dopo l'incidente in moto, la bile le saliva in gola ascoltando l'uomo che l'aveva usata per intrappolare Jozef Demiri, e che per poco non l'aveva fatta uccidere nel processo.

Poteva sentire il disprezzo nella sua voce mentre interrogava Boyd sulle abilità di guida di Jamie e gli suggeriva che stava andando a velocità eccessiva senza la dovuta attenzione alle condizioni della strada.

Boyd sembrava accettare il suggerimento di Harrison, e Kay imprecò sottovoce per le scarse tecniche d'interrogatorio del detective.

Prima, Amber Fitzroy aveva atteso nel relativo calore dell'area di reception mentre la sua dichiarazione veniva battuta a macchina, e Kay le aveva chiesto se avesse in programma di rimanere in zona per un paio di giorni, nel caso la squadra investigativa avesse avuto ulteriori domande.

Amber aveva acconsentito volentieri a farsi ricontattare da Kay se ce ne fosse stato bisogno. «Avevo già preso accordi con Mark perché facesse badare i bambini a sua madre prima che partissi, dato che lui non poteva prendersi dei giorni liberi dal lavoro. Sto all'Hilton di Bearsted per un paio di notti, pensavo di provare a far visita a Michael e Bridget mentre sono qui». Abbassò lo sguardo. «Non riesco a credere che siano passati dieci anni. Avrei davvero dovuto contattarli prima d'ora. Il problema era che non ho mai saputo davvero cosa dire loro dopo la morte di Jamie. Lui non ha mai avuto l'opportunità di presentarmi quando era in vita, e mi vergognavo troppo per questo per andare al suo funerale. Voglio scusarmi con loro».

Le parole della donna avevano fatto venire un'idea a Kay. «Uno degli amici di Jamie ha menzionato che stava progettando di chiederti di sposarlo».

Un sorriso triste aveva attraversato le labbra di Amber. «È vero. Me lo disse l'ultima volta che litigammo».

«La sua famiglia lo sapeva?»

«Non credo, no».

Dopo essersi assicurata che Amber firmasse la sua dichiarazione, e dopo aver scambiato i numeri di cellulare con lei, Kay si era scusata ed era tornata nella sala operativa, raccogliendo copie dei nastri della precedente indagine di Harrison e tornando nella sala interrogatori nella speranza di ascoltarli senza essere disturbata.

Sospirò e gettò la penna sul tavolo mentre l'interrogatorio con Glenn Boyd finiva. Estrasse il nastro, lo rimise nella sua custodia di plastica e lo allineò insieme agli altri.

Dopo due ore, non ne sapeva di più sull'attività di spaccio di Jamie, sul suo acquirente o sul suo assassino.

Si dondolò sulla sedia e si massaggiò il collo. Sapeva che avrebbe dovuto riposare; i suoi pensieri giravano in circolo e aveva bisogno di una pausa. Controllando l'orologio, fu sorpresa di vedere che erano già le sei.

Dopo aver raccolto i documenti e la scatola di nastri, si diresse verso la sala operativa e scaricò le cassette sulla scrivania di Debbie.

«Qualche fortuna?» disse l'agente di polizia, spostando la scatola.

Kay scosse la testa. «Pensavo di essermi persa qualcosa la prima volta. Mi sbagliavo».

«Ah, be'. Valeva la pena controllare, suppongo».

«Capo?»

Kay guardò oltre la sua spalla e vide Carys che le faceva cenno di avvicinarsi.

Alzò una cartellina di manila mentre Kay si avvicinava. «Ho finito quelle ricerche su Giles Stockton».

«Ti prego, dimmi che hai trovato qualcosa».

«Ho fatto bingo», disse Carys, con un sorriso smagliante sul volto.

Kay si lasciò cadere su una sedia libera mentre prendeva la cartellina. «Che vuoi dire?»

«Poco meno di undici anni fa, Stockton fu fermato durante un controllo stradale di routine sulla A26 a ovest di Wateringbury».

«Guida in stato di ebbrezza?»

«No, ma l'agente che lo fermò riferì che Stockton era in uno stato di agitazione ed evasivo durante l'interrogatorio. Perquisirono l'auto e trovarono della cannabis nel vano portaoggetti».

Il cuore di Kay saltò un battito. «Quanta?»

«Abbastanza per essere a solo uso personale, ma doveva comparire davanti a un magistrato sei settimane dopo».

«"Doveva"? Cosa successe?»

Carys si sporse in avanti e batté il dito sull'ultimo paragrafo delle pagine che aveva stampato. «Le accuse furono ritirate due settimane prima che dovesse presentarsi in tribunale».

«Cosa? Come?»

«Qualcuno intervenne e chiese che la questione fosse riesaminata. Un nuovo detective fu incaricato del lavoro, e le accuse furono poi ritirate».

Gli occhi di Kay si strinsero. «Chi era l'ufficiale investigativo?»

«Simon Harrison».

CAPITOLO 38

«Come diavolo si conoscono quei due?» disse Kay.

«Ci stavo pensando, e poi mi sono chiesta se forse potesse avere a che fare con quell'evento all'Hop Farm», disse Carys. «Quello a cui sappiamo che Stockton ha partecipato con Jamie Ingram».

«Pensi che sia stata la prima volta che si sono incontrati, o si conoscevano già da prima?»

Carys scrollò le spalle. «Non c'è nient'altro nel sistema».

«Va bene», disse Kay. «Contatta l'Hop Farm. Richiedi una copia di tutti i partecipanti che erano presenti quella sera. Il posto organizza eventi del genere da anni, quindi spero che conservino tutti i registri nel loro sistema per scopi di marketing».

«Lo farò».

Kay si alzò dalla sedia e controllò l'orologio. «Ottimo lavoro, comunque. Chiamali domattina, ora non ci sarà nessuno che possa aiutarti, e voglio che tu torni qui presto per approfondire la tua teoria. Fammi sapere non appena hai qualcosa».

«Grazie, Kay. Nessun problema».

Kay tornò alla sua scrivania e mandò un messaggio a Adam.

Aveva ancora una cosa da fare prima di tornare a casa, ed era determinata a fare progressi nell'indagine.

———

Rebecca Sharp aprì la porta pochi istanti dopo che Kay suonò il campanello e sorrise quando vide la detective.

«Ciao, Kay. Devon ti aspetta?»

Kay si pulì i piedi sullo zerbino e attese mentre Rebecca chiudeva la porta. «No, mi dispiace, non volevo disturbarvi. Mi chiedevo se potessi scambiare due parole con lui».

«Servirò la cena tra quaranta minuti. Vieni, è nello studio».

Kay seguì Rebecca attraverso la casa fino alla sala da pranzo della coppia, che Sharp aveva trasformato in un ufficio per sé.

Si alzò dalla sedia, con la mano tesa. «Tutto bene?»

«Mi chiedevo se potessi parlarti un attimo».

Rebecca sorrise e si girò sui tacchi. «Vi lascio soli».

«Scusa, Bec. Non lo terrò occupato a lungo», disse Kay.

Sharp attese che la porta si chiudesse dietro di lei, poi fece cenno a Kay di prendere la sedia di riserva sotto la finestra.

«Grazie».

«Che succede?»

Kay fece un respiro profondo prima di continuare. «Sapevi che Jamie Ingram e Giles Stockton si conoscevano?»

La sua fronte si corrugò. «No, non lo sapevo. Come l'hai scoperto?»

«Carys ha trovato una fotografia scattata ai due durante un evento all'Hop Farm. Una specie di evento di beneficenza. Sai se Jamie ha presentato Giles a Natalie prima di morire?»

«No. Per quanto ne sapevo, Natalie ha incontrato Giles un paio d'anni dopo la morte di Jamie a una festa di un amico a Wateringbury».

«Ne sei assolutamente sicuro?»

«Sì. Era al settimo cielo per lui quando si sono incontrati, ha insistito per presentarcelo, a me e Rebecca, contemporaneamente ai suoi genitori. Stavamo pranzando insieme alla fattoria e lei l'ha portato come ospite». Si sporse in avanti e appoggiò i gomiti sulle ginocchia. «Perché?»

Lei scosse la testa. «Non ne sono sicura al momento. Stiamo ancora indagando e non capisco ancora tutto. Sapevi che Simon Harrison aveva fatto cadere le accuse di possesso di cannabis a carico di Giles Stockton alcuni mesi prima della morte di Jamie?»

La bocca di Sharp si assottigliò. «All'epoca non ero in polizia, come sai. E no, non lo sapevo».

Kay si alzò dalla sedia, incapace di stare ferma. Appoggiandosi alla porta, gettò uno sguardo sui riconoscimenti e sulle fotografie della carriera militare di

Sharp e della sua successiva ascesa nei ranghi della polizia del Kent.

«Il fatto è, Devon, che ho tre persone che sono tutte collegate: Jamie, Giles Stockton e Simon Harrison. Ho un fornitore, Jamie, con il suo collega dell'esercito Carl Ashton; ho un potenziale acquirente in Giles, e ho un detective corrotto che potrebbe averli coperti. Quello che non ho è un movente per cui Stockton o Harrison avrebbero dovuto uccidere Jamie. Cosa avrebbero potuto guadagnare facendolo?»

Sharp si raddrizzò e si schiarì la gola. «Forse dovresti guardare la cosa da una prospettiva diversa. Forse non si tratta di chi aveva più da guadagnare, ma di chi aveva più da perdere se Jamie fosse stato tolto di mezzo».

Kay si staccò dalla porta e prese la sua borsa. «Grazie, capo. Penso che sia ora di interrogare formalmente Giles Stockton».

CAPITOLO 39

Kay entrò con decisione nell'ufficio investigativo la mattina seguente, con una rinnovata concentrazione.

Posò il suo caffè da asporto accanto al telefono sulla scrivania e accese il computer prima di togliersi il cappotto e appenderlo allo schienale della sedia.

Il resto della squadra cominciò ad arrivare man mano che l'orologio a muro si avvicinava alle otto, e un'ora dopo la stanza era piena del ronzio dell'attività mentre diverse indagini progredivano.

Carys balzò da dietro la sua scrivania pochi istanti dopo che il suo computer aveva *bippato* con il suono di un'email in arrivo e si diresse verso Kay, la sua eccitazione era palpabile.

«L'Hop Farm ci ha mandato la lista degli ospiti per quell'evento a cui è andato Jamie Ingram», disse, consegnando a Kay una stampa. «Anche Simon Harrison è nell'elenco.»

Kay scorse la lista finché non vide il suo nome. «È fantastico, ben fatto.»

Restituì la stampa e chiamò Debbie dall'altra parte della stanza.

«Sei riuscita a metterti in contatto con Giles Stockton?»

«È previsto per un colloquio tra circa venti minuti», disse l'agente in uniforme. «Sta portando il suo avvocato.»

«Grazie, Debbie.»

«Come vuoi procedere?» chiese Carys.

«Con cautela. Ci ha già confermato di aver incontrato Jamie a quell'evento, quindi dobbiamo metterlo agli atti. Voglio scoprire come si sono conosciuti e perché quelle accuse contro di lui sono state ritirate. Poi, devo scoprire qual è il collegamento tra lui e Simon Harrison.»

Il telefono sulla sua scrivania iniziò a squillare e lei si sporse per rispondere.

«Arriviamo subito.» Riattaccò il ricevitore e si girò verso Carys. «Stockton e il suo avvocato sono qui. Condurrò io, ma fammi un cenno se c'è qualcosa che vuoi chiedergli.»

Si diressero verso l'area di accoglienza, fecero entrare Stockton e si presentarono al suo avvocato, un uomo che Kay non aveva mai incontrato prima, ma che le dispiacque immediatamente dopo avergli stretto la mano e aver avuto le dita schiacciate.

Fissò con rabbia la nuca dell'uomo mentre Carys li conduceva nella sala interrogatori, e poi attese che prendessero posto.

Carys accese l'apparecchiatura di registrazione prima che Kay leggesse l'avvertimento formale.

Kay fece scivolare sul tavolo la fotografia di Stockton con Jamie Ingram all'Hop Farm. «Per favore, confermi per il verbale che questa immagine la ritrae insieme a Jamie Ingram.»

«È corretto.»

«Quando è stata scattata?»

«Circa sei mesi prima che morisse, a un evento di raccolta fondi privato.»

«Come ha conosciuto Jamie Ingram?»

«A una riunione della Camera di Commercio. Fummo avvicinati dalla donna che organizzava questa raccolta fondi, e accettammo di partecipare. Il padre di Jamie non era interessato, non faceva per lui, disse. Mio padre era ancora vivo all'epoca, e donò uno dei premi della lotteria. Una giornata all'ippodromo, se ricordo bene. Tutto molto divertente.»

«Lei dice che il padre di Jamie non era interessato a partecipare. Conosceva Michael Ingram a quel tempo?»

«No, stavo semplicemente parafrasando quello che Jamie mi disse all'epoca.»

«Di cosa ha parlato con Jamie durante l'evento?»

Lui sbuffò. «Onestamente, detective, non riesco a ricordarlo. È passato tanto tempo. Lei riesce a ricordare di cosa ha parlato dieci o undici anni fa?»

Ignorò la domanda. «Frequentava molto Jamie a livello sociale?»

«No, non lo frequentavo. Non sapevo nemmeno dell'esistenza di questa fotografia finché non me l'ha mostrata lei.»

«Cerca di evitare di essere fotografato, signor Stockton?»

L'avvocato si schiarì la gola. «Non vedo cosa c'entri questa domanda con le vostre attuali indagini.»

Kay mantenne lo sguardo fisso su Stockton, rifiutandosi di reagire alle proteste dell'avvocato. Invece, aprì la cartella che aveva portato con sé e fece scivolare sul tavolo verso Stockton il foglio con le accuse originali. Batté il dito sulla pagina.

«Lei è stato arrestato per possesso di cannabis prima che Jamie morisse.»

Stockton alzò le mani in aria. «Questo è oltraggioso. Quelle accuse sono state ritirate prima ancora che si arrivasse in tribunale.»

«Sì, e vorrei capire il motivo.»

«Non lo so, dovrà chiederlo a Harrison.»

Kay sorrise mentre il viso di Stockton impallidiva quando si rese conto del suo errore. Prese il foglio delle accuse da lui e lo rimise nella cartella prima di chiudere il risvolto e appoggiarci sopra le mani.

«Da quanto tempo conosce Simon Harrison?»

«Non so di cosa stia parlando.» Le dita di Stockton giocherellavano con il nodo della cravatta, il colore tornò sul suo viso.

«Due settimane prima che lei dovesse comparire davanti al tribunale dei magistrati di Maidstone per affrontare le accuse per possesso di cannabis, Simon Harrison ha condotto una revisione del caso che ha portato al ritiro di quelle accuse contro di lei. Quanto gli ha pagato?»

L'avvocato sbatté la mano sul tavolo e si sporse in avanti. «Spero che abbia delle prove a sostegno di questa accusa, detective.»

«Va bene, Andrew.» Stockton rivolse di nuovo la sua attenzione a Kay. «Non ho pagato nessuno e non ho idea del perché le accuse siano state ritirate. Quello che so è che sono davvero grato di aver avuto una seconda possibilità. Ho fatto uno stupido errore e mi è quasi costato la carriera.»

«Ha l'abitudine di assumere droghe regolarmente, signor Stockton?»

L'avvocato si alzò dalla sedia e pose una mano sulla spalla del suo cliente. «Non risponda.» Si girò verso Kay, con un ghigno sul viso. «Detective, ha intenzione di accusare il mio cliente di qualcosa?»

Kay scosse la testa, ma mantenne lo sguardo fisso su Stockton. «No. Abbiamo finito. Per ora.»

———

«Com'è andata, Kay?»

Barnes si unì a lei alla finestra dell'ufficio di Sharp e fece un cenno con il mento verso le figure di Giles Stockton e del suo avvocato che si allontanavano dirigendosi verso le loro auto.

«Lo abbiamo in pugno, Ian. Ora è agli atti che conosceva Jamie Ingram da circa sei mesi prima che morisse. Poi ha fatto un passo falso, e ha confermato prima che glielo chiedessi che Simon Harrison ha fatto in modo di far cadere le accuse di possesso di cannabis contro di lui.»

«A che punto siamo?»

Lei si morse il labbro mentre l'avvocato stringeva la mano a Stockton prima che salisse sul suo veicolo e uscisse dal parcheggio della stazione di polizia.

Stockton rimase in piedi accanto al suo veicolo, con le mani in tasca mentre fissava la porta sul retro dell'edificio.

«In questo momento, credo che stia andando nel panico. Non può parlare con Harrison, è detenuto in custodia in un carcere di minima sicurezza per i prossimi quattro mesi mentre si conclude l'indagine sulla sparatoria di Jozef Demiri».

«Farò comunque una chiamata al carcere e chiederò che ci facciano sapere se Harrison riceve richieste di visita».

«Buona idea». Si allontanò dalla finestra mentre Stockton finalmente apriva la portiera della sua auto e saliva. «Abbiamo bisogno di prove che lui fosse l'acquirente, Ian. Al momento è troppo circostanziale, non riuscirò mai a convincere Jude a prendere il caso se non troviamo qualcosa per dimostrarlo».

CAPITOLO 40

Kay represse uno sbadiglio e voltò la pagina di un rapporto che avrebbe dovuto leggere tre giorni prima, e solo perché l'autore l'aveva chiamata un'ora fa chiedendo il suo riscontro.

Non le sarebbe dispiaciuto, se non fosse stato che l'argomento era più arido del deserto del Gobi, e la stava tenendo lontana dal rivedere il carico di lavoro della sua squadra.

Scorse rapidamente l'ultima pagina e la gettò nel vassoio superiore sulla sua scrivania con un gemito, poi stampò il foglio dei commenti che avrebbe dovuto restituire entro la fine della giornata. Una volta scarabocchiata una nota con i suoi pensieri sulla pagina, aprì il cassetto della scrivania, allungò la mano all'interno e imprecò ad alta voce.

«Tutto bene?» chiese Debbie mentre passava.

«Quel maledetto Barnes mi ha fregato di nuovo la cucitrice.»

Carys rise e si avvicinò con la sua cucitrice. «Ecco, usa questa.»

«Grazie. Giuro che metterò un lucchetto a questo cassetto. Per essere un poliziotto, ha davvero le mani lunghe. Hai organizzato quelle lezioni di dattilografia per lui, Debs?»

L'agente in uniforme sorrise. «Non gliel'ho ancora detto. Ha tre giorni di formazione intensiva la prossima settimana.»

«Bene. Questo si chiama karma.»

Kay restituì la cucitrice e poi guardò nel cassetto della scrivania per trovare una penna nera con cui firmare il rapporto. La sua fronte si corrugò alla vista di un biglietto da visita che giaceva a faccia in giù sotto un perforatore, e allungò la mano per prenderlo prima di girarlo.

«Jonathan Aspley. Mi ero dimenticata di te.»

Riportò la mente all'inizio dell'inverno, quando lei e la squadra erano nelle fasi finali della loro indagine su Jozef Demiri. Era stata avvicinata da un giornalista locale che le aveva parlato della reputazione di Simon Harrison di mettere in pericolo i suoi stessi agenti.

Il suo errore era stato non prestare attenzione al suo avvertimento.

Alzò lo sguardo, ma Carys e Debbie erano immerse in una conversazione, così tirò fuori il cellulare e compose il numero sul biglietto.

Aspley rispose immediatamente. «Detective Hunter, sono contento di sapere che è tornata al lavoro. Come sta?»

«Affamata, e ho bisogno di cibo. Interessato?»

«Dove?»

«Fuori città. Dove non possiamo essere ascoltati. Conosce The Tickled Trout a West Farleigh?»

«Sì.»

«L'ultimo che arriva paga il pranzo.»

Terminò la chiamata, prese la giacca dallo schienale della sedia e si mise la borsa a tracolla.

«Se qualcuno mi cerca, tornerò tra un paio d'ore», disse a Debbie mentre passava davanti alla sua scrivania, e si affrettò verso la sua auto.

Assaporò il viaggio verso il pub di campagna, uno dei suoi preferiti.

Mentre svoltava dalla Tonbridge Road a Teston e attraversava il passaggio a livello, lanciò uno sguardo fuori dal finestrino al fiume che divideva i prati umidi.

Una chiatta serpeggiava lungo il corso d'acqua, e si chiese che lavoro facesse l'occupante per potersi permettere di trascorrere il suo tempo rilassandosi in quel modo.

Rallentò mentre si avvicinava allo stretto ponte di pietra che attraversava il Medway, compiaciuta di notare che un furgone che viaggiava nella direzione opposta si fermò per lasciarla passare con un lampeggio dei fari. Alzò la mano in segno di ringraziamento al conducente e accelerò su per la stradina.

In pochi istanti, la facciata bianca dipinta del pub venne in vista, con i suoi camini in mattoni che si ergevano sopra un tetto di tegole color ruggine.

Parcheggiò nel parcheggio dietro il pub e notò con soddisfazione di aver battuto il giornalista.

La sua auto apparve mentre stava chiudendo la

portiera, e lui si affrettò a raggiungerla, con un sorriso sul volto.

«Spero che non abbia corso, detective.»

«Non c'è bisogno di essere un perdente cattivo, Aspley.»

Lui sorrise e le tenne aperta la porta del pub.

Kay sbottonò la giacca mentre il calore del pub iniziava ad alleviare il freddo dal suo corpo, e si fermò al bancone con il giornalista mentre ordinavano il loro cibo.

Lui le porse il suo drink e indicò un tavolo accanto alla finestra. «Andiamo?»

«Grazie.»

«Quando è tornata al lavoro?»

Kay lasciò cadere la borsa e la giacca sul sedile imbottito accanto al suo e appoggiò i gomiti sul tavolo. «Un paio di settimane fa.»

«Si sta riadattando bene?»

«Credo di sì.»

«Ho sentito di Sharp. È stata una brutta faccenda, mi dispiace.»

Lei scrollò le spalle. «Cosa ha fatto lei nel frattempo?»

«Un po' di tutto. Al momento sto lavorando a una nuova storia sui salari illegalmente bassi nell'industria del fast food. Studenti e lavoratori stranieri hanno troppa paura di parlare per timore di perdere il lavoro nella maggior parte dei casi; quindi, è difficile trovare qualcuno che voglia parlarne con me.»

«La sua carriera sta andando sempre meglio dall'ultima volta che ci siamo visti.»

«Sì, beh, credo di aver avuto la parte migliore dell'affare. Ho ottenuto una storia esclusiva che è diventata nazionale e ha accelerato la mia carriera, e lei è finita quasi per annegare. È stata dannatamente fortunata, lo sa, vero?»

«Lo so. Congratulazioni anche per la storia. Ha fatto un buon lavoro.»

«Ehi, grazie. Significa molto detto da lei.» Si interruppe mentre la cameriera portava il loro cibo e iniziarono a mangiare. «Beh, immagino che non mi abbia chiesto di incontrarla per fare conversazione. Di cosa voleva parlarmi?»

«Simon Harrison.»

«Cosa c'è con lui?»

«Qualcuna delle sue indagini sulla sua condotta passata ha rivelato prove di abuso di sostanze? Alcol, droghe o qualcosa del genere?»

«Cosa glielo fa pensare?»

«Non posso dirglielo al momento, mi dispiace.»

«Come? Le pago il pranzo…»

«Ha perso una gara…»

«Se avessi saputo che aveva secondi fini...»

«Dai, Jonathan. Smettila di scherzare. Cos'altro hai su Harrison?»

Lui posò il coltello e la forchetta e prese invece il bicchiere, bevendo un sorso di birra.

Kay resistette all'impulso di dargli un calcio sotto il tavolo e invece trattenne il respiro e attese.

«D'accordo» disse Aspley. Si guardò alle spalle e, quando vide che la proprietaria si era spostata dall'altra parte del bancone, si voltò di nuovo verso Kay. «Qualche anno fa, un detective della squadra di Harrison suggerì che l'ispettore capo potesse avere un problema con la droga».

«Intendi una dipendenza?»

«Sì. Nessuna prova, però, e nessuno voleva parlarmene. Il tizio che per primo me l'ha fatto notare è stato trasferito un paio di mesi dopo».

«Spaventato?»

«Una punizione, credo. È finito a Reading».

Kay spinse da parte l'ultimo pezzo della sua patata al cartoccio, prese il succo d'arancia e ne bevve un sorso. «Una dipendenza dalla cocaina potrebbe spiegare in parte il suo atteggiamento spericolato nelle indagini».

«Cosa stai combinando, Hunter? Ho sentito dire che dovresti essere in servizio limitato al momento».

Lei sorrise. «Sei tu il giornalista. Sai che non dovresti credere a tutto quello che senti».

———

Kay dondolava sulla sedia da una parte all'altra cercando di concentrarsi sulle e-mail che stava scorrendo.

Non aveva smesso di correre per la stazione per partecipare a diverse riunioni da quando era tornata dal pranzo, e anche se non l'avrebbe mai ammesso con i suoi colleghi, la stanchezza stava iniziando a farsi sentire e a prendere il sopravvento.

Aveva aspettato che nessuno la guardasse prima di frugare nella borsa e tirare fuori due antidolorifici dal piccolo flacone che le era stata prescritto, ingoiando le pillole amare con un sorso di caffè.

Il braccio le faceva male, e accolse con sollievo la vista delle lancette dell'orologio che segnavano le sei.

Da quando aveva lasciato il pub all'ora di pranzo, si era chiesta continuamente riguardo all'informazione di Aspley sul fatto che si vociferasse che Harrison avesse un debole per le droghe ricreative.

Jamie Ingram aveva avuto un litigio con Giles Stockton?

Stockton aveva ucciso Jamie, prima che Harrison lo aiutasse a coprire il crimine? Ma perché?

Stockton riforniva Harrison con la droga? Lo aveva minacciato di ricattarlo?

Carys iniziò a liberare la sua scrivania mentre Kay si massaggiava le tempie, il *tintinnio* delle stoviglie le giungeva mentre la squadra cominciava a riordinare per la notte, portando piatti sporchi e tazze da tè nel piccolo cucinino.

Kay sprofondò nella sedia, allungò la mano e mosse il mouse per riattivare lo schermo del computer, poi iniziò a scorrere le e-mail arrivate durante la sua assenza.

Il telefono vibrò sulla scrivania e sorrise leggendo il messaggio di Adam.

Sto cucinando un curry thailandese. Pronto tra un'ora X.

Alzò lo sguardo quando Gavin irruppe nella sala operativa e si diresse verso la sua scrivania, agitando un foglio in aria.

«Cosa ti ha fatto arrabbiare tanto?»

«Natalie Ingram. Non ci ha detto la verità sulle sue sedute di consulenza di dieci anni fa».

Lei spinse indietro la sedia e fischiò piano in direzione di Barnes e Carys, che stavano accanto al bollitore.

«Venite qui».

CAPITOLO 41

Kay attese che la piccola squadra si fosse radunata nell'ufficio di Sharp, poi chiuse la porta e fece un cenno a Gavin.

«D'accordo, Piper. Spiegaci.»

«Okay, dunque avevo del tempo libero questo pomeriggio, e ho pensato di ripassare le dichiarazioni che abbiamo ricevuto finora. Quelle di questa volta, intendo. Non la documentazione originale.»

«Come disse una volta un saggio, "vai al punto"», disse Barnes.

«Giusto, allora. Quando tu e Kay avete parlato per la prima volta con Michael e Bridget Ingram per dire loro che stavamo riaprendo l'indagine sull'incidente in moto di Jamie, Bridget ha detto a Kay che Natalie aveva fatto tre mesi di consulenza psicologica dopo l'accaduto per affrontare il lutto. Natalie l'ha confermato quando l'avete incontrata.»

Carys si sporse in avanti sulla sedia. «Sbrigati, Gavin.»

«Scusate. Comunque, ho fatto un po' di ricerche nel

sistema, perché nessuno di loro ci ha menzionato quale consulente avesse consultato. Per fortuna, uno degli agenti in uniforme che lavorava al caso originale con Harrison è stato intelligente, ha scoperto che Natalie non si era rivolta a un consulente locale. Aveva scelto di ricoverarsi in una clinica privata vicino a Guildford per tre mesi.»

«Guildford?» disse Kay. «Perché mai sarebbe andata così lontano?»

«E perché così a lungo?» disse Carys. «Sicuramente avrebbe avuto solo un paio di sedute a settimana o qualcosa del genere, no? Perché restarci per tre mesi?»

Gavin sollevò il documento che aveva in mano, con uno sguardo trionfante negli occhi. «Perché non stava soffrendo per il lutto. Credo che avesse una dipendenza da cocaina.»

Il silenzio scioccato che seguì fu infine interrotto dal suono di Barnes che sibilava tra i denti.

«Porca miseria.»

Kay gli prese il foglio e scorse con gli occhi i suoi appunti. «Ne sei assolutamente sicuro?»

«Sì. Ho telefonato al posto. Non hanno mai offerto supporto per il lutto. Il loro personale è specializzato in dipendenza da droghe e alcol, nient'altro. A quanto pare, sono una delle migliori cliniche private del paese, e costano una fortuna.»

«Quindi, pensi che Jamie e il suo amico Carl Ashton fossero i fornitori, e che anche Natalie comprasse oltre a Giles Stockton?» disse Carys.

«Impossibile. Era un sacco di cocaina quella che stavano contrabbandando nel paese», disse Barnes. «Più di quanto due persone potrebbero mai averne bisogno.»

«Non se Natalie la rivendeva a contatti che si era fatta attraverso il suo lavoro in Città», disse Gavin.

Kay si appoggiò alla scrivania di Sharp e restituì gli appunti a Gavin. «Ottimo lavoro, Piper. Credo che tu possa essere sulla pista giusta, ma dovremo procedere *molto* attentamente.» Lanciò uno sguardo alla squadra riunita. «Le notizie su questo sviluppo non devono uscire da questa stanza finché i fatti non saranno stati completamente verificati, è chiaro?»

Un mormorio di assenso raggiunse le sue orecchie.

«Okay. Prossimi passi. Non vogliamo allertare Natalie Stockton sul fatto che abbiamo scoperto questa cosa. Gavin sta ipotizzando che possa aver avuto una dipendenza da cocaina, questo è tutto per il momento, quindi non andiamo troppo oltre. Gav, puoi telefonare di nuovo al centro e vedere se c'è qualcuno con cui possiamo parlare questa sera per stabilire i fatti riguardanti il suo soggiorno?»

«Ci penso io.»

Tirò fuori il cellulare e si ritirò in un angolo della stanza, parlando a bassa voce.

«Ian, avrò bisogno che tu copra questi due mentre lavoriamo sulla teoria di Gavin. Come sei messo con il carico di lavoro al momento?»

«Non troppo male. Posso occuparmi di quella cosa di polizia di comunità a cui Carys doveva partecipare domani mattina al quartier generale, è solo un incontro di presentazione, comunque. Cos'altro vuoi affidarmi?»

«Piper doveva finalizzare un rapporto per la Procura della Corona su Carl Ashton. È tutto scritto; non avrò tempo di rivederlo prima che vada a Jude Martin, tutto qui.»

«Lascia fare a me.»

«Grazie.»

Fece una pausa mentre Gavin infilava il telefono in tasca e si avvicinava.

«Ho parlato con la receptionist», disse. «Nessuno dei consulenti è in giro al momento, e non mi rilascerà alcuna informazione senza prima verificare con loro. Sembra che abbia solo diciotto anni circa, quindi probabilmente sta solo agendo con cautela piuttosto che essere deliberatamente ostruzionista. Lato positivo, ha confermato il nome di uno dei consulenti che era lì dieci anni fa, e si è persino spinta a fissarmi un appuntamento per parlare con lui domani mattina. Un tizio di nome Zack Ellington.»

«Brillante, è fantastico. Va bene, Carys, avrò bisogno che tu scopra il nome dei datori di lavoro di Natalie in Città di dieci anni fa. Se non sono menzionati in nessuna delle dichiarazioni, controlla i suoi social media. Con attenzione, mi raccomando. Organizza un appuntamento per incontrarci con qualcuno lì domani, se puoi. E, se ti creano problemi, ricorda loro che stiamo trattando un'indagine per omicidio.»

«Capito.»

«Okay, per oggi basta così. È tardi, quindi andate a casa e riposatevi un po'. Ho la sensazione che saremo molto occupati nei prossimi giorni.»

CAPITOLO 42

Kay guardò fuori dal finestrino del treno sferzato dalla pioggia e appoggiò il mento sulla mano mentre la campagna del Kent si trasformava in una distesa urbana.

Non l'avrebbe ammesso con nessuno, ma era preoccupata di non aver informato Sharp della svolta nelle loro indagini. Una parte di lei si sentiva obbligata a tenerlo aggiornato sui progressi, ma la sua coscienza lottava con il fatto che lui fosse così strettamente legato agli Ingram.

Come diavolo avrebbe potuto informare qualcuno di loro che Natalie poteva essere stata l'acquirente di Jamie?

«Ecco qua.»

Si voltò al suono della voce di Carys, e poi prese la tazza di caffè che le porgeva con un sorriso di ringraziamento.

«Eri persa nei tuoi pensieri» disse la giovane detective. Si sedette di fronte a Kay e posò la sua tazza sul tavolino tra loro. «A cosa stavi pensando?»

«Mi sto dando della stupida per non aver considerato prima che Natalie potesse essere l'acquirente. L'altra parte di me si sta chiedendo come diavolo lo dirò ai suoi genitori se avremo ragione.»

«Pensi che Gavin sia sulla pista giusta?»

Kay strinse le spalle e bevve un sorso di caffè prima di arricciare il naso.

«Scusa» disse Carys. «Avevano solo il decaffeinato.»

«Va bene. Sopravvivrò. Sì, penso che lo sia. A meno che Zack Ellington non possa confermare che al tempo in cui Natalie risiedeva nella clinica offrissero supporto per il lutto come parte del loro programma, allora credo che dobbiamo considerare seriamente il fatto che potesse avere una dipendenza e stesse usando suo fratello per ottenere le droghe di cui aveva bisogno. Come ho detto ieri sera, però, dobbiamo affrontare la cosa un passo alla volta, non possiamo presumere nulla.»

Il treno iniziò a rallentare e Carys guardò fuori dal finestrino mentre il cartello della stazione di Herne Hill entrava nel campo visivo. Diede un'occhiata al suo orologio e sospirò.

«Meno male che l'unico appuntamento che ci hanno offerto era per le undici. Se fosse stato prima, saremmo arrivate in ritardo con questo treno.»

Kay sorrise e spinse via la sua tazza di caffè, incapace di sopportare altro di quel liquido dal sapore disgustoso. «Non ricordo l'ultima volta che sono venuta a Londra. Prima che mi succedesse tutto questo, e prima che lo studio veterinario di Adam avesse tanto successo, cercavamo di venire qui una volta al mese.»

«Andavate a teatro a vedere uno spettacolo o qualcosa del genere?»

«No, e questo suonerà davvero noioso, ma ci piaceva

vagare osservando le persone e trovare bar interessanti fuori dai percorsi turistici dove bere qualcosa. Credo che fosse più che altro per cambiare aria che per altro.» Allungò la mano e usò il tovagliolo di carta per asciugare la condensa dal finestrino. «Non potrei viverci però. Sono decisamente una persona di campagna.»

«Anch'io. L'ultima volta che sono stata qui è stato sei mesi fa per andare a una mostra al V&A.»

Il telefono di Kay vibrò nella sua borsa, e lei lo tirò fuori, gemendo interiormente mentre leggeva il messaggio.

«Che c'è?»

«Niente. È Sharp, vuole un aggiornamento.»

«Cosa gli dirai?»

«Niente. Se avrò qualcosa da riferire, lo farò quando avremo tutti i fatti, e gli parlerò faccia a faccia.»

Rimise il telefono nella borsa mentre un annuncio arrivava dall'altoparlante, avvisando i passeggeri che il treno sarebbe presto entrato nella stazione Victoria.

Carys iniziò a raccogliere le sue cose. «Possiamo andare a piedi all'ufficio dalla stazione. È a soli cinque minuti da lì.»

Kay guardò fuori dal finestrino le nuvole scure che incombevano minacciosamente sopra la città prima che il treno scivolasse sotto il tetto della stazione e si fermasse con uno stridio.

«Speriamo di non annegare prima di arrivare.»

CAPITOLO 43

Il grattacielo che ospitava l'istituto finanziario dove una volta lavorava Natalie Stockton era un edificio rivestito di vetro che contrastava nettamente con gli edifici in stile epoca della Reggenza sul lato opposto della strada.

Kay guidò il cammino oltre una porta scorrevole automatica e in un'ampia area di reception che assomigliava più a un hotel a cinque stelle che a un'azienda privata.

Un tappeto color cremisi rivestiva il pavimento e attutiva i loro passi mentre si avvicinavano al bancone della reception, che notò con sorpresa essere stato intagliato da un unico albero prima che la sua superficie fosse stata poi verniciata per ottenere una lucentezza elevata.

Lo stesso effetto si poteva dire della donna seduta dietro di esso.

Indossava una cuffia sopra un'acconciatura impeccabile, le sue unghie laccate di un rosa acceso brillavano sotto i faretti mentre gestiva una chiamata.

Mentre Kay e Carys si avvicinavano, continuò a parlare al telefono, indicò un registro dei visitatori rilegato in pelle e fece cenno che dovevano entrambe registrarsi.

Fatto ciò, la donna terminò la chiamata e sorrise.

«Chi desidera vedere?»

«Marion Wisehart», disse Carys.

«Accomodatevi, per favore. La informerò che siete qui.»

«Ricordami chi è questa Marion Wisehart?» disse Kay mentre si sedevano.

«Responsabile delle Risorse Umane, o "Specialista in Gestione del Personale" come mi ha informato ieri sera», disse Carys, nascondendo a malapena il suo divertimento per il ruolo. «Al telefono sembrava a posto. Guardinga, sì, ma...»

«Comprensibile, dato che deve proteggere la reputazione dell'azienda.»

«Esattamente.»

Kay rivolse la sua attenzione a una porta che si aprì accanto alla receptionist, e apparve una donna di circa cinquant'anni, con i capelli castano chiaro tagliati in uno stile alla moda che li lasciava lunghi davanti e corti dietro.

Grandi orecchini scintillavano e accentuavano il suo collo lungo, e indossava un abito grigio antracite impeccabile.

Kay e Carys si alzarono mentre si avvicinava e si presentarono a Marion Wisehart.

«Detective Hunter? Ho capito dalla mia conversazione con la sua collega qui presente che questo non poteva essere trattato tramite una telefonata?»

«Probabilmente è meglio se parliamo faccia a faccia.»

«D'accordo. Venite con me.»

Si voltò e le guidò attraverso l'area di reception, passò la sua tessera di sicurezza sul lettore della porta, e poi si fermò per farle entrare in un ufficio open space che ronzava di efficienza.

File di scrivanie allineate sul pavimento; una persona seduta a ciascuna con una cuffia e che conversava a bassa voce mentre gli schermi dei computer lampeggiavano davanti ai loro occhi.

L'effetto complessivo era quello di un alveare operoso.

Wisehart ignorò la folla di dipendenti e girò a destra prima di aprire una porta e accendere l'interruttore della luce.

Kay entrò in quello che sembrava un cubo, con un piccolo tavolo e sedie al centro e vetri smerigliati che lo separavano dallo spazio di lavoro centrale. Pennarelli per lavagna erano stati usati per scarabocchiare sul vetro, e notò il labbro superiore di Wisehart incresparsi quando chiuse la porta.

«Davvero», disse con un sospiro esasperato, «sanno che dovrebbero pulire le pareti quando hanno finito.»

«Per cosa viene usata questa stanza?» disse Carys.

«Incoraggiamo i nostri dipendenti a fare brainstorming su qualsiasi problema prima di sottoporlo alla direzione», disse Wisehart, prendendo un panno colorato da un armadietto sul fondo della stanza e attaccando gli scarabocchi fino a farli sbiadire. «L'abbiamo testato per tre mesi e abbiamo riscontrato una diminuzione del venti per cento del tempo dei nostri manager impiegato per risolvere problemi minori. Hanno cose più importanti da fare, credetemi.»

Kay scosse leggermente la testa quando notò gli occhi di Carys velarsi, e presero entrambe posto al tavolo.

«Bene», disse Wisehart, gettando il panno di nuovo nell'armadietto e unendosi a loro. «Al telefono ha menzionato che voleva parlare di Natalie Ingram. Capisce che posso darle solo informazioni che non sono considerate riservate?»

Kay sorrise e si sporse in avanti mentre Carys apriva il suo taccuino. «È giusto, signora Wisehart, ma perché lei capisca, sto attualmente conducendo un'indagine su un potenziale omicidio, quindi mi aspetto che lei offra la sua piena collaborazione.»

«Oh. Oh, capisco.» Gli occhi della donna si spalancarono per un momento prima che si riprendesse e abbassasse la voce. «Come posso aiutarvi?»

«Prima di tutto, devo insistere che questa conversazione sia trattata con riservatezza», disse Kay. «Stiamo conducendo alcune indagini preliminari al momento, anche se, se necessario, chiederemo la divulgazione completa del fascicolo personale di Natalie. Può dirmi quando Natalie ha iniziato a lavorare qui?»

«Circa tredici anni fa», disse Wisehart. «Aveva finito l'università e aveva dimostrato una particolare propensione a essere estremamente laboriosa e diligente durante una posizione temporanea qui dopo la laurea. Troviamo molti dei nostri migliori dipendenti in questo modo, a dire il vero, evita molti problemi offrire contratti permanenti con periodi di prova, solo per scoprire che dopo i primi tre mesi, il personale rallenta, e ti ritrovi bloccato con loro. Offriamo contratti temporanei di sei mesi, ci dà un'idea migliore se le persone sono adatte a noi.»

«E per quanto tempo ha lavorato qui Natalie?»

«Se n'è andata dopo due anni.» Wisehart abbassò lo sguardo. «Mi sono sentita malissimo, davvero, quando ho saputo che suo fratello era stato ucciso sei settimane dopo che avevamo terminato il suo contratto.»

Kay si irrigidì. «Avevamo capito che Natalie avesse lasciato il lavoro dopo la morte di suo fratello.»

Wisehart lasciò sfuggire una risata amara. «Natalie Ingram non si è dimessa, detective Hunter. È stata licenziata.»

«Perché?»

«Deve capire che questo è in via confidenziale. Lo negherò se mi verrà chiesto.»

«Cercheremo le necessarie autorizzazioni se vorremo approfondire ulteriormente questa questione con lei.»

Wisehart fece un respiro profondo, e poi appoggiò le mani sul tavolo. «Guardi, abbiamo avuto alcuni episodi con Natalie in cui si presentava in ritardo, a metà mattina, non solo dieci minuti qui e là. Il suo lavoro è diventato approssimativo, e ci sono state un paio di occasioni in cui avrebbe potuto costare a questa azienda milioni di sterline perché la sua mente non era concentrata sul lavoro. Si è spinta troppo oltre, nonostante gli avvertimenti formali, è successo di nuovo. Abbiamo dovuto lasciarla andare.»

«Cosa c'era che non andava in lei? Era malata o qualcosa del genere?»

«No. Alle stelle per qualcosa. Cocaina, sospetto, anche se non abbiamo mai potuto provare nulla. Natalie Ingram era fin troppo incline a fare il passo più lungo della gamba, detective.»

CAPITOLO 44

Kay e Carys erano arrivate a Maidstone nel primo pomeriggio e, dopo aver lasciato il detective a digitare il rapporto del loro incontro mattutino, Kay fece un cenno a Gavin e afferrò la sua borsa.

«Dove andiamo?» disse lui.

«A casa degli Ingram. Voglio fare loro alcune domande su Natalie, e voglio farlo faccia a faccia.»

Lui la seguì giù per le scale, firmò per prendere un'auto di servizio e poi la guidò verso il parcheggio.

Mentre cambiava marcia e guidava il veicolo attraverso il trafficato centro città, Kay sfogliava il suo taccuino.

«Com'è andata la conversazione con Zack Ellington?»

«Ha confermato che non offrono supporto per il lutto, non l'hanno mai fatto. Sono specializzati in dipendenze, droghe e alcol inclusi. Ovviamente, non ha potuto confermare se Natalie Ingram fosse mai stata una paziente lì, ma ha detto che ci avrebbe aiutato ulteriormente se avessimo ottenuto i documenti appropriati. Il loro programma di base dura sei settimane e all'epoca costava duemila sterline a settimana, in cui erano incluse solo le sessioni di consulenza. Alloggio e cibo avevano un costo extra.»

Kay lo aggiornò su ciò che aveva scoperto quella mattina presso gli ex datori di lavoro di Natalie, e lui emise un fischio sommesso.

«Quindi, era lei l'acquirente.»

Kay batté il pugno contro la portiera e cercò di ordinare i suoi pensieri in una sequenza coerente.

«C'è una cosa che non ha senso però… Carl Ashton ha detto che quel mezzo chilo era il minimo che avevano contrabbandato. Ok, potremmo avere prove circostanziali che suggeriscono che Natalie fosse una consumatrice, ma come diavolo finanziava l'acquisto di' tutta quella cocaina?»

Cadde nel silenzio, un'idea richiamò la memoria, e cercò di afferrarla. Tenne un dito sulle labbra per impedire a Gavin di interrompere e chiuse gli occhi.

La conversazione che aveva avuto con Penny Boyd le girava nella mente, e poi si rese conto con un sussulto di ciò che la infastidiva.

«Gav? Quando Barnes ed io abbiamo parlato per la prima volta con Michael e Bridget Ingram per far sapere loro che stavamo riaprendo l'indagine sulla morte di Jamie, Michael ha detto che Jamie aveva ricevuto una telefonata tardi quella notte prima di uscire di casa infuriato per rispondere. Se ne andò di casa poco dopo. Ma quando abbiamo parlato con Penny Boyd, lei ha detto di aver telefonato a Jamie subito dopo che gli Ingram avevano cenato.»

Gavin rimase in silenzio per un momento, guidando attraverso una rotonda, e poi Kay vide la rivelazione attraversare i suoi lineamenti.

«Jamie Ingram ha ricevuto *due* telefonate quella notte, non solo quella che di cui i suoi genitori erano a conoscenza. Quindi, chi era il secondo interlocutore?»

Kay chiuse il taccuino. «Ok, parliamo con gli Ingram per vedere cosa riusciamo a scoprire sul lavoro di Natalie, e poi la interrogheremo formalmente.»

«Pensi che agisse come intermediaria? Pensi che qualcosa sia andato storto e abbia fatto uccidere Jamie dalle persone a cui vendeva?»

«Forse. Non lo so, sembra che siamo vicini, ma abbiamo sentito solo metà della storia.»

Gavin rallentò l'auto mentre entrava nel cortile della fattoria e parcheggiò accanto alla porta d'ingresso.

Kay emise un lamento di sorpresa quando vide il veicolo parcheggiato vicino al fienile. «Sembra che non dovremo andare a Yalding per parlare con Natalie. Quella è la sua auto.»

Michael Ingram aprì la porta con un bicchiere di vino in mano. Il suo sorriso svanì quando vide i due detective della polizia sulla soglia.

«Kay? Cosa succede?»

«Possiamo entrare? È piuttosto urgente che le parli.»

«Certo. Stavamo giusto finendo di lavare i piatti.»

Si fecero strada fino alla cucina, dove Bridget era immersa fino ai gomiti nella schiuma del sapone. Il suo viso si rabbuiò quando entrarono nella stanza, e afferrò un asciugamano dal piano di lavoro e si asciugò le mani.

«Volete un caffè o qualcosa?» disse Michael.

Kay scosse la testa. «Natalie è qui?»

«Al momento no.»

«Oh. Guardi, in sua assenza, può dirmi quando ha lasciato il suo lavoro in Città?»

Michael si grattò il mento. «Circa sei mesi dopo la morte di Jamie, credo. È uscita dal supporto per il lutto, ha cercato di riprendere il ritmo delle cose, ma ha detto che lo trovava troppo stressante, quindi ha lasciato. Ha conosciuto Giles poco dopo.»

«Siete mai andati nel suo ufficio in Città?»

«No. Perché avremmo dovuto?»

«Bridget, la notte in cui Jamie è morto, a che ora ha detto che ha ricevuto quella telefonata?»

«Era tardi, e stavamo guardando un film. Quelli che iniziano dopo il telegiornale delle nove, quindi suppongo fosse circa le dieci e mezza?»

«E ha detto chi fosse l'interlocutore?»

«No.»

«Mi scusate un momento?»

Kay spinse indietro la sedia e si diresse a grandi passi verso l'ingresso, scrollando sul telefono finché non trovò il numero che voleva, poi lo compose e incrociò le dita.

Una voce sussurrata rispose. «Pronto?»

«Penny Boyd? Sono l'ispettrice Hunter.»

«Sono al lavoro in questo momento. Non posso parlare.»

«È urgente. Ha detto di aver telefonato a Jamie Ingram la notte della sua morte. Riesce a ricordare l'ora?»

«L'ora?»

«Sì. L'ora in cui gli ha telefonato quella notte. Qual era?»

«Um, avevano finito di cenare, credo. Jamie era davvero infastidito perché ho telefonato mentre stavano lavando i piatti, ed è dovuto uscire nel cortile per parlare con me.»

«Grazie, signora Boyd.»

«Va tutto bene?» Gli occhi di Bridget erano spalancati quando Kay rientrò in cucina e infilò il telefono nella borsa prima di prendere il taccuino.

Gavin rimase in silenzio, aveva lavorato con lei abbastanza a lungo da sapere quando i suoi pensieri stavano lavorando a pieno regime.

Sfogliò le pagine e sentì il cuore affondare mentre rileggeva i suoi scarabocchi frettolosi.

«Di chi è stata l'idea di buttare via il telefono di Jamie?»

«Non l'abbiamo buttato via» disse Bridget. «Gliel'ho detto, l'abbiamo dato a una di quelle associazioni di beneficenza che riciclano i telefoni. Qualcosa con "ark".»

«Di chi è stata l'idea di farlo?»

«Di Natalie» disse Michael. «Cosa sta succedendo, Kay?»

«Avete mai incontrato Giles prima della morte di Jamie?»

«No.»

«Dov'è Natalie?»

«Se n'è andata, ci ha fatto una bella sorpresa questa mattina; la ragazza che Jamie frequentava quando era nell'esercito è venuta a trovarci. Abbiamo pensato che sarebbe stato bello farla incontrare con Natalie; quindi, abbiamo chiamato Nat per farla venire qui e abbiamo organizzato un pranzo.»

«Non l'avevamo mai incontrata prima», disse Bridget, asciugandosi gli occhi. «Una ragazza adorabile. Ha dei figli suoi ora. Avrebbe reso Jamie molto felice.»

«Oh, non ne sono sicuro», disse Michael. «Era a suo agio quando è arrivata, ma sembrava nervosa quando è arrivata Natalie. Jamie era così estroverso e pieno di vita, è difficile immaginarlo con lei.»

«Dove sono Amber e Natalie in questo momento?» chiese Kay.

«Natalie ha chiesto ad Amber di accompagnarla a casa», disse Michael. «Natalie ha detto di aver bevuto troppo, quindi ha suggerito di lasciare qui la sua auto e che Amber la riportasse a Yalding. Sono rimasto un po' sorpreso, in realtà. Ho visto Nat bere solo un bicchiere di vino. Cosa sta succedendo?»

Kay non gli rispose. Invece, afferrò Gavin per il braccio e lo spinse verso la porta d'ingresso, tirando fuori il cellulare e componendo il numero di Amber Fitzroy.

Imprecò quando la chiamata andò alla segreteria telefonica.

«Cosa c'è che non va, capo?»

«Non risponde.» La pelle le si accapponò e una sensazione di angoscia le attanagliò lo stomaco. «Gav, chiama i rinforzi. Voglio una pattuglia in uniforme qui il prima possibile. Nessuno se ne va finché non lo dico io. Noi andiamo a casa degli Stockton. Usa le luci e la sirena, e fai in modo che un'altra auto di pattuglia ci raggiunga lì.»

CAPITOLO 45

«Merda, ci ha *usati*.»

«Capo?»

Kay si aggrappò alla maniglia sopra il finestrino del passeggero mentre Gavin faceva zigzagare il veicolo per le strette strade di campagna, e trattenne il respiro quando attraversarono un incrocio a T, con un trattore che frenò all'ultimo momento per evitare la collisione.

«Scusa, capo.» Allentò il piede dall'acceleratore, poi lanciò un'occhiata a Kay. «Che sta succedendo?»

«Penso che Amber Fitzroy sapesse della tossicodipendenza di Natalie, e possibilmente del collegamento di Giles con l'operazione di contrabbando di Jamie, e si stesse preparando psicologicamente per dirlo a Michael e Bridget. Non credo si aspettasse che Michael insistesse per far venire Natalie alla fattoria per incontrarla, e non le ha dato il tempo di parlare con loro da sola. Michael ha detto una cosa importante: Amber sembra piuttosto riservata, e potrebbe darsi che fosse riluttante ad affrontare l'argomento appena arrivata lì.»

Kay estrasse il cellulare e scorse l'elenco delle chiamate recenti fino a trovare il numero di cui aveva bisogno.

Andò direttamente in segreteria telefonica.

«Dannazione. Giles Stockton non risponde.»

«Pensi che Natalie vedesse Amber come una minaccia?»

«Sì, lo penso. È l'unica della famiglia che sapeva di lei, ma non conosceva il suo nome.»

«Ma perché?»

«Pensaci. Natalie ha passato anni a coltivare l'immagine della persona perfetta di fronte alla sua famiglia. Ha mentito sulla perdita del lavoro in Città; ha mentito sulla sua dipendenza dalla cocaina, arrivando persino a prenotare una clinica di riabilitazione a diversi chilometri di distanza dove nessuno la conosceva. Ovviamente non ha mai detto ai suoi genitori cosa stessero combinando lei e Jamie. Poi, Amber spunta fuori dal nulla. L'unica persona su cui Natalie non ha avuto controllo, fino ad ora.»

«Quindi, ha usato la nostra indagine sul caso archiviato per scoprire chi fosse e dove si trovasse, al fine di stanarla e farla tacere, intendi?»

«Esattamente. È solo un'ipotesi, ma credo che Amber debba aver lasciato trapelare di aver parlato con la polizia, e per questo che si trova qui nel Kent. Natalie potrebbe essere diventata paranoica riguardo a ciò che è stato detto quando l'abbiamo interrogata. Hai sentito cosa ha detto Michael. Amber si è chiusa in sé stessa quando è apparsa Natalie…»

Kay rivolse la sua attenzione al telefono che aveva iniziato a squillare.

«Kay? Sono Carys. La pattuglia è a un paio di minuti dietro di voi. Le altre due sono arrivate alla fattoria degli Ingram, Natalie e Amber non sono tornate lì.»

«Grazie. Tienimi aggiornata. Siamo quasi a Yalding.»

Gavin imprecò sottovoce mentre guidava il veicolo intorno a una stretta curva a destra, raddrizzando l'auto prima di prendere una brusca svolta a sinistra.

Usare le strade secondarie per raggiungere la casa degli Stockton era una via più diretta che passare per Maidstone, ma Kay notò che le nocche del detective erano bianche mentre stringeva il volante.

«Ci siamo quasi», disse. «L'uscita per Vicarage Lane è qui a sinistra.»

Affondò le dita dei piedi nel vano piedi per stabilizzarsi mentre Gavin scalava una marcia e prendeva la curva senza rallentare.

«Hai preso lezioni di guida da Barnes?»

«Come hai indovinato?»

Kay strinse i denti.

Meno di un minuto dopo, il veicolo scivolò fino a fermarsi sulla ghiaia davanti alla casa degli Stockton.

Kay si gettò fuori dall'auto e corse verso la porta d'ingresso, martellando sulla sua superficie mentre Gavin la raggiungeva.

«Dannazione.» Fece un passo indietro e alzò lo sguardo verso le finestre che davano sul vialetto. «Gav, vai sul retro della casa. Vedi se c'è un modo per entrare, o se qualcuno è già uscito da lì.»

«Capo.»

I suoi stivali fecero volare la ghiaia sciolta in aria mentre le sfrecciava accanto e scompariva dalla vista.

Si avvicinò alla finestra del piano terra dell'ufficio di Natalie e si protesse gli occhi dalla debole luce solare che si rifletteva sul vetro.

All'interno, la stanza era vuota, senza traccia di Natalie o Amber.

Gavin tornò un momento dopo, con una chiave in mano. «Nessuno è uscito da quella parte, è bloccata con un bidone dell'immondizia. Ho trovato una chiave sotto un vaso di fiori, però.»

Lei guardò alle sue spalle mentre un'auto della polizia si fermava dietro il veicolo di Gavin, e due agenti in uniforme si affrettavano verso di loro.

Kay si avvicinò per incontrarli mentre si avvicinavano. «Crediamo che la vita di Amber Fitzroy sia in pericolo e che possa essere trattenuta contro la sua volontà nella casa degli Stockton. Piper ha trovato una chiave di scorta, quindi, date le circostanze, ho deciso di entrare. Voglio che voi due rimaniate qui fuori. Se arriva qualcuno, urlate.»

«Capo.»

Seguì Gavin mentre si faceva strada intorno all'edificio, poi spostò il bidone dell'immondizia ed estrasse il suo manganello telescopico mentre lui apriva la porta.

«Natalie?»

La casa rimase silenziosa in risposta.

Kay tirò fuori dalla tasca due paia di guanti monouso e ne lanciò un paio a Gavin. «Ok, tu vai al piano di sopra, io resto qui sotto.»

Lo seguì nell'ingresso, poi si spostò attraverso la porta del soggiorno ai piedi della scala mentre lui saliva scomparendo alla vista.

Spessi tappeti ricoprivano un pavimento di ardesia, un grande televisore appeso alla parete di fronte a un divano avvolgente. Cuscini posizionati strategicamente coprivano sedili alternati, e una cassa di giocattoli in legno era posizionata accanto.

Una rivista aperta giaceva abbandonata su un tavolino da caffè accanto a una tazza di caffè mezza vuota.

Gavin apparve sulla porta. «Il piano di sopra è libero, nessuna traccia di lei.»

«Vediamo cosa c'è nel suo ufficio.» Il suo telefono iniziò a squillare, e vide il numero di Giles Stockton visualizzato. «Grazie per aver richiamato.»

«Cosa vuole, detective? Non parlerò con lei senza la presenza del mio avvocato…»

«Stia zitto e ascolti, Giles. Dov'è Natalie?»

«Che diavolo sta succedendo?»

«Quando ha visto sua moglie l'ultima volta?»

«Questa mattina, quando sono andato al lavoro.»

«Sua moglie non è in casa. Dove altro potrebbe essere? Avete altre case?»

«Cosa? Cosa sta facendo in casa mia? Come osa…»

«Possedete altre proprietà?»

«Con il mutuo che abbiamo? Certo che no, dannazione.»

«La vita di una donna potrebbe essere in pericolo. Dove altro potrebbe essere Natalie?»

«Starà andando a prendere i bambini all'asilo. Il centro chiude presto, e ci fanno pagare di più se facciamo tardi.»

«Quale?»

Kay riattaccò dopo che Stockton le aveva dato i dettagli e si affrettò a uscire. Consegnò il biglietto scarabocchiato a uno degli agenti in uniforme. «Contattali e scopri se Natalie Stockton si è presentata a prendere i suoi figli. Fammi sapere cosa scopri».

Corse di nuovo dentro e raggiunse Gavin nell'ufficio di Natalie.

«Deve aver portato Amber da qualche altra parte. Giles ha confermato che non possiedono altre proprietà, e sono sicura che Natalie sia paranoica riguardo a ciò che pensa Amber possa sapere. Dobbiamo sbrigarci, Gav. Credo che Amber sia in pericolo».

«Le note nel database dicono che quando tu e Barnes avete parlato per la prima volta con Natalie, stava lavorando su due commissioni».

«Giusto, le proprietà in affitto erano una delle sue specialità, diceva. Quindi, da qualche parte qui c'è una nota di dove potrebbe essere Amber».

«Cosa pensi sia successo?»

«Forse è stata Natalie a chiamare Jamie quella notte tardi. Non credo sapesse che il suo futuro marito e suo fratello si conoscessero, penso fosse preoccupata che Jamie stesse per dire ai loro genitori della sua tossicodipendenza».

«Ma sicuramente avrebbe potuto semplicemente minacciarlo a sua volta con la catena di approvvigionamento che lui aveva creato?»

«Non se sapeva che lui aveva detto ad Amber che stava progettando di farla finita e di denunciarlo al suo comandante due giorni dopo. Non aveva nulla da perdere. Ma se Natalie fosse andata nel panico? Era una tossicodipendente; stava per perdere la sua fornitura, e i loro genitori l'avrebbero scoperto».

«Come si collega questo alla morte di Jamie?»

«Non lo so».

Si voltò quando uno degli agenti in uniforme entrò nella stanza, con la mano sulla radio.

«Abbiamo notizie dalla macchina inviata all'asilo, capo. Nessuna traccia di Natalie Stockton. Entrambi i suoi figli sono ancora lì. Abbiamo preso accordi perché vengano accuditi fino a quando non troviamo la madre».

«Grazie».

«Capo, credo di aver trovato qualcosa qui».

Si avvicinò alla scrivania dove Gavin stava setacciando un fascio di fogli. Gliene porse uno mentre lo raggiungeva.

«Questa è una delle sue commissioni. È per una proprietà in affitto a Windmill Hill. Gli inquilini se ne sono andati due settimane fa, e la sessione fotografica per l'agenzia immobiliare non è prevista prima dei prossimi due giorni. Lei ha la chiave mentre si occupa di sistemare tutti i mobili e tutto il resto per allestire le stanze».

«Andiamo». Si fermò sulla porta e si voltò verso l'agente in uniforme. «Rimani qui. Se Natalie Stockton si presenta, non lasciarla sparire di nuovo. Gav, con me».

Si precipitarono verso la macchina, Gavin premette a fondo l'acceleratore mentre Kay si agganciava la cintura di sicurezza.

«E Harrison? Come si inserisce in tutto questo?» disse lui.

«Forse ha capito che se la morte di Jamie fosse stata indagata correttamente come voleva Sharp, sarebbe stato scoperto per aver fatto cadere le accuse di possesso di cannabis contro Giles».

«Ma allora perché fare accuse contro Sharp dicendo

che stava insabbiando tutto questo?»

«Perché la sua carriera è finita, Gav, e vuole portare giù Sharp con lui, o almeno screditarlo in ogni modo possibile in modo che nessuno creda alle accuse di Sharp contro di lui».

«Se Natalie sapeva che Harrison era coinvolto nel far cadere le accuse contro suo marito, perché non ha detto nulla?»

«Forse era troppo spaventata».

«Quindi, cosa è cambiato?»

«Non lo so. Spero maledettamente che non sia troppo tardi e che abbiamo la possibilità di chiederglielo».

CAPITOLO 46

Mentre Gavin guidava verso Windmill Hill, Kay scorreva le pagine degli appunti di Natalie riguardanti la proprietà, per poi imprecare sottovoce.

«Non c'è il numero di telefono dell'agente e non riesco a intercettare il segnale per le mie app.»

«Aspetta finché non superiamo Mereworth, il segnale sarà migliore quando arriveremo in cima a Seven Mile Lane.»

«Lo spero vivamente.»

Kay piegò le pagine, il contenuto era ormai impresso nella memoria.

Una casa vittoriana di testa con due camere da letto, la proprietà in affitto avrebbe dovuto attirare un numero significativo di acquirenti interessati ora che gli inquilini se n'erano andati, motivo per cui i proprietari avevano scelto di far allestire l'intero posto sfruttando le competenze da interior design di Natalie. Le era stato assegnato il compito di procurare mobili, opere d'arte e altri oggetti decorativi per valorizzare al meglio la casa al fine di aiutare a garantire il prezzo più alto possibile. La sua parcella per questo, secondo Kay, era esorbitante.

Sperava, per il bene dei proprietari, che ottenessero un buon prezzo.

Gavin mise la freccia a sinistra, sfrecciò lungo una stretta strada rettilinea, e poi accelerò superando una fattoria georgiana che esponeva cartelli che invitavano il pubblico a visitare i suoi elaborati giardini italiani. Rallentò per imboccare una curva stretta a destra e frenò.

«Questo è Windmill Hill.»

«D'accordo. La proprietà in affitto è circa a metà strada sulla sinistra. Vedi se riesci a parcheggiare prima di arrivarci, e faremo il resto del tragitto a piedi.»

«Capo? Posso dare un suggerimento?»

«Sì.»

«Natalie non mi ha mai incontrato. Ti riconoscerà da lontano, quindi non è meglio che faccia prima una passeggiata per vedere cosa trovo prima di irrompere lì dentro?»

Kay annuì. «Non perdere tempo, Gavin. Potremmo non avere molto tempo.»

Lui girò sui tacchi e partì di corsa, rallentando mentre si avvicinava alla fila di case.

Kay si spostò sul ciglio erboso, fuori dalla traiettoria di eventuali veicoli di passaggio, e allungò il collo per osservare mentre il detective passeggiava tranquillamente davanti alle case a schiera come se fosse a spasso.

Fortunatamente, indossava una giacca di pelle sopra il completo e la cravatta, e con i capelli biondi che si alzavano in ciuffi disordinati per il tempo trascorso a fare surf, non attirava attenzioni indesiderate.

Lo sperava.

Scomparve alla vista oltre la cima della collina, tornando cinque minuti dopo e mettendosi a correre una volta superata la casa.

«Nessuna traccia di qualcuno all'interno», disse, raggiungendola sul ciglio e voltandosi di nuovo verso la schiera. «Sembra esserci una camera da letto sul davanti e un'area living sotto, la porta d'ingresso si apre direttamente su di essa, credo. Le tende della camera da letto sono chiuse.»

«Pensi che nascondano qualcosa?»

«O qualcuno, forse. C'è un numero di telefono sul cartello "In Vendita" nel giardino anteriore», disse, e glielo lesse ad alta voce.

«Ottimo lavoro», disse lei, mentre aspettava che qualcuno rispondesse alla chiamata.

«Agenzia Hodges e Wilkes, posso aiutarla?» disse una voce maschile.

«Con chi sto parlando?»

«Howard Wilkes, il proprietario. Chi è lei?»

«Sono l'ispettore detective Kay Hunter della Polizia del Kent. Avete una chiave di scorta per la proprietà che state attualmente pubblicizzando in vendita su Windmill Hill?»

«Perché?»

«La vita di una donna potrebbe essere in pericolo. Posso aprire la porta d'ingresso con una chiave o far usare un ariete a uno dei miei agenti, signor Wilkes. Non ho tempo per scherzare.»

«C'è una mattonella del patio allentata, la quarta da destra guardando la porta sul retro. La chiave è sotto di essa.»

«Grazie.»

«Cosa sta succedendo, detective?»

Kay terminò la chiamata, non avendo tempo di spiegarsi all'agente immobiliare. «D'accordo, Gav. Restiamo insieme questa volta, va bene?»

Lui le rivolse un sorriso tetro. «Mi sembra una buona idea. Porta sul retro?»

«Sì. Andiamo.»

Partirono di corsa, le gambe più lunghe di Gavin lo portarono in vantaggio nel giro di pochi secondi.

Saltò il cancello del giardino, mentre Kay optò per aprirlo piuttosto che inciampare e cadere, prima di affrettarsi lungo il fianco del cottage sulla sua scia.

Quando raggiunse il giardino sul retro, lui era già accovacciato accanto al patio, sollevando la lastra di pavimentazione che l'agente aveva indicato.

Il cottage era stato ampliato sul retro, una veranda avvolgente aggiungeva ora un'altra dimensione alla planimetria originale della cucina, e Kay sbirciò attraverso le finestre.

Nulla si muoveva.

«Ce l'ho», disse Gavin, lanciandosi verso la porta sul retro.

Kay estese il manganello e annuì. «Fallo.»

La chiave girò con facilità, e Kay notò che la porta era dotata di una nuova serratura, senza dubbio sostituita dall'agente per assicurarsi che gli inquilini precedenti non potessero più entrare nella proprietà. La porta si aprì senza un cigolio, e si infilarono nello spazio luminoso.

L'abilità di Natalie come interior designer era evidente.

Piante da interno erano state posizionate

strategicamente intorno alla veranda, abbracciando i muri bassi sotto le finestre senza invadere le due poltrone affiancate in modo tale da dare l'impressione che i proprietari svolgessero regolarmente il loro rituale del caffè mattutino.

Riviste erano state disposte su un tavolo di vetro ornamentale, e mentre Kay entrava in cucina, annusò l'aria.

Una leggera nota di vaniglia permeava le pareti.

«Profumo?» disse Gavin a bassa voce.

Kay scosse la testa. «È un vecchio trucco. Metti una bacca di vaniglia nel forno e riscaldala prima di una visita, fa sì che il posto profumi come se si fosse appena finito di cuocere, così sembra accogliente. Hanno ovviamente avuto una visita ieri o giù di lì.»

«Oh.»

Dopo aver controllato il bagno, che, come in molte case vittoriane, era al piano terra, Kay e Gavin si spostarono a destra della cucina, passarono attraverso una piccola zona pranzo ed entrarono nel soggiorno.

Ancora una volta, il lavoro di Natalie aveva trasformato lo spazio in un'oasi di benessere domestico.

Erano state impilate delle pigne nel caminetto, mentre accanto ad esso una pila di tronchi era stata posizionata vicino a un attizzatoio di ferro appeso a un supporto. I due divani avevano cuscini impilati su di essi, i colori vivaci in netto contrasto con i toni smorzati delle pareti.

Tuttavia, non c'era traccia di Natalie, o di Amber.

«Dove sono?» disse Gavin.

«Okay, controlliamo di sopra.»

Kay si diresse verso la sala da pranzo. Una porta era

stata costruita nella parete di sinistra per nascondere la scala, e vi appoggiò la mano per un momento, in ascolto.

Poi la spalancò di colpo e chiamò su per le scale.

«Natalie? Sei qui? Sono Kay Hunter.»

Un sordo *tonfo* le giunse alle orecchie, e lanciò un'occhiata a Gavin oltre la spalla.

«Cos'era?» disse lui.

In risposta, lei alzò il manganello e si precipitò su per le scale.

Arrivata all'ultimo gradino, si trovò di fronte a due porte, entrambe chiuse.

Spalancò quella alla sua sinistra e scoprì un letto singolo e un comodino, con la finestra sul retro che offriva una vista su un lungo giardino sinuoso che portava a un sentiero e, oltre, a un campo da golf.

Si voltò sulla soglia e vide che Gavin aveva la mano sulla porta della camera principale.

«Vai.»

Lui spinse la porta, e Kay gli piombò addosso.

Lui si fece da parte, e mentre lei sbirciava oltre la sua spalla, capì perché si fosse fermato così bruscamente.

Amber Fitzroy era seduta su una sedia accanto alla finestra, con polsi e caviglie legati, e un bavaglio stretto così forte sulla bocca che faticava a respirare.

I suoi occhi si spalancarono alla vista dei due detective.

Kay tirò un sospiro di sollievo mentre le lacrime rigavano le guance della donna.

CAPITOLO 47

Gavin trovò un coltello in un ceppo ornamentale in cucina e tagliò il bavaglio dalla bocca di Amber, poi le mise una mano sulla spalla mentre lei respirava a grandi boccate.

«Pensavo che mi avrebbe uccisa» ansimò.

Gavin lanciò un'occhiata a Kay oltre la spalla. «Manca un altro coltello dal ceppo».

Kay iniziò a perlustrare la stanza, poi si accovacciò sul tappeto steso sulle assi di legno lucido e sbirciò sotto il letto.

«Eccolo». Lasciò ricadere le lenzuola; non aveva senso turbare ulteriormente la donna, e avrebbero recuperato il coltello più tardi. «Dov'è Natalie?»

«Se n'è andata» disse Amber, mentre Gavin iniziava ad allentare i lacci ai polsi e alle caviglie.

«Ha detto dove stava andando?»

«No, continuava a ripetere che era tutta colpa mia, che, se Jamie non si fosse innamorato di me, sarebbe stato più attento a nascondere la droga. Ha detto che, se non avessi restituito gli orecchini, lui non avrebbe avuto ripensamenti».

«Perché hai accettato di lasciare la fattoria con lei?»

«Ha detto che voleva parlare, tutto qui. Le ho creduto». Nuove lacrime le riempirono gli occhi. «Non posso credere di essere stata così stupida. Oh mio Dio, pensavo davvero che mi avrebbe uccisa».

«Perché voleva portarti qui?»

Un'espressione confusa attraversò il viso di Amber. «Questa è casa sua. Ha detto che voleva che incontrassi suo marito e i suoi figli».

Kay scambiò uno sguardo con Gavin, poi si accovacciò accanto ad Amber e le prese la mano. «Questa non è la casa di Natalie, Amber. È una proprietà vuota che lei ha aiutato ad arredare mentre i proprietari stanno cercando di venderla. Non ci vive nessuno».

Un brivido percorse il corpo della donna, e strinse le dita di Kay. «Mi ha portata qui di proposito?»

Kay annuì. «Credo di sì».

Il pallore della donna si accentuò ulteriormente. «Oh mio Dio».

«Hai idea del perché ti abbia aggredita proprio ora?»

Amber si strofinò i polsi dove la corda le aveva segnato la pelle. «Credo che sia andata nel panico, ha avuto comportamenti irrazionali dopo che avevamo lasciato la fattoria. All'inizio, ho provato pietà per lei. Ecco perché ho accettato di darle un passaggio. Pensavo che ci avrebbe dato l'opportunità di parlare di Jamie lontano dai suoi genitori».

Gavin estrasse un fazzoletto di carta pulito dalla tasca

della giacca e glielo porse, e attesero mentre lei cercava di ricomporsi.

«Quando siamo arrivate qui, continuava a dire quanto fosse felice che avrei potuto incontrare i suoi figli, tutto era normale finché non siamo salite qui. Ha detto che stavano giocando nell'altra stanza, ma mentre la seguivo su per le scale, ho pensato che fosse strano non sentire nulla. Sai come sono i bambini quando giocano, di solito è un pandemonio». Scosse la testa. «Sono stata così stupida a crederle».

«Cosa ha fatto?»

Amber si strofinò la pelle d'oca che si stava formando sulle sue braccia. «Nel momento in cui abbiamo raggiunto il piano di sopra, è cambiata. Abbiamo lottato; mi ha sopraffatta, era come se avesse pianificato qualcosa del genere fin dall'inizio».

«Ti ha detto perché ti ha aggredita?»

«A quanto pare pensava che Jamie mi avesse detto che lei era coinvolta nel contrabbando di droga tutti quegli anni fa, che io l'avessi detto a te, e che avessi intenzione di dirlo ai suoi genitori. Non avevo idea che stesse vendendo la droga per Jamie finché non me l'ha detto quando siamo arrivate qui. Camminava avanti e indietro agitandomi quel coltello davanti». Un singhiozzo le sfuggì dalle labbra. «Quando ho detto che non avevo la minima idea di cosa stesse dicendo, si è confusa e ha iniziato a borbottare tra sé, ed è allora che ha preso le chiavi della mia macchina ed è andata via».

Kay mise una mano sulla spalla di Amber. «Ora sei al sicuro. Gavin si prenderà cura di te. Avremo bisogno anche di una dichiarazione formale da parte tua».

Amber tirò su col naso, poi annuì, il colore che tornava sul suo viso. «Va bene».

«Dove vai, capo?» Gavin si mosse verso di lei.

«Resta qui. Farò in modo che Carys mi raggiunga. Devo trovare Natalie».

CAPITOLO 48

Kay girò il volante e guidò lentamente l'auto oltre la griglia per il bestiame che separava la fattoria degli Ingram dal vialetto. Una macchia blu scintillante aveva catturato la sua attenzione nello specchietto retrovisore, e tirò un sospiro di sollievo quando Carys frenò fino a fermarsi accanto a lei in un'altra auto di servizio.

Avevano parlato al telefono mentre Kay si destreggiava attraverso la trafficata tangenziale di Maidstone, e si erano accordate per incontrarsi alla fattoria.

Era l'unico posto logico da cui Kay potesse pensare di iniziare.

«Che ne pensi?» disse Carys. Si appoggiò allo sportello posteriore del veicolo di Kay e fissò la fattoria. «Credi che sia tornata qui?»

«La sua auto è qui. Nessun segno del veicolo di Amber però, quindi non so, a meno che non l'abbia parcheggiato da qualche altra parte?» Si allontanò dal veicolo e scrutò i frutteti circostanti. «Pensavo che potesse tornare qui. È un posto che considera sicuro. Dopotutto, è dove lei e Jamie sono cresciuti, e Bridget ha detto che erano sempre molto uniti.»

La porta d'ingresso si aprì e Michael Ingram si affacciò.

«Kay? Cosa sta succedendo?»

Kay raddrizzò le spalle e si avvicinò a passo deciso dove si trovava lui. «Pensiamo che Natalie e Amber abbiano avuto un diverbio. Natalie è tornata qui?»

«No. Che tipo di diverbio?»

«Spiegherò più tardi. In questo momento, la mia priorità è trovare Natalie. Lei e Jamie avevano un nascondiglio speciale, o un posto dove andavano quando erano più giovani? Un luogo dove potevano giocare lontano dalla casa, per esempio?»

Bridget apparve, il viso segnato dalla preoccupazione. «Kay? Dove sono Natalie e Amber?»

«Amber sta bene. Stiamo cercando di accertare se Natalie abbia un vecchio nascondiglio d'infanzia qui nella fattoria. Un posto dove potrebbe andare se avesse bisogno di sentirsi al sicuro. Qualche idea?»

La donna aggrottò la fronte, poi i suoi occhi si illuminarono. «C'è un vecchio castagno in fondo al meleto, al confine estremo della fattoria.» Indicò oltre Kay, e oltre il fienile. «Lei e Jamie convinsero Michael a mettere su un'altalena quando avevano circa otto anni, li perdevamo di vista per ore laggiù.»

«Come si raggiunge?»

«C'è un sentiero che passa accanto al fienile, poi scende verso un ruscello. Quello è il nostro confine. Il meleto è sulla destra. Troverai una staccionata nella siepe alla fine del sentiero, puoi entrare nel frutteto da lì.»

Michael si allontanò dalla porta, poi tornò con una vecchia giacca a vento verde stretta tra le mani. «Vengo con voi.»

«Ho bisogno che tu rimanga qui.»

«Ma posso aiutare. Ho bisogno di sapere che sta bene.»

«E io ho bisogno che tu e Bridget siate a casa nel caso tornasse qui. Per favore, Michael. Lascia che me ne occupi io.»

Lui acconsentì con un sospiro, e Kay si allontanò rapidamente dalla porta d'ingresso.

Lei e Carys corsero verso il fienile, spaventando un piccolo gruppo di galline che beccavano il terreno in cerca di cibo prima di allontanarsi svolazzando dalle due donne che si avvicinavano.

Il fango spesso sbatteva contro gli stivali di Kay mentre guidava il cammino, il sentiero troppo stretto per permettere loro di attraversarlo fianco a fianco.

Rimasero in silenzio, ognuna persa nei propri pensieri mentre gli occhi di Kay scrutavano il paesaggio alla sua destra, alla ricerca disperata di Natalie.

Tronchi d'albero nodosi crescevano in file, con rami spogli e grigi contro uno sfondo di siepi rade e terra fradicia. L'erba nel frutteto era stata lasciata crescere durante i mesi invernali mentre la fattoria si era ritirata nella routine di manutenzione in attesa della primavera.

Kay cercò di immaginare i campi esplodere di fiori rosa e bianchi, ma il paesaggio desolato offuscava la sua immaginazione e oscurava i suoi pensieri.

Se Natalie era instabile come temeva, doveva prepararsi al peggio.

Rallentò il passo quando la staccionata nella siepe affiorò alla vista, e si portò un dito alle labbra.

Carys annuì e abbassò la voce.

«Riesci a vederla?»

Kay salì sul piolo della staccionata e scrutò il frutteto. Imprecò sottovoce. «Che diavolo, come si presenta un castagno in inverno? Non me lo ricordo.»

«Beh, sarà più grande di questi,» disse Carys. «Bridget ha detto che era proprio al confine, vero? Se fossi una bambina, vorrei un'altalena vicino al ruscello, così potrei costruire una diga se mi annoiassi. È quello che io e mio cugino facevamo sempre quando eravamo in campagna.»

Kay riuscì a sorridere. «Ottimo ragionamento. Andiamo.»

Attraversarono faticosamente il frutteto, e mentre i meli iniziavano a diradarsi, Kay notò che il bosco naturale era stato lasciato libero di invadere la proprietà.

Un lampo di rosso attirò la sua attenzione, e afferrò la manica di Carys.

«Là.»

Mentre osservava, il rosso si muoveva in un arco, da sinistra a destra, da sinistra a destra, e si rese conto di cosa stava guardando.

«È Natalie. Bridget aveva ragione,
è sull'altalena.»

«Cosa vuoi fare, capo?»

«Resta qui.»

Kay non attese una risposta. Si mosse in avanti finché non fu nel campo visivo di Natalie, poi infilò le mani in tasca e cercò di apparire rilassata.

L'altalena si muoveva avanti e indietro sotto la guida di

Natalie, le sue gambe coperte di jeans che spingevano l'aria. La sua testa era china sul petto, e mentre Kay si avvicinava vide l'espressione assente sul volto della donna.

«Natalie? Sono Kay Hunter. Stai bene?»

Gli occhi della donna si spalancarono mentre la sua testa si alzò di scatto, e si immobilizzò.

Kay mantenne la voce ferma, e cercò di ignorare il suono del sangue che le pulsava nelle orecchie. Il suo cuore batteva dolorosamente, e fece un respiro profondo.

«Cosa ci fai qui fuori?»

«Litigavamo sempre su di chi fosse il turno.»

Kay si appoggiò al tronco dell'albero e osservò la nebbia che si aggrappava al frutteto mentre l'altalena rallentava fino a fermarsi.

«Cosa è successo, Natalie? Come è morto Jamie?»

«Volevo solo parlare. Lui non mi ascoltava.»

La donna iniziò a singhiozzare, e Kay alzò il braccio, facendo cenno a Carys, prima di tornare a rivolgersi alla donna.

«Dai, Natalie. Anche noi abbiamo delle cose di cui parlare.»

CAPITOLO 49

Kay camminava avanti e indietro nell'ufficio di Sharp mordicchiandosi l'unghia del pollice.

Mezz'ora prima, Debbie l'aveva allontanata dalla sala operativa, dicendole che stava distraendo tutti gli altri dal loro lavoro, tale era la sua incapacità di stare ferma mentre attendeva notizie.

Si fermò davanti alla lavagna, ripassando mentalmente i fatti, preparandosi per la battaglia psicologica di astuzia che sarebbe iniziata entro un'ora, una volta iniziate gli interrogatori formali.

«Kay?»

Si voltò al suono della voce di Barnes.

Era in piedi sulla soglia, con la mano sulla porta.

«Cosa c'è che non va?»

«Niente, l'auto è qui. Lo stanno portando nella sala interrogatori adesso.»

«Li hanno tenuti separati, vero?»

«Sì. Tutto a posto.»

«Grazie. Andiamo, allora.»

Dopo l'arresto di Natalie Stockton, era stata fatta una telefonata ai loro omologhi della Polizia Metropolitana per andare sul posto di lavoro di suo marito e riportarlo nel Kent per l'interrogatorio.

La Polizia Metropolitana aveva acconsentito e, per risparmiare tempo, un'auto della Polizia del Kent era stata inviata a intercettarli nell'area di servizio di Clacket Lane sulla M25, dove Giles Stockton era stato trasferito da un veicolo all'altro e portato rapidamente lungo la M20 di ritorno a Maidstone.

Mentre lasciava l'ufficio di Sharp, Kay sentì il peso della responsabilità più che mai.

Non solo stava cercando giustizia per Jamie Ingram, ma i suoi colleghi si aspettavano che salvasse anche la reputazione di Sharp.

Seguì Barnes lungo il corridoio verso le scale e si fermò quando Larch apparve sulla porta del suo ufficio.

«Ho sentito che Giles e Natalie Stockton sono in custodia?»

«Sì, capo.»

«Prenditi il tuo tempo, Hunter. Fai in modo che ne valga la pena.»

«Capo.»

Si affrettò a raggiungere Barnes, con una mano sulla superficie liscia del corrimano mentre scendevano al piano terra, la sua copia della cartella dell'indagine stretta nell'altra mano.

Sebbene ne fosse certa, sapeva che molte domande rimanevano senza risposta, e doveva farlo bene. Il minimo errore avrebbe avuto conseguenze devastanti.

Barnes usò il suo distintivo per entrare nelle sale per

gli interrogatori, poi si fermò con la mano sospesa sopra il pannello di sicurezza della sala interrogatori numero uno e si voltò verso di lei, alzando un sopracciglio.

«Pronta?»

«Pronta.»

Passò il distintivo e aprì la porta, tenendola aperta per lei mentre lo seguiva nella stanza.

L'odore dolciastro di sudore e disperazione la assalì, e in quel momento, seppe che il suo intuito non aveva sbagliato.

Giles Stockton sedeva rigido su una delle due sedie di plastica da un lato del tavolo al centro della stanza, con il viso grigio.

L'uomo sicuro e indignato con cui aveva parlato prima era scomparso. Ora vedeva l'espressione braccata nei suoi occhi mentre la guardava avvicinarsi, e una paura che non aveva visto prima.

Accanto a lui, il suo avvocato tappava e stappava una penna stilografica, il morbido doppio *pop-pop* un ritmo nervoso che accompagnava i passi di Kay sul pavimento piastrellato.

Barnes tirò fuori una delle sedie di scorta per lei, poi si sporse e avviò l'apparecchiatura di registrazione prima di abbassarsi sulla seduta accanto a lei.

Si presentò e presentò Kay ai fini della registrazione, dichiarò i nomi dell'avvocato e di Stockton, e citò l'avvertimento formale.

Solo allora cedette la parola a Kay.

Gli fu grata. I suoi anni di esperienza significavano che le sue azioni le avevano permesso qualche momento in più per osservare Stockton e valutare il suo umore, e ricordò le parole di Larch.

Fai in modo che ne valga la pena.

«Quando L'abbiamo interrogata la prima volta, ha affermato di aver incontrato sua moglie Natalie a una festa a Wateringbury due anni dopo la morte di suo fratello, Jamie. C'è qualcosa che vorrebbe chiarire o modificare di quella dichiarazione?»

Lo sguardo di Stockton cadde sul suo grembo. «Sì. Ho incontrato Natalie circa diciotto mesi prima della morte di suo fratello.»

«Dove l'ha incontrata?»

«A una festa in città organizzata dall'azienda per cui lavorava. Era per celebrare un importante contratto che avevano vinto, e poiché la banca per cui lavoravo li aiutava a finanziarlo, alcuni di noi furono invitati come ospiti.»

«Come descriverebbe la vostra relazione in quel momento?»

Lui alzò le spalle e sollevò la testa. «Andavamo a letto insieme di tanto in tanto, ma non era una cosa seria. All'epoca, era solo un po' di divertimento.»

«Come ha conosciuto Jamie Ingram?»

«Le ho detto la verità. L'ho incontrato a una raccolta fondi per beneficenza all'Hop Farm.»

«Questo è successo prima o dopo che aveva iniziato ad andare a letto con sua sorella?»

«Dopo. Me ne sono reso conto solo dopo che Jamie e io avevamo chiacchierato per un po', ho fatto due più due e gli ho detto che conoscevo Nat.»

«Quando voi tre avete avuto l'idea di un'operazione di contrabbando di cocaina?»

«Non è andata così.»

Kay si appoggiò allo schienale della sedia e contemplò l'uomo di fronte a lei. «Allora forse può illuminarmi su come è andata *realmente*.»

Stockton si passò una mano tra i capelli, il suo sguardo vagava sulla superficie del tavolo. Si leccò le labbra. «Quella prima volta, Jamie si confidò con Natalie su quello che aveva fatto, rubare la droga, intendo. Era nel panico. Si ritrovava con mezzo chilo di cocaina in suo possesso, e non aveva idea di cosa farne. Era ridicolo davvero. Può immaginare lo stile di vita che Natalie e io conducevamo a Londra, avevamo lavori ad alta pressione, lavoravamo molte ore, e facevamo festa il più possibile. Natalie mi suggerì che avremmo potuto prelevarne un po' alla volta e venderla.»

«Sta suggerendo che è stata un'idea di Natalie vendere la droga?»

«Sì. All'inizio aveva la maggior parte dei contatti, dopotutto. È ciò che mi piaceva di lei; è sempre stata estroversa, fa amicizia facilmente ed è bravissima a fare rete.»

«Per quanto tempo è andata avanti questa situazione?»

«Fino a quando quell'ultimo lotto è stato scoperto nel container alla caserma.»

«Mi parli di Simon Harrison» disse Kay.

Stockton rabbrividì visibilmente. «Vorrei non aver mai incontrato quell'uomo.»

«Cosa è successo?»

«Sa cosa è successo» sibilò. «Ha fatto cadere le accuse contro di me, e ho potuto mantenere il mio lavoro.»

«In cambio di cosa?»

«Una parte dei nostri guadagni. Come potevo dire di no? Dopo l'università ero pieno fino al collo di debiti studenteschi, cercavo di mettere da parte qualche soldo per una casa tutta mia, ed ero uno dei pochi fortunati ad avere ancora un lavoro dopo la crisi bancaria. Perché diavolo pensa che io e Nat ci siamo immischiati in tutto questo?»

«Ha ucciso lei Jamie Ingram?» disse Barnes. «Lei e Carl Ashton avete deciso che era meglio sbarazzarsi di lui? Una fetta di torta in meno da spartire?»

«No, maledizione. L'ho già detto. Non ho nulla a che fare con la morte di Jamie.»

Kay si sporse sul tavolo e fissò Stockton. «Ma lei sa chi è il responsabile, non è vero, Giles?»

L'uomo si voltò verso il suo avvocato e mormorò sottovoce.

L'avvocato sbatté le palpebre una volta, poi alzò lo sguardo verso Kay. «Vorrei qualche momento con il mio cliente, detective Hunter.»

CAPITOLO 50

Barnes si appoggiò alla parete del corridoio tra le porte delle sale interrogatori e chiuse gli occhi.

«Sono proprio una bella coppia, vero?»

«Sì. Sei pronto per il prossimo?»

Aprì gli occhi, poi guidò il cammino verso la sala interrogatori numero tre.

Natalie Stockton li fissò con uno sguardo torvo dalla sua sedia, le braccia incrociate sul petto, gli occhi gonfi e arrossati.

Kay fece un cenno all'avvocato seduto accanto a lei, lo aveva già incontrato prima e sapeva quanto la sua azienda addebitasse all'ora.

Resistette all'impulso di sospirare. Nonostante i tentativi di Michael e Bridget di fornire alla figlia la migliore consulenza legale possibile, il risultato sarebbe stato lo stesso.

Sapeva che Natalie era colpevole.

«Perché ti sei lasciata coinvolgere?»

«Jamie e io facevamo sempre tutto insieme», disse Natalie, lasciando cadere le braccia sul tavolo, un'espressione petulante le offuscava i lineamenti. «Puoi chiedere a mamma e papà. Inseparabili, dicevano tutti. Poi lui si è arruolato nell'esercito e tutto è cambiato. Si è fatto nuovi amici e lo vedevo a malapena. Se veniva alla fattoria, ricevevamo visite, i suoi vecchi amici che volevano mettersi in pari con lui, o gente dell'esercito. Come se non li vedesse abbastanza. Li ho sentiti parlare, lui e Carl Ashton. Era estate. Avevano aiutato con i frutteti. Dopo, stavano chiacchierando davanti a una birra. Non mi hanno sentito avvicinarmi, ma ho sentito di cosa parlavano. Ho detto a Jamie che doveva includermi.»

«Altrimenti lo avresti denunciato.»

Negli occhi di Natalie apparve un bagliore malevolo. «Carl era incazzato, ma Jamie ha accettato. Sapeva che facevo sul serio.»

«E Giles?»

Natalie sbuffò e volse lo sguardo al pavimento. «Si è fatto trascinare. Onestamente, se non avesse mai incontrato me e Jamie, non sarebbe diventato niente.»

«Chi erano i vostri acquirenti?»

«Non posso dirvelo.»

Kay appoggiò le mani sul tavolo e attese che la donna alzasse il mento per guardarla.

«È finita, Natalie. Sai che non mi arrenderò finché non avrò ottenuto giustizia per Jamie. Perché non ci dici la verità?»

Natalie scosse la testa e sbatté le palpebre, una singola lacrima le scese lungo la guancia. «All'inizio era solo divertimento. Poi, Giles è stato fermato per un controllo stradale di routine e gli hanno trovato quella cannabis. Che idiota.»

Kay attese mentre la donna serrava e disserrava i pugni, la mascella in movimento.

«Quel maledetto poliziotto», urlò infine.

«Ha un nome?»

«Simon Harrison.»

«Continua.»

«Ho scoperto dopo tramite una conoscenza comune che aveva un sistema per cui setacciava il database, cercando arresti di una certa natura. Non feccia. Gente come Giles. Rispettabile.»

Kay lasciò passare l'ironia dell'affermazione di Natalie senza commentare. «Cosa faceva Harrison?»

«Insisteva per rivedere i casi in cui vedeva un vantaggio. Faceva in modo di far cadere le accuse in cambio di una percentuale, e presentava i fornitori ad acquirenti più redditizi per una commissione. Giles è andato nel panico, non poteva permettersi di perdere il lavoro; quindi, ha accettato le richieste di Harrison senza consultare me e Jamie.»

«Quando le cose hanno iniziato ad andare male?»

Natalie rise amaramente. «Si è innamorato, no? Jamie, tra tutti. Ovviamente, all'epoca non voleva dire a nessuno il suo nome, e io non riuscivo a scoprirlo, avrei rischiato di attirare l'attenzione se mi fossi presentata a Deepcut all'improvviso, anche se Jamie era in missione. Questo è il problema di essere gemelli, vedi. La gente se ne sarebbe accorta, e Jamie l'avrebbe scoperto prima o poi che sua sorella stava ficcando il naso.»

Si asciugò con rabbia le lacrime che le arrossavano gli occhi. «Ovviamente, quando sei arrivata tu dicendo che avresti riaperto l'indagine sulla sua morte, sapevo che dovevo trovarla prima che tu scoprissi qualcosa da lei. Credo che abbia sempre sospettato che avessi qualcosa a che fare con la cosa, ecco perché Jamie si era rifiutato di dirmi il suo nome per tutti quegli anni. Dovevo solo aspettare che tu facessi uno dei tuoi patetici discorsi sui progressi del caso e scoprire il suo nome in quel modo.»

Kay resistette all'impulso di sporgersi e scuotere la donna.

«Cosa avevi intenzione di fare ad Amber?»

«Ho pensato di tentare di far credere che fosse lei a lavorare con Jamie per fornire la droga.»

Kay aggrottò le sopracciglia. «Come?»

Natalie deglutì. «Dubito che abbia mai provato qualcosa come la cocaina in vita sua, non dal modo in cui Jamie diceva che discuteva con lui al riguardo. Ho pensato che avrei potuto farle prendere un sacco di quella roba.»

«Volevi avvelenarla? Darle un'overdose?»

«Non ce l'ho fatta. Non potevo ucciderla.» Alzò lo sguardo verso Kay. «Nonostante quello che pensi di me, non sono un'assassina.»

«Davvero? Allora forse puoi spiegarmi perché hai lasciato morire tuo fratello.»

«Cosa?» La voce della donna si alzò di un tono, la bocca spalancata. Deglutì. «Che vuoi dire?»

«Perché sei andata a trovare Jamie la notte della sua morte?»

«Volevo solo parlare.»

«Di cosa?»

«Lo ha fatto apposta, sai. Assicurarsi che quell'ultima scorta di cocaina fosse trovata nel serbatoio del carburante.»

«Come lo sai?»

«Perché lo so. Già l'ultima volta che era tornato dall'Afghanistan stava avendo dei ripensamenti. Si vedeva. Ma io avevo trovato il miglior acquirente che avessimo mai avuto, un prezzo più alto, tutto. Avevamo solo bisogno di quell'ultima fornitura, e lui ha mandato tutto all'aria. Tutte quelle promesse che avevo fatto. Era un'umiliazione. Ero finita, per quanto riguardava il lavoro in Città. Non avevo niente.»

«Cosa hai fatto?»

«Non voleva ascoltare, capisci? Dovevo convincerlo che non poteva confessare tutto al suo ufficiale superiore la settimana successiva. Avrebbe rovinato tutto per tutti noi. Ho cercato di farlo ragionare, ma poi ci ha detto che eravamo irragionevoli, e ha detto che sarebbe tornato a Deepcut quella notte stessa e avrebbe preteso di vedere Stephen Carterton lì per lì e che non avrebbe accettato un "no" come risposta. Ero disperata, pensavo che se gli avessi parlato faccia a faccia, avrebbe ragionato e sarebbe rimasto zitto.»

«Guidavi sotto l'effetto di droghe?»

Natalie si morse il labbro, poi annuì.

«Ho bisogno che tu risponda ad alta voce ai fini di questa registrazione.»

«Sì.»

«Hai avuto un incidente mentre guidavi?»

«Sì.»

«Raccontami.»

«Non volevo farlo.»

«Dimmi cosa è successo, Natalie.»

«Andava troppo veloce. Non l'ho visto.»

«Ti sei fermata dopo l'incidente?»

«Sì.»

«Cosa hai fatto?»

«Mi sono resa conto che qualcuno aveva sterzato per evitarmi. Pensavo stesse bene. Mi sono fermata qualche metro più avanti e sono corsa indietro. All'inizio non riuscivo a vederlo. Poi ho visto la targa sulla parte posteriore della moto, e...»

Soffocò un singhiozzo e allungò la mano per prendere il fazzoletto di carta che il suo avvocato le porgeva.

«Giuro su Dio che non volevo ucciderlo. L'ho trovato disteso sul ciglio della strada, il suo corpo era tutto contorto. Sono andata nel panico. Sapevo che dovevo andarmene da lì. Se mamma e papà l'avessero scoperto... Non volevo ucciderlo...»

«Non era morto, Natalie.»

La donna guardò Kay da sopra il fazzoletto e si rannicchiò. «Come?»

«Jamie non è morto sul colpo. Se avessi chiamato i soccorsi appena l'hai trovato, avrebbe potuto avere una possibilità. Invece, eri troppo concentrata su te stessa e hai pensato solo a lasciare la scena il più velocemente possibile. Jamie è morto in ospedale quattro ore dopo a causa delle ferite. Avrebbero potuto salvarlo, se tu avessi aiutato.»

«No...»

Kay osservò Natalie accasciarsi sulla sedia, mentre la consapevolezza lentamente si faceva strada.

«Non posso perdere i miei figli», si lamentò.

Kay chiuse la cartella e appoggiò le mani sopra di essa prima di fare un cenno a Barnes.

«Interrogatorio terminato.»

CAPITOLO 51

Kay spinse la porta della sala interrogatori numero uno e vide Giles Stockton alzare la testa dalle mani, notando che sembrava aver pianto.

Provava poca simpatia per quell'uomo ed evitò il contatto visivo sia con lui che con il suo avvocato mentre Barnes riavviava l'apparecchiatura di registrazione e annunciava l'ora corrente.

«Signor Stockton, parleremo con la Procura della Corona per valutare la possibilità di incriminare sua moglie Natalie in relazione alla morte di suo fratello, Jamie Ingram».

Sentì l'uomo sospirare tutto il fiato mentre si afflosciava sulla sedia.

«Non so cosa dire. Cosa diavolo racconterò a Michael e Bridget?»

«Dubito fortemente che avrai l'opportunità di parlare con qualcuno quando avremo finito qui. Sei stato tu a telefonare a Jamie quella notte, vero? Di cosa avete parlato?»

Tirò su col naso. «Ne aveva abbastanza. Il fatto che la droga fosse stata scoperta nel serbatoio dello Jackal lo aveva spaventato, credo sapesse che fosse l'inizio della fine. Lui e Natalie avevano litigato tre giorni prima quando lei era andata alla fattoria. Aveva perso il lavoro e aveva fatto delle promesse ad alcune persone in città che si aspettavano di ricevere una grossa quantità di quell'ultimo mezzo chilo. Aveva fatto una specie di accordo con loro, qualcosa del tipo: se avesse fornito la droga, loro le avrebbero offerto un nuovo ruolo. Era disperata».

«Lei è un tossicodipendente, signor Stockton?»

Scrollò le spalle. «Fumavo solo qualche canna ogni tanto. Natalie era diversa, però. Credo sia qualcosa nella sua personalità, poteva essere alcol, cibo, qualsiasi cosa, penso sia una di quelle persone naturalmente inclini alle dipendenze. Quindi, quando Jamie mi disse che era tutto finito, lei andò nel panico. Avrebbe perso la sua scorta personale, oltre a quella che vendevamo. Cercai di convincerlo a continuare e litigammo. Chiuse la chiamata dicendo che sarebbe tornato a Deepcut quella notte per chiedere di vedere il suo comandante e raccontargli cosa stava succedendo».

«E tu l'hai detto a Natalie».

«Sì. Stava nel mio appartamento a Maidstone, quindi ha sentito la mia parte della conversazione telefonica, e quando le ho riferito cosa aveva detto Jamie, è andata su tutte le furie. Devi capire, lei era la preferita di Michael e Bridget. Sì, amavano Jamie, ne sono sicuro, ma Natalie era la loro figlia d'oro. Non poteva sopportare che scoprissero cosa stava succedendo. Ho cercato di fermarla, davvero, ci ho provato, ma era già completamente fatta. È uscita come una furia dall'appartamento, dicendo che sarebbe andata alla fattoria per parlare con lui».

«Cosa è successo quando è tornata?»

Stockton si portò le mani alla bocca e ci soffiò sopra, come se avesse paura di lasciar uscire le parole dalla bocca. Dopo un momento, sospirò.

«Dopo un'ora, cominciai a essere in preda al panico. Sapevo che era inutile chiamare il cellulare di Jamie, per come si era conclusa la nostra conversazione, non avrebbe comunque risposto vedendo il mio numero. Ho provato a chiamare il numero di Natalie, ma andava sempre in segreteria. È tornata circa un'ora e mezza dopo essere uscita, e ho capito subito che qualcosa non andava. Era pallida, così, così pallida, e tremava; era come se stesse sotto shock. L'ho fatta sedere sul divano accanto a me, e alla fine mi ha raccontato cosa era successo».

Si interruppe e si asciugò le lacrime che gli rigavano il viso.

«Era così fatta che aveva dimenticato di accendere i fari dell'auto quando era uscita dal mio appartamento. Non era difficile guidare in città e poi verso la fattoria; le strade sono ben illuminate fino alla rotonda per la deviazione di Leeds, e a quel punto aveva già abbastanza problemi a tenere l'auto in strada per notarlo. Ha detto che non sapeva come fosse successo, stava guidando intorno alla curva, poi è stata accecata da una singola luce pochi istanti prima di rendersi conto di cosa fosse accaduto».

Si interruppe, incapace di parlare mentre i singhiozzi scuotevano il suo corpo.

«Perché non l'ha denunciata alla polizia?» disse Kay.

«Ero troppo spaventato. Non volevo perdere il mio lavoro. Avevo paura di perdere Natalie».

«Di chi è stata l'idea della clinica di riabilitazione?»

«Harrison».

«Cosa?»

Giles sospirò. «Credo che a quel punto sapesse che era ad alto rischio, incapace di pensare a qualsiasi cosa che non fosse dove trovare la prossima dose. Penso che avesse anche un po' paura di lei e di quello che avrebbe potuto raccontare mentre era fatta. Disse che avrebbe fatto in modo che l'incidente di Jamie fosse classificato come un incidente, ma in cambio Natalie doveva disintossicarsi, e rimanere pulita».

«Vi ha ricattato?»

«Intendi con i soldi?»

«Sì».

Stockton scosse la testa. «Saperlo era sufficiente. Lui sapeva di noi e noi sapevamo del suo piano per sottrarre denaro da altri affari di droga in giro per la contea. Potresti definirla una situazione di stallo».

«Quindi tu, Natalie e Harrison avete mantenuto il segreto per tutti questi anni».

«Sì. In un certo senso, questo ha avvicinato me e Natalie. Ovviamente, poi avevamo ancora di più da perdere se qualcuno l'avesse scoperto».

Kay scosse la testa e poi ascoltò Barnes mentre concludeva l'interrogatorio mentre lei rifletteva sul suo prossimo compito.

Non aveva idea di come avrebbe detto a Michael e Bridget Ingram che avevano risolto il caso e arrestato l'assassino di Jamie.

CAPITOLO 52

Ventiquattro ore dopo, Kay gettò una pila di cartelle di manila nel vassoio sulla sua scrivania e sospirò.

Dopo aver accusato Giles Stockton di aver tratto profitto dai proventi del riciclaggio di denaro, dalla vendita di sostanze illegali e di aver ostacolato il corso della giustizia non sollevando le sue preoccupazioni sul coinvolgimento di sua moglie nella morte di Jamie Ingram, era tornata a casa intorno a mezzanotte ed era crollata in un sonno profondo tra le braccia di Adam, troppo stanca per pensare alla cena.

Per una volta, lui non l'aveva tormentata.

L'aveva però costretta a mangiare due fette di pane tostato prima di permetterle di lasciare la casa quella mattina, e lei sorrise al ricordo.

L'ultima volta che ricordava di aver fatto colazione aveva quindici anni.

Avevano preso accordi perché lei uscisse prima dal lavoro, lei e Adam dovevano incontrare la famiglia affidataria di Rufus in un punto preferito del Cammino del

Pellegrino dove Graham voleva spargere le ceneri del cane poliziotto in pensione. Non aveva permesso a Adam di dire «no» quando era passato da casa loro mentre portava sua figlia a scuola.

«Era uno dei migliori cani della polizia del Kent, quindi saremmo onorati,» disse Adam. «Aveva un curriculum notevole per la cattura dei ladri, a quanto ho sentito.»

Graham aveva riso strozzato. «Meno male. Era inutile quando si trattava di inseguire i conigli.»

Kay si strofinò l'occhio destro, poi spinse indietro la sedia e vagò nell'ufficio di Sharp.

Non c'erano ancora notizie su quando l'ispettore sarebbe potuto tornare al lavoro.

Larch era stato soddisfatto del risultato che lei e la squadra avevano ottenuto, e con sorpresa di Kay si era personalmente congratulato con lei per un caso ben gestito. Il suo anno sabbatico era iniziato il giorno prima, e si diceva che il Commissario Capo stesse tenendo d'occhio la stazione in assenza di un ufficiale superiore.

Kay prese un panno e iniziò a cancellare le note scarabocchiate dalla lavagna, rimuovendo le fotografie che aveva appuntato e ripulendo i rifiuti lasciati da lei e dalla squadra.

Un senso di orgoglio la pervase. Era la prima volta che guidava la squadra senza dover deferire a un ufficiale superiore, e fu sorpresa di quanto le piacesse la responsabilità.

Quando l'aveva menzionato a Adam la sera prima, lui aveva alzato gli occhi al cielo.

«Te l'avevo detto,» aveva detto.

Lei sorrise. A volte, desiderava che le sue emozioni non fossero così trasparenti. Spesso, il suo compagno veterinario sapeva meglio di lei fino a che punto fosse disposta a spingersi per ottenere un risultato.

Si voltò al movimento della porta, e vide Barnes appoggiato allo stipite.

«Tu e Adam volete venire a cena da noi domani sera? Scusa per il poco preavviso, ma ho pensato che non ci aggiorniamo come si deve da secoli, ed Emma è tornata dall'università. So che le farebbe piacere vedervi.»

«Sembra fantastico, grazie. A che ora?»

«Verso le sei vi va bene?»

«Perfetto. Porteremo noi il vino.»

Si voltò di nuovo verso la lavagna ora pulita e si chiese se Larch avesse aggiornato Sharp sugli eventi degli ultimi giorni.

Larch aveva scelto di andare a parlare con gli Ingram insieme a Kay riguardo all'arresto della loro figlia, e col senno di poi lei ne era stata grata.

Bridget era disperata, e Michael aveva semplicemente scosso la testa prima di accompagnarli alla porta.

Aveva chiamato Kay mentre lei si stava dirigendo verso l'auto.

«Non torni più qui, ispettore. Non è la benvenuta.»

Sulla via del ritorno alla stazione, Larch l'aveva informata che i figli di Giles e Natalie si sarebbero trasferiti dai nonni per i prossimi tempi.

Kay aveva osservato i frutteti passare dal finestrino dell'auto mentre lasciavano la fattoria, sperando che la presenza dei bambini nella tenuta avrebbe in qualche modo alleviato il dolore degli Ingram.

Il suo umore era stato sollevato dalla notizia che Simon Harrison avrebbe ora affrontato ulteriori accuse e avrebbe ricevuto una condanna detentiva che lo avrebbe messo dietro le sbarre per diversi anni.

Raccolse gli ultimi oggetti di cancelleria e i fascicoli tra le braccia prima di metterli su un carrello da passare alla squadra amministrativa per l'elaborazione, ignorando il persistente dolore al braccio, e poi aggrottò le sopracciglia al suono di un trambusto alla porta principale della sala operativa.

Spinse il carrello da un lato e sporse la testa dalla porta dell'ufficio.

Devon Sharp si stava facendo strada attraverso la stanza, un processo lento, poiché ogni agente lo salutava, stringendogli la mano o dandogli pacche sulla spalla.

Notò che la barba era sparita e i capelli erano stati tagliati corti aderenti al cranio, lo stile che preferiva dai suoi tempi nell'esercito. Anche la sua postura era cambiata. Mentre poche settimane fa aveva visto un uomo rimpicciolito, ora stava in piedi alto e fiero mentre rideva e scherzava con la squadra.

Si appoggiò allo stipite della porta e lo guardò mentre attraversava la stanza, con il cuore che le batteva forte.

Dopotutto, la sua insistenza nell'aiutarlo aveva fatto scoprire la verità dietro la morte del suo figlioccio e distrutto la famiglia dei suoi amici più cari.

L'avrebbe mai perdonata?

Sembrava ignorarla alla perfezione mentre si faceva strada tra le scrivanie, ridendo con Barnes, prendendo in giro Carys e stringendo la mano a Gavin, e la paranoia le strinse il petto.

Aveva commesso un errore?

Si voltò allora e sembrò notarla per la prima volta.

Lei deglutì e cercò di non farsi prendere dal panico.

Dopotutto, con Larch in congedo per i prossimi tempi, l'ispettore capo Devon Sharp era ora il suo superiore.

Il suo viso si rilassò in un sorriso crescente mentre si fermava davanti a lei.

«Capo.»

La pelle ai lati dei suoi occhi si increspò, e poi le tese la mano.

«Ottimo lavoro, Hunter.»

Lei tirò un sospiro di sollievo, si staccò dallo stipite della porta del suo ufficio, e poi lo invitò ad entrare.

«Bentornato, capo.»

FINE

L'AUTRICE

Prima di dedicarsi alla scrittura, Rachel Amphlett, autrice di romanzi polizieschi tra i più venduti di USA Today, ha suonato la chitarra in una band, ha lavorato come comparsa in TV, al cinema e nell'editoria come assistente editoriale.

Ora impugna una penna al posto del plettro e scrive polizieschi. Ha oltre 30 romanzi e racconti all'attivo che vedono come protagonisti spie, detective, giustizieri e assassini.

Appassionata di viaggi e investigatrice privata per caso, Rachel ha la cittadinanza australiana e britannica.